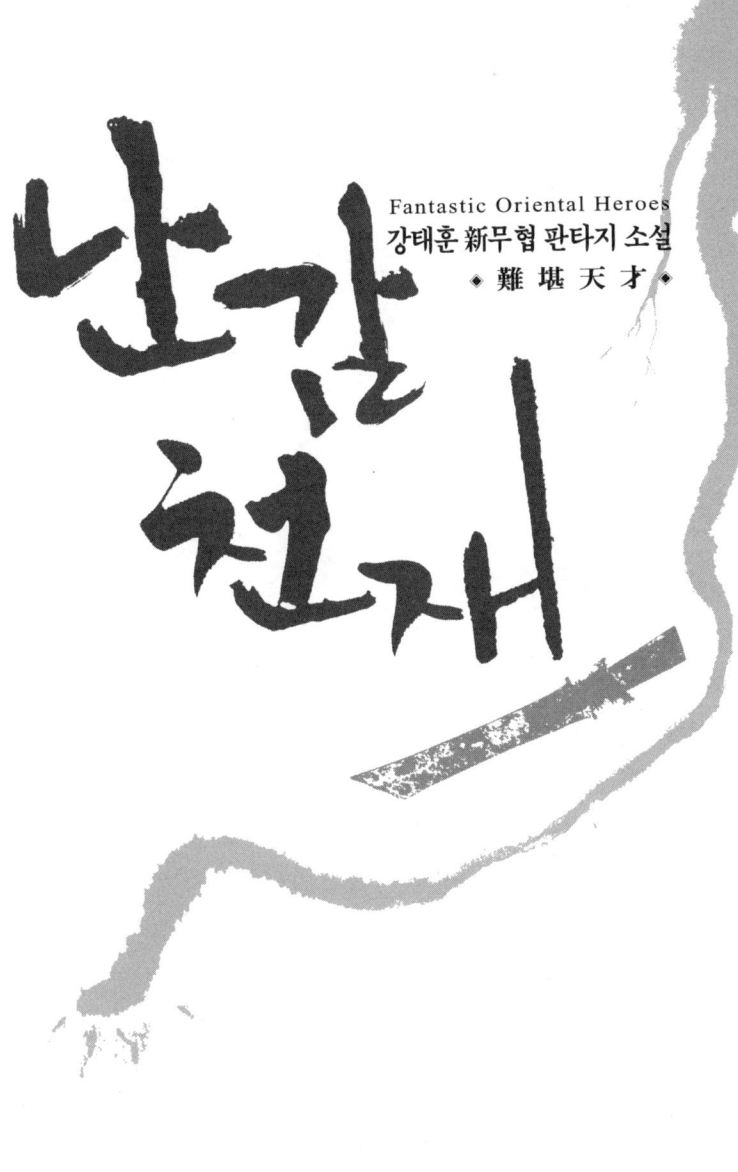

Fantastic Oriental Heroes

강태훈 新무협 판타지 소설

◆ 難 堪 天 才 ◆

난감천재 6

강태훈 新무협 판타지 소설

초판 1쇄 찍은 날 § 2006년 9월 29일
초판 1쇄 펴낸 날 § 2006년 10월 9일

지은이 § 강태훈
펴낸이 § 서경석

편집장 § 문혜영
편집책임 § 이재권
편집 § 서지현 · 심재영

펴낸곳 § 도서출판 청어람
등록번호 § 제1081-1-89호
등록일자 § 1999. 5. 31
어람번호 § 제2-1022호

주소 § 경기도 부천시 원미구 심곡1동 350-1 남성B/D 3F (우) 420-011
전화 § 032-656-4452 팩스 § 032-656-4453
http://www.chungeoram.com
E-mail § eoram99@chollian.net

ISBN 89-251-0336-2 04810
ISBN 89-251-0173-4 (세트)

Fantastic Oriental Heroes

강태훈 新무협 판타지 소설

◆ 難 堪 天 才 ◆

난감천재

완결
6

청어람
도서출판

| 목차 |

제47장

미교에서 탈출하리라

인상을 찌푸리며 만휘를 바라보던 곡야인은 이내 얼굴을 펴고는 온화한 목소리로 다시 만휘에게 물었다.

"꼭 가야 하는가?"

"예. 이제는 힘듭니다. 어린 나이에 너무나도 많은 일들을 겪다 보니 정신적으로 육체적으로 힘이 드는군요."

"이곳에서 지내면서 쉬어도 되지 않겠는가?"

"이곳에 있어도 강호에 있는 것과 마찬가지 아닙니까?"

만휘는 강호가 아닌 곳으로 떠나서 마음 편하게 생활하고 싶은 것이었다.

"어차피 강호가 우리의 것이 되었네. 더 이상의 분란이나 싸움은 없어. 그저 소속만 마교에 있으면 되는 거야."

"강호 전체가 마교의 것이라면 제가 어디에 있든 마교에 있는 것 아니겠습니까?"

순간적으로 곡야인은 할 말을 잃었다. '강호가 마교의 것이니 자신이 어디에 있든 마교에 있는 것이다'. 반론의 여지가 없는 말이었다.

"내가 굳이 자네를 이곳에 두려 하는 이유는 자네가 마음에 들고 자네의 능력을 높이 사기 때문일세. 주변 사람들을 자신의 편으로 끌어당기는 매력과 그 누구에게도 지지 않을 정도로 강한 힘. 그것을 높이 사기 때문이라네."

"잘못 보셨습니다. 저에게는 능력이 없습니다. 다만 사람들과 허물없이 지내는 것이 하나의 능력이라면 능력이겠지요. 힘은 저보다 교주님이 더 강하시고, 실무를 보는 능력이라면 서 총관님께서 저보다 훨씬 더 뛰어나십니다. 저는 이곳에 있어도 별 소용이 없습니다."

솔직히 곡야인과 싸워도 지지 않을 정도의 실력을 가지고 있다고 생각을 하는 만휘였지만, 마교에서 나가기 위해 그런 말을 한 것이었다.

자신을 최대한으로 쓸모없는 사람으로 만들어야 이곳에서 나가기가 쉬울 것 같았기 때문이다.

"자네 입으로 말하지 않았나, 사람들과 허물없이 지내는 것이 능력이라면 능력이라고. 나나 서 총관에게는 그런 능력이 없지. 자네의 부족한 부분을 우리가 채워주듯이 자네가 우리에게 없는 부분을 채워주어야 하지 않겠는가?"

이번에는 만휘가 할 말이 없었다. 사람들과 허물없이 지낸다는 말을 괜히 꺼낸 것 같다는 후회도 되었다.

"이곳에 남으면 강호인으로서 누릴 수 있는 갖은 부귀영화를 다 누릴 수 있네. 그러니 며칠 더 생각해 보게. 당장 떠날 것은 아니지 않은가?"

"그렇게 하겠습니다."

조금 더 생각해 보겠다는 만휘의 말에 미소를 지으며 고개를 끄덕였다.

"아, 그리고!"

만휘가 몸을 돌려 대전을 나가려고 할 때 곡야인의 목소리가 다시 들려왔다.

그에 약간 인상을 찌푸린 만휘는 다시 인상을 펴며 몸을 돌렸다.

"왜 그러십니까?"

"별것은 아니고, 그동안 너무 놀지 않는 것 같아서 말이네. 다른 무사들과 함께 술도 마시고 대화도 나누면서 좀 즐기도록 하게."

"예, 알겠습니다."

조금은 무성의한 대답을 한 만휘는 곧바로 대전에서 나왔다.

"이보게, 서평."

"예, 교주님."

만휘가 대전을 나가자 곡야인이 서평을 불렀다. 그의 시선은 여전히 만휘가 나간 대전 문에 고정되어 있었다.

"만약에 말일세, 만 단주가 내 밑에 남지 않겠다고 하면 말이야."

거기까지 들은 서평은 그 다음 말을 예상할 수 있었다. 그에 침을 꿀꺽 삼키며 곡야인을 바라보았다.

"죽여 버리게."

"진심이십니까?"

"내 밑에 두지 못한다면 차라리 죽여 버리는 것이 낫겠지. 안 그런가?"

서평은 또 한 번 곡야인에 대한 두려움을 느꼈다. 자신이 데리고 있지 못한다면 죽여 버린다는 것은 자신의 것 이외에는 인정하지 않겠다는 말과 같다.

"그렇게 하겠습니다."

어차피 예전부터 만휘의 등장에 일말의 경계심을 가지고 있던 서평이기에 이내 고개를 끄덕였다.

서평은 미소를 지었다.

예전에는 만휘가 교주의 사랑을 받고 있었기에 아무런 일도 할 수 없었지만, 이제는 마음 놓고 일을 벌일 수 있게 되었다.

아까의 말투와 눈빛으로 보아서는 이곳에 남을 것 같지 않았기에 지금부터 착실하게 일을 진행시킬 예정이었다.

"먼저 나가 보겠습니다."

끄덕.

곡야인이 고개를 끄덕이자 서평은 서둘러 대전을 나섰다. 준비할 것이 많았기 때문이다.

"서 총관!"

"아, 백 호법님이시군요. 아니, 이제 다시 곡주님이라 불러 드려야겠군요."

자신을 부르며 다가오는 백마흔의 모습에 서평은 속으로 약간 뜨끔했지만, 이내 웃는 표정으로 그를 반겼다. 대전 안에서 나눈 대화를 지금 오는 사람이 들었을 리는 없었다.

"그래, 교주님은 안에 계신가?"

"예. 그런데 무슨 일로?"

"아… 이제 다시 흑월곡으로 돌아가야 하지 않겠는가. 그래서 인사드리러 왔다네. 천혈문주와 함께 오려 했는데 그 친구는 처리해야 할 일이 있다더군. 그래서 먼저 왔다네."

"그러시군요. 들어가 보십시오."

"그러지."

백마흔이 대전 안으로 들어가고 서평은 안도의 한숨을 쉬었다.

백마흔은 만휘와 친한 몇몇 인물들 중 한 사람.

그가 들었다면 분명 자신을 협박이라도 했겠지만, 아무런 내색도 하지 않는 것으로 보아 못 들은 것 같았다.

하지만 서평은 몰랐다. 백마흔은 서평이 대전 안에서 곡야인과 대화를 나눌 때부터 그 앞에 와 있었으며, 서평이 나오려 하자 미리 몸을 숨겼다가 지금 막 온 것처럼 행동했다는 것을.

대전에 들어가서 곡야인과 대화를 나누는 동안 백마흔에게는 오로지 만휘에게 어서 이런 사실을 알려야 한다는 생각밖에는 없었다.

곡야인과 대화를 끝낸 백마흔은 서둘러 대전을 빠져나와 만휘의 전각으로 향했다.

방으로 돌아온 만휘는 만화와 이런저런 이야기를 나누다가 앞으로 어떻게 살아갈 것인지에 대해서 이야기를 나누고 있었다.

만휘는 산이 편했기 때문에 그냥 산에서 생활하자고 했고, 만화는 사람들이 많은 곳이 좋다면서 작은 마을에서 살자고 했다.

"만 단주 있는가?!"

그때, 밖에서 백마흔의 다급한 목소리가 들렸다. 평소에 자주 들르던 그였지만 이렇게 다급하게 찾아온 적은 한 번도 없었다.

만휘는 문을 열었다. 그러자 급하게 달려온 듯 약간 땀을 흘리고 있는 백마흔이 나타났다.

"들어오십시오. 무슨 일이십니까?"

만휘가 백마흔을 안으로 데리고 들어갔다. 방 안으로 들어선 백마흔은 창밖을 두리번거리더니 다시 만휘에게 다가왔다.

"자네, 어서 여기를 떠나게!"

"예? 갑자기 그것이 무슨 소리입니까?"

만휘는 황당하다는 표정으로 백마흔을 바라보았다.

다짜고짜 달려와서는 이곳에서 떠나라니. 정말 황당할 수밖에 없었다. 곁에 있던 만화 역시 황당하다는 표정을 짓고 있었다.

"교주가 자네를 죽이려 하네!"

"예?!"

만휘가 놀라 소리쳤다. 만화 역시 걱정스런 표정으로 백마흔과 만휘를 번갈아 바라보았다.

"아니, 교주가 저를 왜 죽이려 합니까? 방금 전까지만 해도 저와 대화를 나누었던 사람인데."

그러자 백마흔이 답답하다는 듯이 만휘를 바라보았다.

"자네, 교주에게 이곳을 떠나겠다고 했지?"

"예, 그렇습니다. 어떻게 아셨습니까?"

"중요한 것은 그것이 아니고, 교주가 말하는 것을 내가 들

었는데, 자신의 곁에 두지 못한다면 죽여 버리는 것이 낫다고 했단 말일세!'

백마흔의 말에 만휘와 만화는 말을 잇지 못했다. 교주가 자신을 죽이려 한다면 만화마저도 위험할 것이다. 그렇다면 이곳에 오래 머무는 것은 말 그대로 위험한 일이나 마찬가지다.

"서둘러 빠져나가야겠군요."

"그렇지."

다시 침묵이 찾아왔다. 만휘는 앞으로 어떻게 해야 할지에 대해 잠시 생각하는 것 같았고, 백마흔은 그를 그저 걱정스런 눈빛으로 바라보고 있었다.

"일단 며칠 두고 봐야겠습니다."

"며칠 두고 보다니! 지금 당장 죽일 수도 있단 말일세!"

"아닙니다. 지금 당장 죽이지는 않을 겁니다. 저에게 며칠 더 생각을 해보라고 했으니 말입니다. 그러니 당분간 아무런 일도 없는 것처럼 행동하면서 빠져나갈 방법을 구상해 봐야겠습니다."

"그런가? 그럼 다행이군. 그렇게 하게. 그럼 난 이만 물러가겠네."

"예. 그렇게 하십시오. 감사합니다."

백마흔은 고개를 끄덕이곤 만휘의 방을 나섰다. 그의 마음도 편치 않은 듯했다.

"오라버니, 어떻게 하죠?"

백마흔이 나가고 만화가 걱정스런 표정으로 만휘에게 물었다. 하지만 만휘는 밝은 표정으로 대답했다.

"걱정하지 마. 적어도 며칠간은 나에게 아무런 해도 못 입힐 테니까."

"그래도……."

"너무 걱정하지 말라니까. 그동안 내가 이곳을 빠져나갈 방법을 찾아볼게. 둘이 함께 빠져나가는 것이 힘들면 네가 먼저 나가는 것도 한 방법이 될 수 있을 거야."

"그건 싫어요!"

만화가 소리치자 만휘는 미소를 지으면서 만화의 머리를 헝클어뜨렸다. 벌써 스물셋이나 된 처녀였지만, 만휘에게는 아직도 어린 동생으로만 보였다.

"그러니까 말했잖아, 한 방법이라고. 함께 도망칠 수 있는 방법을 찾아봐야지."

"그래요. 꼭 함께 가요!"

"그래."

만휘가 미소를 지었다. 그 미소를 보고 있자니 왠지 모르게 믿음이 가는 만화였다.

"자, 그럼 우리도 나갈까? 어차피 도망칠 것, 여기에 있는 동안에 실컷 즐기다가 가자고."

"그래요."

만휘와 만화는 전각 밖으로 나갔다.

밖에서는 아직도 단원들이 술에 빠져 있었다. 어느 정도 내공이 있는 단원들이었기에 약간의 술기운 정도는 다스릴 수 있는 그들이었다.

"아니, 도대체 얼마나 더 마시려는 거야? 어라? 얘는 완전히 갔네?"

만휘가 바닥에 누워서 자고 있는 백공보를 보고 황당하다는 듯이 말했다.

"단주니~임! 드디어 나오셨군요. 이리로 오십쇼!"

유철도 반쯤 맛이 간 목소리로 만휘를 불렀다.

지금까지 흐트러지지 않은 유철의 모습만 보아왔기 때문에 지금의 이런 모습은 만휘에게 생소했다.

하지만 그런 모습이 싫지는 않았기 때문에 이내 미소를 지으며 그 옆에 앉았다.

"야! 술 가져와! 단주님 나오셨다! 특별히 가장 큰 놈으로 가져와!"

유철의 명령에 금세 단원 한 명이 술이 담긴 큰 독 하나를 가져왔다. 딱 보기에도 술이 꽤 많이 들어 있는 독인 것 같았다.

"자! 단숨에 들이키시는 겁니다요!"

"우오오오오옷!"

유철의 말에 단원들이 추임새를 넣으며 분위기를 고조시켰다. 그런 분위기에 잠시 난처해하던 만휘는 결심한 듯 술독의 주둥이를 잡고 들어올렸다.

"우와아아아!"

그러자 단원들은 더욱더 큰 소리를 내면서 만휘가 술을 모두 마시도록 조장했고, 만휘는 술독에 입에 대고 술을 마시기 시작했다.

꿀꺽꿀꺽!

술들이 조금씩 만휘의 목구멍을 따라 넘어가기 시작했고, 약간은 입 밖으로 넘쳐흐르기도 했다.

"우와아!"

사실 마시는 중간에 만휘가 포기할 것이라고 생각했던 단원들은 술독이 점점 더 기울어지고 만휘의 입으로 계속해서 술이 흘러들어 가자, 놀란 눈으로 그 모습을 바라보았다.

"우와아!"

"단주님 최굠니다!"

"역시 단주님!"

그리고 결국 만휘가 술 한 독을 다 마시자, 단원들은 환호성을 지르며 박수를 쳤다.

술 한 독을 다 마신 만휘는 순간적으로 눈앞이 핑 도는 것 같은 기분이었지만, 선기가 재빨리 움직여 술기운을 몰아냈다.

그런 선기의 반응을 느끼며 단원들을 향해 씨익 웃어 보인 만휘는 가득 차 있는 술독을 하나 들고 일어서면서 말했다.

"자, 나한테 술 한 독을 다 마시게 했으니, 너희들도 좀 마셔야지? 나랑 일 대 다로 대작을 해서 지는 쪽이 술 한 독 다 마시기다. 어때?"

혈마철기단 단원들의 수는 대략 오십여 명. 일 대 다로 대작을 하겠다는 말은 만휘 혼자서 오십 명의 단원을 상대하겠다는 말이었다.

"너무 무리하는 것 아니에요?"

"걱정 마, 괜찮으니까. 자! 어서 잔들 들어!"

걱정하는 만화를 안심시킨 만휘는 술독과 자신의 잔을 들고 자리에서 일어났다. 그리고는 오른쪽으로 돌면서 일일이 단원들과 한 잔씩 대작을 했다.

그렇게 돌아 마지막 오십 명째가 되었을 때까지도 만휘는 멀쩡했다. 술기운은 이미 선기에 의해 체외로 증발되어 날아간 상태였다.

하지만 이미 며칠째 계속해서 술을 마신 단원들은 하나둘씩 쓰러지기 시작했다. 물론 한 잔 더 마신 것이지만, 그동안 마신 양 때문에 버티기 힘들어진 것이었다.

"아니, 고작 한 잔씩 마시고 이렇게 뻗는단 말이야? 난 오십 잔을 마시고도 이렇게 멀쩡한데?"

겨우겨우 정신을 차리고 있는 단원들은 그렇게 외치는 만휘를 바라보며 괴물이라는 생각밖에 안 들었다.

그렇게 몇 시진 동안 만휘는 단원들과 웃고 떠들면서 오랜만에 즐거운 시간을 가졌다. 만휘의 옆에 앉아 있는 만화 역시 입가에 미소를 지은 채 즐거운 표정을 지었다.

그렇게 시간이 흐르고 단원들이 하나둘씩 쓰러지기 시작했다. 며칠 동안 제대로 쉬지도 않고 술을 퍼마셨으니 그럴 수밖에 없었다.

"어라? 이 녀석들 봐라? 일어나! 여기서 잘 거야?!"

만휘가 단원들을 일일이 돌아다니면서 깨웠다. 하지만 육체적, 정신적으로 한계에 도달하여 정신을 잃은 그들을 깨우기란 여간 어려운 것이 아니었다.

"으아악!"

갑자기 한 단원이 비명을 지르면서 자리에서 일어났다. 만휘가 살짝만 눌러도 굉장히 아픈 혈들을 아주 '꾸욱' 눌러준 것이었다.

"일어나라니까, 좋게 말을 할 때 들어야지."

그렇게 몇몇 단원들을 더 깨우고 나자, 비명 소리를 듣고 정신을 차리는 단원들도 생겼다. 그리고 조금 더 지나자 모든 단원들이 정신을 차렸다.

"어서 거처로 돌아가! 여기서 자다가 얼어 죽을래?"

만휘의 말에 단원들은 어슬렁거리면서 자리에서 일어나 자신들의 거처로 돌아갔다.

자신들의 거처로 돌아가는 그들이었지만, 비몽사몽한 상태였기에 뒤에서 보기에는 시체들이 일어나서 걷는 것 같왔다.

그들을 모두 들여보내고 난 만휘는 바닥에 그냥 널브러져 있는 술독들을 한쪽에 정리해 놓고는 만화의 옆에 앉았다.

"기분은 좀 어때? 좋아졌어?"

"뭐 언제는 나빴나요. 그래도 시끌벅적한 곳에 있으니까 나쁘지는 않아요."

만화가 대답하며 미소를 지었다.

"다행이네. 그리고 너무 걱정 하지 마라. 다 잘될 거야."

"네."

만휘는 미소를 지으며 만화를 바라보았다. 미소를 짓고는 있지만, 만화만 보면 미안하고 안타까운 마음밖에는 들지 않았다.

"자, 들어가자."

만휘가 만화를 부축하여 자리에서 일어나 거처로 돌아갔다.

곡야인으로부터 만휘를 죽이라는 명령을 받은 서평은 그 이후로 만휘의 일거수일투족을 수하를 시켜 감시하고 있었다.

마음만 먹으면 그런 것을 못 느낄 만휘가 아니었지만, 첫날은 아무것도 알아차리지 한 듯했다.

"술잔치? 그동안에는 즐기지 않더니 무슨 바람이 분 것이지?"

수하의 보고를 들은 서평은 잠시 생각에 잠겼다.

소림에서의 전투를 승리로 이끌고 마교로 돌아온 이후 만휘가 잔치에 참석하지 않은 것은 이곳을 떠나기 위해 정을 떼는 과정이라고 생각했다.

그리고 곡야인과 만휘의 대화에서 그것을 거의 확신했다. 그런데 방금 들어온 보고에는 단원들과 아무런 허물 없이 웃고 떠들고 마시면서 즐겼다고 하니 어떻게 해석을 해야 할지 몰랐다.

'아쉬움을 달래기 위함인가?'

아쉬움을 달래기 위하여 단원들과 함께 잔치를 벌인다. 이것도 말이 되지만 왠지 명확하지는 않았다.

"도대체 무슨 생각인 것이냐!"

서평은 답답한 마음을 참지 못하고 밖으로 표출했다. 분명히 자신을 죽일 것이라는 사실을 모르고 있을 텐데 마치 의도적으로 그런 행동을 하는 것처럼 보였다.

"눈치를 챘단 말인가?"

하지만 그는 이내 고개를 저었다.

들었을 리가 없다.

만휘가 대전에서 나가고 어느 정도 시간이 흐른 뒤에 나온 이야기였고, 백마흔 역시 듣지 못했다. 그렇다면 만휘는 절대로 모른다.

"조금 더 두고 봐야겠지. 일호!"

"옛!"

'일호'라 불린 사내가 방 안으로 들어왔다. 검은 무복을 입고 있고 얼굴에 복면을 한 것이 은밀한 일을 수행하는 사람인 듯했다.

"계속 감시하라. 만 단주는 교주님에 필적할 만한 고수다. 그러니 최대한 들키지 않도록 각별히 주의를 기울여야 한다. 알겠나?"

"옛!"

대답을 한 일호는 곧바로 밖으로 나갔다. 그리고 서평은 다시금 만휘를 죽일 계획을 구상하기 시작했다.

다음날 이른 아침, 만휘는 술기운의 영향을 전혀 받지 않은 모습으로 일어났다.

단원들은 어제 반 시체화되어 들어갔기 때문에 아무도 일어나지 못했을 것이다.

만휘는 자신의 검을 들고 공터로 향했다. 아직도 술독은 한쪽에 고이(?) 놓여 있었고, 얼마나 마셨는지 아직도 그곳에서 술 냄새가 나는 것 같았다.

"흐읍!"

만휘는 숨을 크게 들이마시고는 검을 들어올렸다. 그리고는 처음부터 검에 내력을 잔뜩 불어넣고는 검법을 펼치기 시작했다.

청운적하검법도, 은하유성겁법도 아니었다. 이는 화산에서 싸울 때 떠오른 다섯 개의 초식이었다. 한 번도 본 적 없지만 단 한 번 펼쳐 본 초식.

하지만 그 초식의 위력은 실로 어마어마했다.

만휘가 반복하여 펼쳐 보이는 다섯 초식은 공터에 있는 공기가 진동할 정도의 위력을 갖고 있었다.

만휘의 검은 공기 속에서 움직이는 것이 아닌 그 공기를 가르며 휘둘러졌고, 그로 인하여 만들어진 공기의 파동은 공터 주변의 모든 것에 영향을 미쳤다.

쩌저적!

어제 만휘가 한쪽에 모아두었던 술독들에 금이 가기 시작했다. 공기의 파동을 이기지 못하는 것이었다.

쨍그랑!

결국 술독 하나가 깨졌다.

쨍그랑! 쨍그랑!

하나가 깨지기 시작하자 다른 술독들도 연달아 깨지기 시작했다. 그리고 주변에 심어져 있던 몇 그루의 나무들 역시 부러질 듯 위태롭게 휘어져 있었다.

그러다가 점차 공기의 파동이 줄어들자 부러질 듯 휘어져 있던 나무들도 다시금 허리를 펴기 시작했다.

"후우—!"

만휘가 검을 멈추며 심호흡을 했다. 그리고는 이마의 땀을 닦으며 주변을 둘러보았다.

깨진 술독과 여기저기에 떨어져 있는 나뭇잎들. 그리고 바닥에는 검법을 펼친 흔적들이 어지럽게 그려져 있었다.

"당황스러운데?"

처음 이 검법을 펼쳤을 때에는 아무런 생각이 없었다. 처음에는 단문형에 대한 분노로 시작되었지만 나중에는 오로지 초식에 대한 생각만 머릿속에 가득 차 있었다.

우연히 만들어진 검법. 그리고 단 한 번 펼쳐 보았을 뿐이지만 전혀 낯설지 않았고, 청운적하검법이나 은하유성검법보다 훨씬 더 몸에 잘 맞았다.

"게다가……."

만휘는 자신의 손에 들려 있는 검을 보았다. 정확히 말하면 검법을 펼친 자신의 검과 팔을 보았다고 하는 것이 옳았다.

'이는 청운적하검법의 부드러움과 은하유성검법의 강함을 동시에 가지고 있는 검법이다!'

당연한 것이었다. 처음에 만휘의 의식 속에서 청운적하검법과 은하유성검법의 각 초식들 중 글자의 재배열을 통해 만들어진 것이 바로 방금 전의 검법이었다.

잠시 그 검법에 대해서 생각하던 만휘는 문득 검법의 이름조차도 생각하지 않았다는 것을 깨닫고는 검법의 이름에 대해서 고민하기 시작했다.

"무엇이 좋을까……."

하지만 막상 정하려고 하니 이름 정하는 것이 쉽지가 않았다.

"있으면 어떻고 없으면 어떤가. 있으면 있는 대로 살고, 없으면 없는 대로 살면 되는 것이지."

고민에 고민을 거듭하다가 이름을 정하지 못한 만휘는 결국 포기하고 말았다.

곡야인과 만휘가 대면을 한 지 닷새가 흘렀다. 그동안 만휘는 어떻게 해야 빠져나갈 수 있을지 고민했다.

하지만 중원이 마교의 발아래에 굴복한 상태에서 싸움을 빌미로 나갈 수도 없는 상황이라 난감하기 짝이 없었다.

흑월곡과 천혈문은 이틀 전에 모두 자신들의 보금자리로 돌아갔다. 확실한 아군이 마교에서 발을 뺀 것이다.

비록 주본무 등 몇몇 사람들이 만휘에게 호감을 보이고는 있지만, 그렇다고 해서 곡야인의 명을 거스르고 자신에게 힘을 실어줄 리는 만무했다.

"단주님!"

"지금 나간다."

백공보의 목소리에 만휘가 문을 열고 밖으로 나갔다.

"가자."

"예?"

"교주님께서 부르신 것 아니냐?"

"맞습니다."

"그러니까 가자고."

"예."

백공보는 황당한 표정으로 만휘를 바라보았다. 그리고 방금 전의 일을 곰곰이 생각해 보았다.

'내가 말씀을 드렸던가?'

아무리 다시 떠올려 봐도 자신은 교주님이 불렀다고 말을 한 적이 없었다. 그렇기에 만휘가 더욱더 대단해 보였다.

만휘는 대충 교주가 다시 자신을 부를 것이라 생각하고 미리 준비를 하고 있었다. 그리고 그가 물었을 때 무어라 대답할지도 전부 다 생각해 두었다.

하지만 그 어떤 말을 하더라도 거절의 의미를 담고 있다면 곡야인은 자신을 죽이려 할 것이니 변명을 하거나 돌려 말하는 것은 하지 않으리라 생각하고 있었다.

"후우—!"

대전 앞에 선 만휘는 심호흡을 한 번 한 후 안으로 들어갔다.

만휘가 안으로 들어가자 의자에 몸을 기대고 무언가를 생각하고 있던 곡야인은 몸을 바로 하고는 만휘를 맞았다.

"아! 어서 오게."

곡야인은 만휘를 반겼다. 아마도 만휘가 이곳에 남을 것이라 기대하는 눈치였다. 하지만 만휘는 아무런 표정 없이, 아무런 말도 없이 그의 앞으로 다가갔다.

"그래, 그동안 잘 쉬었나? 생각은 많이 했고?"

"예, 덕분에 잘 쉬었습니다."

그리고 잠시의 침묵이 흘렀다.

만휘는 곡야인이 물어보면 대답하기 위해 입을 다물고 있었고, 곡야인은 잠시 만휘의 기색을 읽어보려는 듯했다.

"결정은 내렸는가?"

"예. 아무래도 이곳에 남는 것보다는 떠나는 것이 나을 듯합니다."

꿈틀.

곡야인의 눈썹이 꿈틀거렸다. 그리고 표정도 급속도로 굳어갔으며, 그의 분노 역시 몸에서 스멀스멀 피어오르고 있었다.

"그렇게 결정했단 말이지……."

하지만 곡야인은 금세 그런 기색을 숨기고 입을 열었다. 겉으로 보기에는 상당히 아쉬워하면서 만휘의 결정을 존중해주는 것처럼 보였다.

'아마 속으로는 나를 죽일 결심을 하고 있겠지.'

고개를 숙인 만휘는 그렇게 생각하면서 자신의 오감을 모두 열어젖혔다. 곡야인이 자신의 이런 결심을 전혀 생각도 하지 않고 있었을 리는 없었다.

그렇다면 분명 이런 대답에 대비하여 준비를 해놓고 있었을 것이다.

"정말 떠나야겠는가?"

"예."

짧게 대답한 만휘는 오감을 이용하여 대전 곳곳을 살펴보았다.

아니나 다를까, 대전의 곳곳에는 대략 스무 명 정도의 무사들이 숨어 있었다.

그들 스스로가 기척을 죽이고 있었고, 곡야인의 몸에서 뿜어져 나온 기운들이 그들의 기척을 더 가리고 있어 정확한 숫자는 파악되지 않았다.

하지만 최소한 스무 명 이상의 일급고수들이 자신을 죽이기 위해 대기하고 있다는 말이었다.

"안타깝군. 이곳에 머물러 주기를 바랐는데."

"저도 이곳을 떠나기로 결정한 것이 쉽지만은 않았습니다."

형식상의 말이었다. 이미 만휘의 마음은 처음 마교로 돌아오기 전부터, 아니, 마교에 몸을 담기 이전부터 생각하고 있던 것이었다.

"그렇다면 어쩔 수 없지."

딱!

곡야인이 말을 함과 동시에 엄지와 검지를 튕겨 소리를 냈다.

그리고 그 순간 만휘는 재빨리 몸을 뒤로 빼었다. 가벼우면서도 빠른 동작이었다.

쾅!

만휘가 있던 자리로 여섯 명의 무사가 떨어져 내렸다. 위에서 만휘의 머리를 노리고 검을 찍으려 한 듯 그들의 검은 전부 한곳을 찍었다.

"역시! 이럴 줄 알았습니다!"

만휘가 곡야인을 노려보며 소리쳤다. 비록 그동안 자신에게 잘 대해주었다고는 하지만 지금 이 순간에 그동안의 모든 호의는 없었던 일처럼 깡그리 사라졌다.

"흥! 눈치는 빠르군! 내게 진 빚을 이렇게 갚으려는가?"

곡야인이 만휘에게 소리쳤다. 이제는 더 이상 숨길 것이 없었기에 그의 말투에는 거침이 없었다.

몸을 뒤로 뺀 만휘는 다시금 오른쪽으로 방향을 틀었다. 자신에게 날아드는 또 하나의 기운이 느껴졌기 때문이다.

콰쾅!

엄청난 폭음. 단순히 일급고수의 실력으로는 절대로 만들어낼 수 없는 소리다. 그렇다면 그들보다 강한 어떤 사람이 있다는 것이다.

"관 장로님……."

만휘가 어두운 목소리로 중얼거렸다. 몸을 피한 후 고개를 돌려 바라본 곳에는 관치원이 두 자루의 검을 들고 서 있었다. 방금 전의 폭음은 그가 만들어낸 것이 틀림없었다.

"미안하네."

만휘에게 날아든 전음. 관치원이 할 수 있는 모든 것이었다. 그 전음의 내용처럼 그의 얼굴 표정에는 미안한 마음이 잔뜩 묻어 있었다.

만휘는 상당히 곤란한 상황에 빠졌다. 대전 안에는 처음 자신을 공격했던 여섯뿐만이 아니라 열 명의 동급 고수가 모습을 드러내고 있었고, 관치원까지도 자신을 공격하기 위해 준비하고 있었다.

게다가 가장 강력한 적인 곡야인이 버티고 있으니 지금 상황은 만휘가 죽는다고 해도 전혀 이상할 것이 없는 상황이었다.

스르릉.

만휘는 검을 뽑았다. 지금의 상황에서는 어쩔 수 없이 검을 들고 싸워야만 했다.

이들 중 관치원과 곡야인을 제외한 나머지 무사들의 반수 정도만 줄여도 대전을 빠져나갈 수 있을 것이다. 그 이상은 힘들었다.

검을 뽑은 만휘는 잠시 자신의 눈치를 살피고 있는 무사들에게 재빨리 몸을 날렸다. 공격은 최선의 방어이다. 정명의 가르침이자 자신이 직접 몸소 체험한 것이기도 했다.

"하앗!"

"헛!"

만휘의 재빠른 선공에 무사 한 명이 헛바람을 들이키며 목숨을 잃어갔다. 깨끗하게 심장을 찌르는 일검이었다.

쓰러지는 무사를 보며 나머지 열다섯의 무사가 만휘에게 달려들었고, 관치원은 잠시 상황을 지켜보고 있었으며, 곡야인은 쓰러진 무사를 병신이라며 한심하다는 듯 바라보았다.

비록 오행검진과 나한진 등 그 위력이 엄청난 진법을 상대해 본 만휘였지만, 지금의 상황이 결코 좋지만은 않았다.

규칙성없이 마구잡이로 합동 공격을 하는, 합격진이라고 부르기도 어려운 그들의 공격이었지만, 막아내기가 쉽지 않은 것이다.

일단 공격해 오는 숫자가 훨씬 더 많았다. 비록 나한진은 열여덟 명의 무승이 만든 진이지만, 봉이 주는 느낌과 검이 주는 느낌은 엄연히 달랐다.

하지만 만휘는 한 달 전의 만휘가 아니었다. 상대하기 까다롭기는 하지만 힘겹게 버텨야만 했던 나한진이나 오행검진과는 달랐다.

만휘는 제운종과 거령패왕보를 적절히 섞어 사용하면서

몸을 움직였다. 가끔 너무 빠른 속도로 움직여 오히려 뒤늦게 움직이는 검에 옷이 찢겨 나가기도 했지만, 그것을 따질 때가 아니었다.

결과만 놓고 보자면 열다섯의 일급고수가 만휘 한 명을 어쩌지 못하고 있었다. 그렇다고 해서 만휘가 그 열다섯의 고수를 압도하는 것도 아니었다. 팽팽한 상황인 것이다.

이런 상황에서 관치원은 대단하다는 표정을 지으며 그곳을 바라보고 있었고, 곡야인은 이 정도는 예측을 했다는 듯이 여유로운 모습이었다.

"어서 끝내야 하는 것 아닌가? 아직 준비한 것이 많다네. 서 총관이 머리를 좀 굴렸어. 그런 서 총관의 노고에도 보답을 해주어야 하지 않겠는가?"

곡야인의 전음이 만휘의 귓가에 울려 퍼졌다.

만휘는 이를 악물었다. 이것이 전부가 아니다. 예상은 했지만, 직접 그 말을 들으니 기분이 달랐다.

'원한다면… 그렇게 해주어야지!'

파앗!

만휘의 신형이 더욱더 빨라지고 있었다. 그리고 그런 만휘의 신형을 제대로 쫓지 못한 열다섯 개의 검이 서로 엉키기 시작했다.

챙!

채챙!

채채챙!

검과 검이 부딪치는 소리가 들렸다. 이는 마치 자신들끼리 서로에게 검을 휘두르며 싸우는 것같이 느껴졌다.

만휘는 분명 포위를 당해 가운데에 있었지만 열다섯의 무사가 느끼기에는 그 가운데 공간에는 만휘가 존재하지 않는 것 같았다.

"끄아악!"

무사 한 명이 또 쓰러졌다.

만휘의 검에 당한 것인지 아니면 동료의 검에 당한 것인지 알 수 없었다. 하지만 중요한 것은 그것이 아니라 한 명이 더 줄었다는 것이었다.

싸움에서 머릿수가 차지하는 비중은 꽤 큰 것이었다. 원래 자신을 공격하던 숫자가 십이라면 한 명이 죽은 지금은 아홉이라 할 수 있었다.

줄어든 하나만큼은 당하는 사람이 반격을 할 수 있는 공간이 생긴다는 것과 같았다.

지금처럼.

촤악!

"끄아악!"

언제 나타났는지 모르겠지만, 갑자기 불쑥 나타난 만휘가 무사 한 명을 더 쓰러뜨렸다. 실로 눈 깜짝할 사이에 벌어진 일이었다.

하지만 열세 명으로 준 무사들은 공격을 멈추지 않았다. 상대는 한 명. 그 사실이 그들의 마음속에서 두려움을 없애주고 있었다.

"끄악!"

"으아악!"

두 명의 무사가 더 쓰러졌다. 남은 인원은 열하나. 서서히 무사들의 마음속에 있는 두려움이 커지기 시작했다.

만휘는 쉴 새 없이 움직였다. 하지만 아직까지는 힘들지 않았다. 벌써 힘들면 안 되는 상황, 아직도 눈앞에 있는 무사들 이외에 관치원과 곡야인이 있었다.

당장 그들과 담판을 짓지 않는다고 하여도 마교를 빠져나갈 힘은 남겨두어야만 했다.

"어떻습니까. 놀랍지 않습니까?"

만휘의 신위를 보고 곡야인이 관치원에게 물었다. 관치원은 말없이 고개를 끄덕였다.

만휘가 이곳 마교에 온 지 꽤 오래되었지만 직접적으로 만휘의 신위를 눈으로 보는 것은 나한진을 상대했을 때와 지금, 딱 두 번이었다.

그것도 소림에서는 그 역시도 싸움을 해야 했기 때문에 제대로 보는 것은 지금이 처음이라 할 수 있었다.

만휘의 신위는 정말로 놀라운 것이었다. 과연 자신이 저 안에서 움직인다면 저런 움직임을 보여줄 수 있을 것인지 의문이 들었다.

'나는 할 수 없다!'

관치원이 내린 결론이었다. 자신이 만휘와 일 대 일로 붙어서 이길 수 있을 것이라 자신할 수가 없었다.

"저런 사람을 곁에 두지 않고 어찌 견딜 수가 있단 말인가!"

곡야인의 눈빛은 점점 더 만휘를 곁에 두고 싶어하는 마음으로 가득 차 올랐다.

그사이 만휘는 벌써 대부분의 무인들을 처리하고 다섯 명의 무인만 남겨둔 상태였다.

그 수가 줄어든 만큼 만휘에게는 더할 나위 없이 좋은 기회였고, 무인들에게는 도저히 어찌할 수 없는 상황이 되어버렸다.

무인들은 공격을 하지 못하고 있었다. 엄청난 만휘의 움직임에 두려움을 느낀 것이다.

그도 그럴 것이 지금 만휘의 몸에서는 진정한 강자의 기도가 뿜어져 나오고 있었다.

분노와 안타까움 등이 함께 뒤섞여 뿜어져 나오는 그의 기도는 느끼는 이로 하여금 범접하기 힘들게 만들었다.

"아무래도 관 호법님이 나서주셔야겠습니다."

곡야인의 말에 관치원은 그저 고개만 살짝 끄덕였다. 별로 내키는 일은 아니었지만, 마교 내에서 교주의 명은 절대적인 것이었다.

관치원이 나서자 남아 있던 다섯 무인들은 기다렸다는 듯이 뒤로 물러섰다.

곡야인의 입장에서 보면 그들은 자신들의 임무를 다한 것이나 다름없었다. 그들에게 만휘를 꺾는 것을 기대한 것이 아닌 이상, 만휘의 진을 빼놓는 것으로 만족한 것이다.

"미안하네."

관치원이 만휘를 바라보며 또 한 번 미안하다는 말을 했다. 하지만 만휘는 고개를 저었다.

"아닙니다. 이해합니다."

짧게 대답한 만휘는 검을 들어올렸다. 관치원은 강한 사람이었다. 방금 전 자신과 싸웠던 무사들에게는 중상을 입히기는 했지만 살 수 있을 것이다.

하지만 관치원은 그 정도로 제압할 수 있는 상대가 아니었다. 목숨을 취하지 않고 이 싸움을 끝낼 수는 없는 상대였다.

검병을 잡은 만휘의 손에 저절로 힘이 들어갔다.

스릉! 스릉!

관치원이 잠시 거두어들였던 두 개의 검을 꺼내 들었다. 광해열사검법.

만휘는 침을 삼켰다.

방금 전에 느꼈던 관치원의 기도와 지금 느껴지는 그의 기도는 완전히 달랐다.

검을 들기 전 그의 기도가 부드러우면서도 포근한 할아버지 같은 느낌이었다면, 두 개의 검을 뽑아 든 그의 기운은 마치 싸움을 위해 태어난 악귀(惡鬼)와도 같은 느낌이었다.

고오오!

만휘의 기운과 관치원의 기운이 공중에서 만나 팽팽한 대력을 펼치고 있었다. 한 치의 양보도 없는 대결.

열여섯 명의 무사를 상대할 때에도 땀을 흘리지 않았던 만휘의 얼굴에서 땀이 흘러내렸다.

관치원 역시 비 오듯 땀을 흘리고 있었다.

좌아악!

관치원의 오른손이 먼저 움직였다. 빠르지는 않지만 엄청난 기운이 만휘에게 짓쳐들었다. 발경이었다.

보이지 않았다, 다만 소리만 들렸을 뿐. 하지만 그것은 다른 사람들에게 그런 것일 뿐, 만휘는 달랐다.

만휘의 눈에는 관치원의 검에서 뿜어져 나오는 기운이 보였다.

스슥.

만휘가 한 걸음 물러섬으로써 그 기운을 피해내었다.

사사삭! 쾅!

만휘의 바로 옆을 기이한 소리를 내면서 지나간 기운이 대전의 벽을 부숴놓았다.

하지만 그런 것에 신경 쓸 겨를이 없었다. 방금 전 만휘의 신위를 목격한 관치원이었기에 이 정도는 피할 수 있을 것이라 판단한 그였다.

그래서 강맹한 기운을 날려 만휘의 시선을 그쪽에 쏠리게 만든 다음, 그 뒤를 따라 만휘에게 달려드는 관치원이었다.

까앙!

만휘가 피하고 곧바로 그쪽으로 붙어 횡으로 그어진 관치원의 검은 만휘의 검에 막힐 수밖에 없었다.

하지만 이번에도 관치원은 당황하지 않고 자연스럽게 다음 공격으로 이어나갔다. 경험이 없는 사람이라면 회심의 일격이라고 생각한 공격이 막히면 당황하겠지만, 관치원은 그러지 않았다.

관치원의 쌍검과 광해열사검법의 위력은 정말 대단했다. 단순히 광해열사검법의 위력은 어느 문파에서나 볼 수 있는 절기와 비슷한 수준이었다.

한 시대를 풍미하기에는 약간 부족한 검법이었지만, 그 부족함을 쌍검의 위력을 통해 만회하고 있었다.

오른쪽에 있던 검이 날아들어 피하거나 막아냈다 싶으면 왼쪽의 검이 날아들었고, 또 그것을 막거나 피하면 오른쪽에 있던 검이 날아들었다.

승기를 빼앗긴 것이다.

그럼에도 만휘는 당황하지 않았다. 그동안에 급진전한 만휘의 실력이, 그리고 자신의 힘에 대한 자각이 만휘를 그렇게 만들고 있었다.

만휘는 전혀 지친 기색 없이 빠르게 움직이며 검을 휘둘렀다.

한 사람이 휘두르는 두 개의 검을 맞아 고군분투(孤軍奮鬪)하고 있는 만휘의 검이었지만, 한 번 빼앗긴 승기를 다시 되찾아오기에는 무리가 있었다.

'진다?!'

질 수도 있다는 생각. 하지만 만휘는 속으로 그것을 부정했다.

자신은 절대로 질 수 없었다.

만화를 떠올렸다.

해준 것 없이 마음고생만 시킨 동생이었다. 그런 만화를 생각해서라도 자신은 질 수 없었다.

만휘의 손속이 더욱더 빨라졌다.

두 개의 검을 상대하려면 그 검들이 제대로 휘둘러지기 전에 부지런히 움직여 길목을 차단해야 했다.

관치원은 만휘의 검이 빨라지자 이를 악물었다. 검이 빨라졌다는 것은 기어코 자신을 이기고 이곳을 빠져나가겠다는 것이었다.

그것은 죽음을 택하겠다는 것과 같은 말이었다.

자신을 이기고 이곳을 빠져나간다 하더라도 곡야인의 손에서 벗어날 수는 없었다.

그런 것을 모를 리 없는 만휘였지만, 그의 손속은 더욱더 빨라졌고, 더욱더 위력적으로 변해가고 있었다.

"내가 도와주겠네. 적절한 기회를 봐서 대전을 빠져나가게."

관치원의 전음에 만휘는 속으로 놀랐다. 자신을 이곳에서 빠져나가지 못하도록 하기 위해서, 이곳을 빠져나가려는 자신을 죽이기 위해서 자신과 검을 섞고 있는 관치원이 도와주겠다고 한다.

그것은 교주인 곡야인의 명에 불복하겠다는 말이고, 이는 곧 죽음으로 이어진다는 말이다.

마교에서 꽤 오래 생활했기에 그런 것 정도는 알고 있었다.

그리고 그 순간, 곡야인의 공세가 무모하리만치 저돌적이면서 공격 일변도로 변하였다. 방어를 생각하지 않는 공격이 때로는 위력적일 수 있겠지만, 독이 될 수도 있다.

만휘는 관치원의 의도를 알아차렸다. 조금 더 위력적인 공세를 펼치면서 만휘를 대전의 문 쪽으로 몰아가고 있는 것이었다.

만휘도 그것을 알고 관치원이 공격해 오는 방향대로 뒷걸음질치면서 방어에 치중했다.

그들의 대결을 곡야인은 흥미롭게 지켜보고 있었다. 관치원이 만휘를 사납게 몰아치자, 곡야인의 입꼬리는 점점 더 올라갔다.

하지만 그것도 잠시, 그의 얼굴이 점점 굳어가기 시작했다. 무언가 이상한 것을 느낀 것이다.

분명 관치원이 만휘를 몰아세우고 있는 상황이었지만, 압도적인 것은 아니었다. 마치 짜여진 대로 움직이는 것 같았다.

"이제 나를 강력한 것으로 공격하게!"

관치원의 전음이 귓가에 울렸다. 아마도 대전의 문 근처까지 온 것 같았다.

만휘는 잠시 고민에 빠졌다. 지금 관치원의 상태는 그리 좋은 상태가 아니었다. 만휘를 거세게 몰아치기 시작하면서부터 내력을 아끼지 않은 탓에 진기의 소모가 많아 지친 상태였다.

그런데 자신이 강한 공격을 가하면 관치원은 죽을 수도 있었다.

"어서!"

만휘가 주저하는 모습을 보이자 관치원이 다시 한 번 전음으로 재촉했다.

만휘는 관치원의 눈을 바라보았다. 자신의 죽음은 상관하지 않고 만휘를 도우려는 모습이었다.

"지금 뭐 하는 것입니까!"

결국 무언가 낌새를 차린 곡야인이 자리에서 벌떡 일어나며 소리쳤다. 그에 관치원은 더욱 다급해진 표정으로 만휘를 바라보았다.

"하압!"

만휘가 선기를 가득 담은 검으로 화산에서 만들어내었던 검법을 이용하여 관치원을 공격했다.

관치원은 서둘러 자신의 내력을 끌어올리며 그 공격에 맞섰다.

콰콰콰쾅!

엄청난 폭음과 함께 그 충격 여파가 대전 안을 휩쓸었다. 이전까지의 싸움으로 부서져 있던 파편들이 공중으로 치솟았고, 먼지들이 공중에 떠다녔다.

쾅!

그 순간 만휘가 대전의 문을 부수고 그곳으로 몸을 날렸다.

"쿨럭! 컥!"

만휘가 대전 밖으로 빠져나가는 것을 확인한 관치원은 각혈을 토해냈다.

부족한 진기로 엄청난 만휘의 공격을 받아내려 하였으니 심각한 내상을 입는 것은 당연한 일이었다.

"이… 이익!"

곡야인은 분을 참지 못하고 부서진 대전의 문과 관치원을 노려보았다.

그는 알 수 있었다, 이 상황이 관치원이 의도적으로 만든 것이라는 사실을.

"이 상황에 대한 책임은… 나중에 묻겠습니다…….."

곡야인이 분노를 간신히 억누르며 재빨리 대전 밖으로 몸을 날렸다. 만휘를 잡기 위함이었다.

털썩.

관치원은 그대로 바닥에 드러누웠다. 앉거나 서서 버틸 수 있는 힘이 그에게는 남아 있지 않았다.

'부디… 온전히 빠져나가시게…….'

자신이 할 수 있는 것은 다 한 관치원이다. 이제 그가 할 수 있는 것은 만휘가 무사히 빠져나갈 수 있도록 바라는 것밖에는 없었다.

그렇게 그는 대전 바닥에 한참 동안 누워 있었다.

만휘의 뒤를 따라 곧바로 대전 밖으로 나간 곡야인은 마교 안을 샅샅이 뒤졌다.

그의 동생인 만화 때문에 곧바로 밖으로 빠져나갔을 리는 없었다.

대전으로 왔다가 빠져나갔다면 필시 동생을 데리러 갔을 것이다. 그래서 곧바로 만화의 거처에도 가보았지만, 찾을 수 없었다.

"재빠른 놈……!"

곡야인은 이를 갈았다. 시간상으로 보았을 때, 아직까지 빠져나가지 못한 것이 분명했다.

"어디에 숨어 있는 것이냐……!"

곡야인은 생각을 해보았다. 비밀 통로는 모른다. 분명한 사실이다. 그렇다면 마교 안 어딘가에 숨어 있거나 자신과 숨바꼭질을 하고 있다는 말과 같았다.

"교주님!"

서평이 달려왔다. 곡야인이 마교 안을 뒤지고 다닌다는 보고를 받고 급하게 달려나온 것이었다.

"서평! 모든 무사들을 집결시켜라! 그리고 마교 안을 쥐구멍도 빼놓지 말고 뒤지라 하라! 만휘과 그의 동생을 찾는다!"

"알겠습니다!"

곡야인의 표정과 목소리에서 무언가 잘못되었다는 것을 눈치 챈 서평은 재빨리 돌아가 무사들을 소집했다.

집결한 무사들은 도대체 무슨 영문인지 몰라 어리둥절한 표정이었다. 그동안 너무 놀고 마셔서 그런지 눈빛도 흐리멍덩했다.

"너희는 지금부터 마교의 철천지원수인 만휘를 찾는다! 어느 곳도 빼놓지 말고 다 뒤져라! 그리고 발견하면 그 즉시 죽여도 좋다!"

웅성웅성!

곡야인의 말에 무사들이 소란스러워졌다. 만휘가 어떤 사람이던가, 화산에서는 단신으로 화산파 제자 오십을 베어 넘긴 사람이고, 무당에서는 오행검진을 깨뜨렸으며, 소림에서는 최고의 절진이라는 나한진을 깨지 않았던가.

게다가 마교가 중원을 통합하는 데 혁혁한 공을 세운 사람 역시 만휘였다.

그런데 그런 사람을 어떻게 죽이며 왜 죽이라고 한단 말인가.

무사들은 혼란에 빠져 있었다. 곡야인의 표정과 말투를 보니 분노가 머리끝까지 차 올라 있는 것 같았고, 그것은 분명 만휘가 어떤 잘못을 저질렀다는 말이었다. 목숨을 잃을 수도 있는 그런 중죄를.

"어서 움직여라! 교주님의 명령에 불복종할 생각이냐! 그 자는 제일 호법님이신 관 호법님을 중상으로 만들었단 말이다!"

서평이 소리쳤다. 곡야인의 표정이 점점 더 굳어가고 있기 때문이었다. 여기서 곡야인의 분노를 더 키우면 큰 화를 당할 수도 있다.

무사들이 머뭇거리는 것은 교주의 명령을 따르기는 해야겠지만, 죽일 정도로 만휘가 나쁜 인물이 아니라는 사실을 알고 있기 때문이다.

무사들은 경악에 찬 표정을 지었다. 만휘가 관치원에게 중상을 입혔단다. 무공 때문이 아니라 중상을 입힌 그 사실 때문이었다.

지금까지 자신이 보아온 만휘의 모습은 그런 것과는 거리가 멀었으니 당연한 것이었다.

"어서!"

서평이 다시 한 번 재촉하자 그제야 무사들은 흩어지기 시작했다. 믿을 수는 없었지만 어떻게 하겠는가, 찾으라는데.

약간씩 머뭇거리면서 만휘를 찾으러 흩어지는 무사들의 뒷모습을 곡야인은 분노에 찬 모습으로 바라보았다.

마교 내에서 만휘를 찾는 일은 그날 하루 내내 계속되었다. 수백에 달하는 무사들이 샅샅이 뒤지고 있음에도 만휘의 그림자 하나 발견할 수가 없었다.

수색은 어둠이 짙게 깔린 이후에도 계속되었다. 한 번 찾아본 곳도 두 번 세 번 계속해서 뒤져 보았고, 혹시라도 안 찾아본 곳이 있을까 세밀하게 수색하고 있었다.

"정말로 단주님이 그러신 것일까?"

"아닐 거야."

백공보의 의심 어린 물음에 유철은 확실하게 아니라는 대답을 하고 있었다. 만휘에 대한 믿음이 백공보보다는 유철이 조금 더 깊은 까닭이었다.

"하지만……!"

'교주님이 거짓말을 했을 리는 없지 않느냐?' 는 질문을 하려던 백공보는 유철의 시선에 입을 다물었다. 그 말을 했다가는 유철의 분노가 터져 자신에게로 돌아올 것 같았다.

"마교는 사파다. 교주님도 사파고 서 총관도 사파지. 하지만 단주님은 달라. 단주님은 사파의 인물이 아니야."

"단주님도 마교 사람이잖아?"

"바보야! 그런 말을 하는 것이 아니잖아!"

유철의 큰 소리에 백공보는 다시 그의 눈치를 보며 입을 다물었다.

"교주님이나 서 총관님의 성품은 사파의 그것과 같다. 무공도 마찬가지고. 하지만 단주님은 달라. 생각하는 것과 성격, 그리고 무공에서도 전혀 사이함을 느낄 수가 없다. 그분은 바른 분이야. 절대로 그런 짓을 하실 분이 아니다."

백공보는 묵묵히 고개를 끄덕였다. 확실히 자신보다 머리가 잘 돌아가는 유철이었다.

"단주님은 어디에 계실까?"

그때였다.

"놀라지 마라."

"흡!"

만휘의 전음. 유철과 백공보는 너무 놀랐다. 하지만 그 순간에도 놀라지 말라는 만휘의 말에 재빨리 입을 틀어막았다.

잠깐의 시간을 두고 뛰는 가슴을 진정시킨 백공보와 유철은 너무나도 기뻤다. 만휘가 무사했고, 아직까지 들키지 않고 잘 숨어 있었기 때문이다.

하지만 걱정도 되었다, 아직까지 마교를 빠져나가지 않고 이곳에 숨어 있다는 사실 때문에.

'아! 아가씨 때문인가? 하지만…….'

유철은 순간적으로 만화 때문일 것이라 생각했다. 하지만 만화의 모습은 어디서도 보이지 않았다. 그렇다는 것은 만휘가 미리 손을 써놓았다는 뜻이다.

"내가 말하는 방향으로 따라와라."

백공보와 유철은 소리 내어 대답하지는 못하고 작게 고개만 끄덕였다.

그 뒤로 유철과 백공보는 만휘가 전음으로 일러주는 대로 움직였다. 직진하기도 했고, 우측으로 꺾어지기도 했고, 때로는 좌측으로 꺾어지기도 했다.

그렇게 도착한 곳은 허름한 집 한 채였다. 마교 내에 있는 산속 깊은 곳에 자리 잡은 허름한 집 한 채. 오랜 시간 동안 사용하지 않은 것 같았다.

"이런 곳이 있었다니……."

만휘보다 훨씬 더 오랜 기간 마교에서 생활했던 유철이었다. 하지만 이런 곳은 한 번도 본 적이 없었고 들은 적도 없었다.

"어서 와라."

유철과 백공보는 다시 한 번 놀랐다. 이곳에서 자신들이 있던 곳까지는 거리가 상당했다. 그냥 눈으로 보기에는 어려운 거리라는 말이다.

그런데 만휘는 자신들을 발견하였고, 이곳에서 자신들에게 전음까지 보냈다.

무공의 경지가 가히 신(神) 급이라 해도 믿을 정도라고는 하지만 그런 것까지 가능할 줄은 몰랐다.

"언제부터 이곳에 계셨습니까?"

"대전에서 도망친 이후로 계속."

"사실입니까?"

만휘는 유철을 바라보았다. 자신에 대한 믿음이 사라지거나 줄어든 것은 아니었다. 정말 단순하게 궁금한 것을 묻는 눈빛이었다.

"사실이지. 문제는 누가 의도적으로 그런 상황을 만들었느냐 아니겠나?"

"그렇군요."

더 이상 묻지 않는 유철이었다. 자신이 생각했을 때 만휘는 절대로 일부러 그런 짓을 할 인물이 아니다. 그렇다면…

'교주가? 왜?'

"왜 그랬답니까?"

유철의 물음에 백공보도 옆에서 고개를 끄덕였다. 그도 궁금하기는 마찬가지였다.

"나보고 마교에 남으라고 하더군."

"고작 그 이유입니까?"

"그래. 그래서 난 떠나겠다고 했고, 곁에 두지 못할 것이라

면 죽여야겠다고 하더군. 관 호법님과도 그 때문에 싸운 것이
다.”

“관 호법님이 그런 일에 순순히 나서실 리는 없을 텐데
요?”

“물론이지. 내가 대전에서 빠져나올 수 있도록 도와주신
분이 바로 관 호법님이시다.”

“그랬군요!”

유철과 백공보는 안심이 된다는 듯이 환한 표정으로 만휘
를 바라보았다.

“그런데 아가씨는 어떻게 되신 겁니까? 안 보이시던데요.
함께 계신 것 아니었습니까?”

그랬다. 지금 만휘의 곁에는 만화가 없다.

만화의 거처에 그녀가 없는 것을 확인하고는 만휘와 함께
도망친 것이라 생각했는데 그것도 아닌 모양이다.

“만화는 이미 마교를 빠져나갔다.”

“예에?! 어떻게!”

백공보가 놀란 듯 물었다. 하지만 유철은 침착했다.

“혹시……”

“그래, 흑월곡주에게 부탁했지. 함께 데려가라고.”

“그랬군요. 하지만 쉽지는 않았을 텐데요?”

“물론 쉽지 않았지. 안 가겠다고 버티는 그 녀석을 떼어내
느라 진땀을 좀 뺐지.”

"하하하."

지금 이 상황에서도 미소를 짓는 만휘와 유철이었다. 다만 백공보만이 조금 걱정스런 표정으로 만휘를 바라볼 뿐이었다.

"하아……!"

만휘가 하늘을 올려다보며 한숨을 쉬었다. 이곳에 있으면 당분간은 자신을 찾기 어려울 것이었다.

"참으로 많은 시간이 흘렀구나……."

만휘가 중얼거렸다. 유철과 백공보는 그저 말없이 그 옆에 서 있었다.

"이제 어떻게 하실 겁니까? 저희는 어떻게 해야 하죠?"

유철이 물었다. 만휘는 여전히 하늘을 올려다보고 있었다.

"이곳을 빠져나가야지."

"그럴 것이면 진작 빠져나가셨어야죠. 지금은 마교 곳곳에 무사들이 배치되어 있습니다. 교주는 단주님이 마교를 빠져나가지 않았다는 것을 알고 있습니다."

"그렇겠지."

상관없다는 어투였다.

"그럼 저희는 어떻게 해야 합니까?"

"너희는 그저 지금처럼만 하면 된다. 다만 단주 자리에 내가 없다는 것뿐이지."

"저희는 단주님 없이는 안 됩니다!"

유철의 외침에 만휘의 목이 급속도로 꺾였다. 아까의 온화한 표정은 온데간데없고 차가워진 그의 표정이었다.

"너도 나를 붙잡을 생각이냐? 미안하지만 난 더 이상 인정에 발목을 잡혀 손속에 사정을 둘 생각은 없다."

막는다면 베어버리겠다는 말이었다. 그런 말을 하는 만휘의 몸에서는 미약한 살기마저도 뿜어져 나오고 있었다.

"남으시라는 소리가 아닙니다. 저희도 따르겠습니다. 단원들 역시 그것을 바라고 있을 것입니다."

유철의 말에 만휘의 눈빛이 조금 흔들렸다. 그 정도로 자신을 생각하고 있다는 사실에 기쁘기도 했고 걱정스럽기도 했다.

"난 나 혼자서도 이곳을 빠져나가기가 버겁다. 너희들까지 데리고 갈 능력이 못 돼."

"저희를 데려가 달라는 말이 아닙니다. 죽든 살든 신경 쓰지 않으셔도 됩니다. 그냥 저희들이 알아서 따르겠습니다."

"안 돼!"

결국 만휘의 입에서 큰 소리가 나왔다. 그 호통에 유철도 백공보도 만휘도 입을 다물었다.

"너희들은 마교의 사람이다. 나는 이곳에 왔다가 떠날 사람이었고. 내가 예전에 말했었지, 너희가 따를 사람은 내가 아닌 교주님이라고."

유철은 고개를 저었다. 그 모습에 만휘는 인상을 찌푸렸다.

"그것은 단주님 혼자만의 생각입니다. 저희들의 생각은 그렇지 않았습니다. 저희는 언제까지나 단주님을 따를 것입니다."

말을 하는 유철의 눈빛은 어떤 협박을 한다 하여도, 검강을 머금은 만휘의 검이 목전까지 다가와도 굽히지 않겠다는 의지가 서려 있었다.

"그리고 저희는 더 이상 마교 사람이 아닙니다. 저희가 익힌 것이 마교의 무공입니까, 아니면 단주님의 무공입니까? 저희들의 몸에는 마공이 없습니다. 검법은 마교의 것이군요. 버리겠습니다. 사실 저희는 단주님을 사부님으로 모셔야 합니다. 백번 양보하여 단주님이라고 하는 것이지요."

유철의 말에 만휘의 눈빛이 심하게 요동쳤다. 떼어놓으려고 했다. 자신을 따라나선다면 죽음을 피하기는 어렵다.

열이 따라나선다면 여섯 일곱은 죽는다. 이들은 그것을 알고 자신에게 이야기를 하는 것일까?

"죽어도 상관없다는 말인가?"

"물론입니다!"

이번에는 백공보였다. 그간 자신도 무언가 이야기를 하고 싶었지만 유철에 말발이 달려 별다른 말을 하지 못하고 있던 그였다.

"하하하하!"

만휘가 크게 웃었다. 그 웃음의 의미를 유철과 백공보는 알 수가 없었다. 당연했다, 만휘도 몰랐으니까.

만휘는 왠지 모르게 웃음이 터져 나왔다. 자신에게 이런 든든한 동료가 있다는 사실에 기분이 좋아진 것인지 아니면 다른 이유가 있는 것인지는 모르겠지만.

"마음대로 해라. 하지만 지금은 나 혼자 빠져나가는 것도 힘들다. 너희들끼리 알아서 빠져나와야 해."

"알겠습니다!"

"감사합니다!"

유철과 백공보의 얼굴이 환해졌다. 그저 만휘를 따라갈 수 있다는 사실 하나만으로도 기분이 좋은 것이다.

"그럼 난 이 길로 마교를 빠져나가겠다. 조심해서 빠져나와라. 위험할 것 같으면 아예 나오지 말고."

"알겠습니다. 조심하십시오."

"내 한 몸 정도는 성하게 빠져나갈 수 있으니 걱정 마라. 난 이 길로 흑월곡에 갔다가 무당산으로 가겠다."

"무당산이요?"

"그래, 무당산."

"알겠습니다."

무당산에 무엇이 있기에 그리로 간다는 것인지 궁금해진 유철과 백공보였지만, 굳이 묻지는 않았다. 분명 가야 하니 간다는 것일 것이다.

"몸조심해라."

그 말을 남기고 만휘의 신형이 갑자기 사라졌다. 그 자리에서 증발해 버렸다고 표현하는 것이 옳을 정도로 굉장한 신법이었다.

"아무 탈 없이 빠져나가실 수 있겠지?"

"저 정도 경지에 오르신 분이 자기 몸 하나 간수하지 못하실까."

"하긴."

이 순간에도 자신들 걱정이 아닌 만휘의 걱정을 하는 유철과 백공보였다. 그런 그들의 모습은 주군을 걱정하는 충신(忠臣)과도 같은 모습이었다.

제48장

다시 무당산으로

다시 무당산으로

만휘는 마교를 쉽게 빠져나왔다. 자신의 간단한 짐은 만화를 통해서 마교 밖으로 보낸 상태였다. 다시 말하면 몸 하나만 빠져나오면 되는 상황이었다.

그런데도 만휘가 마교 안에 남아 있었던 것은 관치원의 상태와 단원들에 대한 걱정 때문이었다.

마지막 자신의 공격을 관치원이 받아내기 힘들 것이라고 생각했다. 살기는 하겠지만 심각한 부상을 입을 것이고.

하지만 문제는 그것이 아니라 그 다음의 일이었다. 자신이 대전을 빠져나오기 전 곡야인은 관치원의 의중을 눈치 챈 이후였다. 그런 데다가 자신이 도망치기까지 했으니 관치원을 가만히 놔둘 리가 없었다.

만휘가 걱정한 것은 그것이었다.

그리고 또 하나는 자신이 데리고 있던 혈마철기단의 단원들이 혹시라도 무슨 해를 입지 않을까 하는 걱정이었다.

비록 곡야인이 심하게 분노한 상태이기는 했지만, 생각이라는 것이 있기에 중요 전력 중 하나인 혈마철기단을 어찌하지는 않았다.

그래도 만휘와 관련이 있던 단이기에 감시의 눈길을 붙여 놓았다.

이는 유철과 백공보가 단원들에게 만휘의 소식을 전하고 마교를 탈출하는 데 가장 큰 걸림돌이었다.

"귀주라 했었지?"

마교에서 빠져나온 만휘는 빠르게 움직이지 않았다. 자신이 마교를 빠져나온 사실을 아직 모르고 있을 것이다.

이틀이나 사흘 정도 더 찾아보고 자신을 찾지 못하면 빠져나갔을 것이라 생각하고 마교 밖으로 눈을 돌릴 것이다.

중원에서 이제 더 이상 마교를 막을 자가 없으니 더욱더 손쉽게 자신을 찾는 데에만 집중할 수 있을 터였다.

하지만 그것도 이틀에서 사흘 후의 일. 지금의 일은 아니었다.

만휘는 귀주로 향하는 관도를 터벅터벅 걷고 있었다. 밤이 깊었지만 둥근 보름달이 하늘에 떠 있어 그리 어둡지만은 않았다.

"아무 탈 없이 빠져나올 수 있을까?"

만휘는 오십여 명의 단원을 생각했다. 오십이면 결코 적은 수가 아니다. 그런 그들이 한꺼번에 마교 밖으로 나가려는데 가만히 놔둘 곡야인이 아니다.

게다가 자신이 데리고 있던 단원들이니 그 의심의 눈초리는 훨씬 더 클 것이었다.

그렇다고 해서 단원들 개개인이 몰래 빠져나올 수 있는 실력을 가지고 있는 것도 아니었기에 어느 정도의 피해는 막을 수 없는 것이다.

"괜히 허락한 것일까?"

만휘는 약간 후회감이 들었다. 만휘 역시 그들과 헤어지기 싫었다. 하지만 그들의 목숨을 담보로 다시 만나고 싶은 것은 아니었다.

"어찌 됐든 내 손을 떠난 일이야. 자신들이 알아서 하겠지."

그렇게 중얼거린 만휘는 발걸음을 빨리하여 길을 걸었다. 날이 밝을 때 즈음에는 가장 가까운 마을에 도착해야 했다, 먹고는 살아야 하니까.

흑월곡에 와 있는 만화는 하루도 편하게 지내지 못하고 있었다. 잠자리에 들어도, 눈을 감고 있어도 잠이 오지 않았으며, 잠깐 잠이 들어도 한 시진도 채 못 자고 다시 일어났다.

걱정이 되는 것은 당연한 것이었다.

곡야인. 마교 교주란다. 만휘의 무공이 강하다는 것은 알고 있지만 그것뿐이었다.

만휘의 무공을 실제로 본 것은 사천에서의 전투 때 딱 한 번뿐이었다. 오행검진을 깬 것도 나한진을 깬 것도 보지 못했다.

무당에서 오행검진을 깬 이후에는 곧바로 만휘와 함께 잠시 감숙에 다녀왔기 때문에 이야기를 들을 시간이 없었고, 소림에서 돌아온 이후에도 만휘나 단원들은 만휘의 이야기를 하지 않았다.

만화가 듣고 걱정을 할 것 같아 만휘가 단원들에게 아무런 말도 하지 말라고 명령을 내렸기 때문이다.

그러니 걱정이 되는 것은 당연했다. 마교 안에서 만휘를 보호해 줄 수 있는 사람은 없었으니까.

만화는 흑월곡으로 온 이후 하루도 빼놓지 않고 흑월곡의 입구에 나가 몇 시진씩 만휘를 기다렸다.

가을이 지나가고 있고 흑월곡 자체가 계곡에 위치하고 있기 때문에 하루가 다르게 날이 쌀쌀해지고 있었지만, 그런 것에 전혀 개의치 않고 나와서 만휘를 기다리는 만화였다.

"이제 좀 쉬세요. 몸도 안 좋으시다면서 너무 무리하시는 것 아니에요?"

백마혼이 만화에게 붙여준 시녀가 걱정스러운 표정으로 만화에게 말했다.

처음에는 만화가 사라지자 당황하여 여기저기를 찾아다니던 그녀였지만, 이제는 만화가 없으면 당연하다는 듯이 이곳으로 발길을 옮기는 그녀였다.

하지만 만화는 그런 말을 듣지 않았다. 그저 흑월곡의 입구만 바라보고 서 있을 뿐이었다.

"후~!"

작게 한숨을 쉰 시녀가 손에 들고 있던 모포를 만화에게 걸쳐 주었다.

"꼭 돌아오실 거예요. 너무 걱정하지 마세요."

만휘에 대해서 들은 적도 없고 본 적도 없어 아무것도 모르는 그녀였지만, 만화의 옆에 서며 말했다.

만화 역시 그녀의 말에 동감하고 고개를 끄덕였지만, 걱정이 되는 것은 어쩔 수가 없었다.

"이제 들어가자."

"네."

어둑어둑해질 무렵 만화가 몸을 돌렸다. 오늘도 만휘는 오지 않았지만, 왠지 조만간 그를 만날 수 있을 것 같은 생각이 들었다.

그 때문인지 자신의 거처로 돌아가는 그녀의 입가에는 미소가 번지고 있었다.

흑월곡에는 딱히 정문이라고 할 만한 것이 없었다. 계곡에 위치하고 있기 때문에 그저 길과 가까운 쪽에 방책 두 개를 세워두고 문처럼 사용하는 것뿐이었다.

그래도 사람들이 출입하는 곳이고, 방책이라는 것이 있기에 그 위에는 흑월곡의 무사들이 돌아가면서 보초를 서고 있었다.

조금은 이른 아침, 방책 위에서 보초를 서는 흑월곡의 무사들의 눈에 한 청년의 모습이 들어왔다.

아니, 청년이라고 하기에는 그에게서 느껴지는 분위기는 산전수전을 다 겪은 노인의 것과 같았다.

"누구시오?"

무사 한 명이 물었다.

이미 만휘는 스스로가 자신의 기운을 속 안으로 갈무리할 수 있었지만, 사람의 직감이라는 것은 귀신같아 무사는 무언가를 느끼는 모양이었다.

그 증거가 바로 흑월곡 무사들이 긴장하며 무기에 손을 가져다 대고 있는 것이었다.

"저는……."

만휘가 자신을 소개하려다가 다시 입을 다물었다. 낯익은 기척이 다가오는 것을 느꼈기 때문이다.

"정체를 밝히시오!"

만휘가 말을 하다 말고 멈추자 그 무사가 다시 소리쳤다. 하지만 만휘는 여전히 입을 다물고 있을 뿐이었다.

만화는 오늘도 흑월곡 입구를 향해 발걸음을 옮겼다. 왠지 모르게 발걸음이 가볍고 흥분되는 것이 기분 좋은 일이 생길 것만 같았다.

그런 그녀의 뒤를 시녀가 약간 힘겨운 기색을 보이며 따라 붙었다. 조금 천천히 걸을 만도 하건만, 지금 만화의 마음은 그런 것을 생각할 겨를이 없었다.

"아……!"

입구로 걸어오던 만화는 입구 쪽에 한 사람이 서 있는 것을 볼 수 있었다. 거리가 멀었기에 그 얼굴을 제대로 볼 수는 없었지만 만화는 알 수 있었다.

'오라버니!'

만화의 발걸음이 조금 더 빨라졌다. 빨라지고 더 빨라지다 가 나중에는 결국 달렸다.

"오라버니!"

만화는 속으로만 불렀던 이름을 소리 내어 불렀다. 그런 자 신을 저 앞에서 만휘가 미소를 지으며 바라보고 있었다.

"드디어 오셨군요!"

"그래, 잘 지냈지?"

"예. 몸은요? 아무 이상 없어요? 괜찮은 거예요?"

만화가 만휘의 몸을 이곳저곳 둘러보며 물었다.

"그럼 괜찮지. 들어가자. 날이 쌀쌀하구나."

"예."

약간 당황한 표정을 지으며 자신을 바라보는 흑월곡의 무사들을 보며 만휘는 만화와 함께 안으로 들어갔다.

만휘가 가장 먼저 간 곳은 흑월곡주 백마흔의 거처였다. 남의 집에 왔다면 그 주인부터 만나보는 것이 도리이기 때문이다.

"어서 오게. 생각보다 조금 늦었는걸."

"그냥 서두르지 않았습니다. 여유가 있었으니까요."

"하하하! 중원을 통합한 마교를 빠져나오면서 여유가 있다고 하는 사람은 아마도 자네밖에는 없을 것일세!"

백마흔이 호쾌하게 웃어 보였다. 그런 그를 바라보며 만휘도 미소를 지었다. 볼 때마다 유쾌해지는 그런 사람이었다.

"그래, 이제 어쩔 셈인가? 자네는 곡야인 한 사람만 적으로 만든 것이 아니야. 마교 전체를 적으로 돌린 셈이지. 나나 사무종 그 친구가 자네에게 아무리 호감을 가지고 있어도 자네와 마교의 싸움에는 직접적으로 나서지 못해. 오히려 마교에서 요청을 한다면 자네를 잡기 위해 검을 들어야 하네."

"알고 있습니다."

"무슨 방법이라도 있는가?"

"일단은 아무런 방법도 없습니다. 다만 조용히 숨어 살면서 생각을 해보려 합니다."

"음……."

백마혼은 안타까웠다. 자신이 도울 수 있는 것은 아무것도
없었다.

"그나저나 감사합니다. 동생 일 말입니다."

"응? 뭘 그런 것을 가지고. 쉬운 일이었네."

절대로 쉬운 일이 아니었다. 마교에 있던 흑월곡 무사들 중
에는 여자가 없었다. 그런데 여자가 껴서 간다면 의심받을 수
도 있는 상황. 용케도 들키지 않고 잘 빼왔다.

"자네의 표정을 보니 이곳에서 생활할 것 같지는 않은데…
어디 갈 곳은 있나?"

"물론 있습니다. 그래서 내일 당장 무당산으로 떠나려고
합니다."

"무당산? 무당파는 자네를 받아주지 않을 텐데? 구파일방
과 오대세가 어느 곳을 가더라도 자네를 반겨주는 곳은 없다
네."

"당연하지요. 그들의 힘을 빌리고 싶은 생각은 없습니다."

"그런데 무당산에는 왜 가려는가?"

"무당산에는 무당파만 있답니까?"

"응?"

무당산에 있는 것은 무당파. 그것 말고 다른 무언가가 있다
는 말인가?

"그럼, 그냥 무당산에서 생활하겠다는 말인가?"

"일단은 그렇다고 해두지요."

"허, 참. 왜 하필이면 그 먼 곳에 있는 무당산인가? 가까운 곳도 얼마든지 있는데. 이곳 귀주만 해도 그 산세가 험하고 말이야."

"너무 많은 것을 알려고 하지 마십시오. 그러다가 다치십니다."

"…알겠네."

백마혼이 마지못해 대답했다.

"그럼 피곤할 테니 돌아가서 쉬게."

"예, 그렇게 하겠습니다."

만휘는 미소를 지으며 대답했고, 백마혼은 만휘를 무언가 알 수 없다는 표정으로 바라보고 있었다.

만휘가 마교를 빠져나가고 이틀이 더 지나자 곡야인은 마교 안에 만휘가 없다는 것을 알았다. 만휘의 예상대로였다.

화가 난 곡야인은 대전 안을 모두 부숴 버릴 기세로 검과 권 등을 마구잡이로 날렸고, 대전이 무너지기 전에 그것을 멈추었다.

"서평!"

"예!"

공포에 벌벌 떨면서 대전 밖에서 대기하고 있던 서평이 재빨리 안으로 들어왔다. 여기저기가 부서져 있는 대전 안의 모습에 서평은 절로 몸이 부르르 떨렸다.

"당장 찾아라! 마교 밖으로 나갔다면 중원 전체를 뒤져서라도 찾아서 죽여라!"

곡야인은 극도로 흥분한 상태였다. 서평으로서는 도대체 곡야인이 왜 이런 반응을 보이는 것인지 알 수 없었다.

'만휘의 존재가 도대체 무엇이기에?!'

하지만 그것은 서평이 알 수 있을 리가 없었다.

"많은 시간이 걸릴 것입니다."

"상관없다! 죽여라! 찾아서 죽여!"

"시간이 걸려도 상관이 없다면… 제게 방법이 하나 있습니다."

"뭔가?"

방법이 있다는 서평의 말에 곡야인은 약간 흥분이 가라앉은 듯한 어투로 물었다. 하지만 그의 몸에서 흘러나오는 기도에는 변함이 없었다.

"중원 전체를 뒤지는 것은 굉장히 어려운 일입니다. 굉장히 넓은 중원에서 마음먹고 숨는다면 평생 안 들키고 숨어 살 수 있을 것입니다."

곡야인은 말없이 듣기만 했다. 지금의 모습은 정파와의 싸움을 할 때 다른 사람들의 의견을 경청하던 그때의 모습이었다.

"게다가 이제 중원 전체가 우리 마교의 발아래에 놓이게 되었으니 새로운 교도들도 받아들이고 그들을 수련도 시켜야 합니다. 그렇게 해서 마교의 지부를 각 지역에 배치를 하는 것이지요."

"그런 다음에 만휘를 찾는다?"

"예. 이곳에서 찾으러 나간다면 굉장히 어렵겠지만, 중원 전체에 마교의 지부를 만들어두고 각각이 관할하는 지역에서 찾게 하면 훨씬 더 손쉽게 찾을 수 있을 겁니다. 그러면서 중원 전체를 총괄할 수 있는 통치 체계도 만들어지겠지요. 그렇다면 정파의 재립(再立)을 막을 수 있습니다."

서평의 말에 곡야인은 고개를 끄덕였다. 아까의 광분하던 모습과는 달리 이번에는 조금 차분해진 모습이었다.

"당장 시행하라. 이 일과 관련된 모든 권한은 그대에게 넘기겠다!"

"예!"

크게 대답한 서평은 몸을 돌렸다. 몸을 돌리자 다시 보이는 부서진 대전 안의 모습을 보니 아까의 공포가 다시 되살아나는 것 같았다.

"그리고."

서평은 다시 몸을 돌렸다.

"관 호법은 어떻게 되었는가?"

"아직 정신을 차리지 못하고 계십니다. 목숨을 잃을 것 같지는 않지만, 쉽게 깨어나기는 힘들 것처럼 보입니다."

"그런가? 알겠다. 나가 보라."

"예."

서평은 대전을 벗어났다. 이런 대전 안에 계속 있는 것도 무서웠고, 갑자기 할 일도 많이 생겼기 때문이다.

"정신을 차리지 못하고 있다라……"

곡야인은 관치원을 떠올렸다, 만휘가 대전을 빠져나가는 데 도움을 준 그를.

잠시 그렇게 생각을 하고 있던 곡야인은 대전을 빠져나와 어디론가 향했다.

대전을 빠져나온 곡야인이 간 곳은 관치원이 누워 있는 병상이었다. 남들이 보면 만휘에게 당한 관치원을 곡야인이 병문안 온 것으로 보이겠지만, 그의 속마음은 그렇지 않았다.

끼이익.

문을 열고 안으로 들어가자 미약한 숨을 쉬고 있는 관치원이 보였다. 여타 다른 외상은 없는 듯지만 내상이 꽤 깊은 듯 혈색이 별로 좋지 않았다.

"왜 그러셨소?"

의식을 잃고 누워 있는 관치원에게 곡야인이 혼잣말을 하듯이 중얼거렸다.

말투는 예전과 같은 존대가 아니었다.

"내 명을 배신할 정도로 그 아이가 마음에 들더이까?"

곡야인의 중얼거림은 계속되었다. 하지만 그것을 관치원이 듣고 무어라 대답할 수 있을 리가 만무했다.

팍! 팍!

곡야인이 관치원의 혈(穴) 몇 군데를 짚었다. 내상을 치료하기 위해 짚은 것인지 아니면 다른 의도가 있는 것인지 알 수 없었다.

곡야인은 더 이상 그곳에 있지 않고 몸을 돌렸다.

끼이익. 텁!

다시 한 번 요란한 문소리가 들린 후, 그 병실 안에는 미약한 관치원의 호흡 소리만 들릴 뿐이었다.

흑월곡에서 하루를 보낸 만휘는 다음날 만화와 함께 무당산으로 길을 떠났다. 만휘와 만화가 떠나려고 하자 백마흔이 상당히 아쉬워하는 모습을 보였지만, 그렇다고 해서 붙잡아 놓으려 하진 않았다.

이곳에 있으면 그들의 목숨도 위험해지고 흑월곡 또한 위험해질 수 있기 때문이었다.

그렇게 백마흔에게 작별을 고하고 무당산으로 떠나는 일행은 세 명이었다. 세 명?

만휘와 만화, 그리고 또 다른 한 명의 정체는 백마흔이 만화에게 붙여주었다는 시녀다. 무슨 이유 때문인지 그녀가 만화를 따라가겠다고 나선 것이다.

처음에는 갈 길이 멀고 험하기 때문에 따라오면 고생만 한다며 못 따라오게 했지만, 막무가내였다.

결국 나중에는 만휘가 약간 큰 소리로 그녀에게 호통을 쳤지만 그녀는 훌쩍거리며 이렇게 말했다.

"저는 흑월곡 내에서도 갈 곳이 없어요. 그나마 곡주님께서 잘 대해주셨지만, 저에게는 아무도 없어요. 흑흑."

그 말에 호통을 쳤던 만휘는 상당히 무안한 표정을 지었다. 호통을 친 자신이 굉장히 미안해지는 순간이었다.

그런 만휘를 만화는 살짝 노려보고는 이내 그 시녀에게로 고개를 돌렸다. 그리고는 부드러운 목소리로 그녀에게 말했다.

"우리를 따라가면 죽을 수도 있단다. 그래도 괜찮겠니?"

"예, 물론이에요. 어차피 저는 아가씨 아니면 의지할 곳이 없어요."

시녀의 대답에 미소를 지은 만화는 만휘를 바라보았다. '데려가도 되지 않겠느냐'는 의미를 담은 시선이었다.

"하아……."

만휘가 어쩔 수 없다는 듯이 한숨을 내쉬었고, 그 한숨의 의미를 알아차린 만화는 기쁜 표정으로 시녀를 바라보았다.

"앞으로 잘 부탁해!"

아직 만휘의 입에서 허락이 떨어지지 않았음에도 만화가 자신을 데려가려는 것같이 말하자 시녀는 어리둥절한 표정을 지었다.

하지만 이내 미소를 지으며 크게 대답했다.

"예!"

이렇게 해서 지금 세 명이 호북으로 가는 관도를 걷고 있는 것이었다.

"화야, 이제 곧 마교에서 나를 잡으러 쳐들어올지도 모른 단 말이야. 조금 더 빨리 움직여야 할 텐데?"

시녀 때문에 속도가 늦어지는 것에 불안감을 느낀 만휘가 만화에게 전음을 보냈다. 시녀가 듣지 못하도록 하기 위함이 었다.

"그래도요. 어쩌겠어요? 그럼… 오라버니가 업고 가면 되 겠네요."

"끄응."

남녀가 유별한데 아무리 시녀라고는 하지만 여인을 만휘 가 업고 갈 수는 없는 노릇이었다. 그렇다고 만화에게 업으라 고 하기에는 만화의 몸이 많이 허약해져 있었다.

하는 수 없이 이 속도로 걸을 수밖에 없었다. 지금 마교에 서는 당장 만휘를 잡을 생각보다는 중원 전체에 마교가 뿌리 를 내리도록 하는 안정화 작업을 우선시하고 있었지만, 만휘가 그것을 알 턱이 없었다.

그러니 혹시라도 가는 도중에 적들을 만나기라도 한다면 그야말로 목숨을 내놓아야 할지도 몰랐다.

그렇게 두 시진 정도 걷자 마을이 하나 나왔다. 시끌벅적한 것이 사람들이 많이 왕래하는 큰 마을인 것 같았다. 그것을 증명하듯 셋이 걷고 있는 관도에 사람들이 하나둘씩 늘어나기 시작했다.

"마을이에요!"

시녀가 마을을 보자 반가운지 소리쳤다. 솔직히 이곳까지 걸어오면서 다리가 많이 아팠지만, 만휘나 만화가 하는 일에 방해가 되지 않도록 하기 위해 쉬어가자는 말을 하지 못하고 있었다.

"조금 쉬어가죠. 마차 하나를 구하는 것도 좋겠어요."

만화가 시녀를 보며 말했다. 마차를 구해서 가게 되면 들킬 가능성이 더 높아지겠지만, 편하면서도 빠르게 이동할 수 있을 것이다.

"그래, 쉬었다 가자. 배도 고프고 오래 걸었으니까. 네 말대로 마차를 하나 구해봐야겠어."

그런 만휘와 만화의 말에 시녀가 미안한 표정을 지었다.

"죄송합니다. 괜히 저 때문에 돈을 쓰시는 것은 아닌지……."

"괜찮아. 걱정하지 마. 필요하니까 쓰는 거야."

만화의 부드러운 어투에 시녀는 얼굴을 조금 풀었다. 하지만 미안한 마음이 없어지지는 않는 모양이었다.

"어서 가요."

만화가 먼저 시녀의 손을 잡고 먼저 앞으로 걸어나갔다. 시녀는 당황한 표정으로 만화를 따라갔고, 그 뒤를 만휘가 작게 한숨을 쉬며 따라갔다.

마을로 들어간 만화는 가장 가까이에 있는 아무 객점에나 들어갔다. 어차피 이곳에서 오래 머물 생각이 아니고 간단하게 요기만 할 것이라면 어느 곳에서 먹든 상관이 없다는 뜻이었다.

만휘도 같은 생각이었기에 만화가 들어가는 곳으로 따라 들어갔다.

썩 좋아 보이는 객점은 아니었지만, 워낙 사람들의 왕래가 잦은 곳이다 보니 앉을 자리가 별로 없었다.

만휘는 객점 안을 둘러보다가 약간 구석진 곳에 자리를 잡았다. 혹시라도 마교 무리와 마주칠 수도 있기 때문에 일부러 눈에 잘 띄지 않는 구석진 곳에 자리를 잡은 것이다.

"어서 오십쇼! 무엇을 드릴까요?"

손님들이 많아서인지 자리를 잡고 나서야 달려오는 점소이였다. 간단하게 소면과 만두 등을 주문한 만휘는 조심스럽게 객점 안을 둘러보았다.

사람들을 살펴보는 것이었다. 아니, 정확하게 말하면 그들의 기운을 읽고 있었다.

마교의 무사들이라면 그들 특유의 기운이 느껴질 터. 그것을 찾아보는 것이었다.

"휴우~!"

잠시 둘러보던 만휘가 안도의 한숨을 내쉬었다. 다행스럽게도 이 객점의 모든 사람들은 무림인이 아닌 일반인이었다.

"왜 그래요?"

만휘의 한숨에 만화가 전음으로 물었다. 표정이 약간 굳어 있는 것 같았기 때문이다.

"아니야. 사람들을 좀 살펴본 것뿐이야. 걱정 마. 아직 마교에서 여기까지는 못 온 모양이다."

만휘의 대답에 고개를 끄덕인 만화는 다시 시녀에게로 시선을 돌리며 이것저것 듣고 물으며 대화를 나누기 시작했다.

만휘와 헤어진 이후 유철과 백공보는 은밀하게 혈마철기단원들에게 만휘와의 대화 내용을 전달하려 했다.

하지만 자신들을 감시하는 움직임이 있다는 낌새를 눈치챈 유철은 그 작업을 잠시 뒤로 물려놓았다.

만휘가 마교 밖으로 빠져나갔다는 사실을 알게 되면 그 시선은 자연스럽게 내부가 아닌 바깥으로 쏠리게 될 것이고, 그렇게 된다면 충분히 일을 벌일 수 있다는 계산이었다.

아니나 다를까, 만휘와 헤어지고 정확하게 이틀이 지나자, 만휘가 밖으로 빠져나갔으니 내부 수색은 그만둔다는 서평의 공표가 있었다.

그 이후로 혈마철기단의 단원들은 원래 자신들의 거처로 돌아와 생활하고 있었다. 유철과 백공보가 일을 벌이기에는 아주 좋은 상황이었다.

하지만 성급하게 움직이지는 않았다. 혹시라도 있을지 모르는 감시를 살피며 천천히 움직였다.

그렇게 사흘 정도 살펴보고 감시가 없다는 것을 확인한 유철과 백공보는 그제야 단원들에게 만휘를 만났던 일과 그를 따라 마교 밖으로 나가려고 한다는 이야기를 했다.

"그래서 일단 나와 공보는 단주님을 찾아 밖으로 나가려고 한다. 함께 갈 사람 있나?"

유철의 물음에 다들 서로의 눈치만 볼 뿐 자신있게 그러겠다고 하지는 못했다.

만휘에 대한 신뢰와 충성심이 적은 것이라기보다는 마교라는 곳을 적으로 돌리는 일이기에 그들이 주저하는 것이었다.

"너희들의 마음은 충분히 이해한다. 나와 여기 있는 백공보 역시 그런 마음이 없지 않았으니까. 그러나!"

유철이 말을 끊자 단원들은 숨을 죽이고 그 뒷말을 기다렸다.

"단주님을 생각해 보라. 우리에게 어떤 존재였던가? 우리에게 그분은 신과 같은 존재였다. 고강한 무공은 제쳐 두고라도 우리에게 마공이 아닌 새로운 무공을 익힐 수 있도록 도와주었으며, 우리를 일개 수하가 아닌 가족과 같은 마음으로 대해주셨다. 그리고 그런 분이 마교 전체와 싸움을 벌이려 하신다. 그렇다면 미약하지만 그분의 싸움에 방해가 될지언정 따라나서는 것이 도리가 아닌가?"

유철의 말은 단원들의 마음을 흔들기에 충분했다. 자신들의 무공을 진일보시켜 주었고, 자신들을 가족처럼 따뜻하게 맞아준 사람. 그 사람이 만휘였다.

"게다가 그분의 무공을 보라. 진 적이 있었던가? 그분이 이끌고 떠난 수하들 중 죽어서 돌아온 사람이 몇이나 있던가? 그리고 그분이 언제나 수하들을 앞세워 적들을 맞으셨나? 아니다. 그분은 언제 수하들의 죽음이 보기 싫어 항상 제일 먼저 나서서 적들을 상대하셨다. 안 그런가?"

쐐기였다. 단원들의 마음은 심하게 요동치고 있었고, 그들의 머리에는 만휘와 함께했던 시간이 주마등처럼 스쳐 지나가고 있었다.

"어떻게, 함께 가겠는가?"

"예!"

"물론입니다!"

이번에는 단원들 모두가 힘차게 대답했다. 그들의 눈빛에는 만휘와 생사고락(生死苦樂)을 함께하겠다는 굳건한 의지가 담겨 있었다.

"마교를 빠져나가는 사이 목숨을 잃을 수도 있다. 여기 있는 사람들 전부가 빠져나가지 못하고 죽을 수도 있다. 그래도 괜찮은가?"

"예!"

유철과 백공보는 만족스런 미소를 지어 보였다. 그들의 모습을 보고 있자니 자신이 만휘인 것마냥 너무나도 기분이 좋았다.

"좋아. 내일부터 은밀하게 작업에 착수할 것이다. 이 이야기는 절대로 밖으로 새어나가선 안 된다. 알겠는가?"

"예!"

"그래, 좋다. 쉬어라. 우리는 지금 이 시간부터 마교인이 아니다."

혈마철기단이 마교를 빠져나가 만휘의 호위 부대가 되기로 한 순간이었다.

만휘와 만화, 그리고 그녀의 시녀인 소연(小燕)은 무당산에 거의 다 도착해 있었다.

이곳까지 오는 동안 한 번도 적들을 만나지 않았다는 사실에 의아해하는 만휘였지만, 그래도 좋은 것이 좋은 것이라고 다행이라 생각하고 있었다.

"그런데 여기에 뭐가 있나요? 무당파 도사님들 만나러 가는 거예요?"

"따라와 보면 알아. 좋은 곳이야."

만화의 말에 소연은 궁금해하면서 둘의 뒤를 따랐다.

무당파로 오르는 길을 따라가는 것이 아니라 길이라고 할 수 없는 그냥 숲 속을 돌아다니는 것이었기에 소연이 뒤를 따라가기에는 약간의 무리가 있었다.

그래서 결국 만휘가 그녀를 업고 산을 올랐다.

만휘도 이런 상황이 어색한지라 아무런 말도 하지 않고 침묵만 지키고 있었고, 소연도 얼굴이 벌겋게 달아오른 채로 아무런 말도 하지 못하고 있었다.

그렇게 이각 정도 오르자 다섯 노인이 사는 오두막이 눈에 들어왔다.

"어?!"

"어!"

만휘와 만화는 동시에 놀란 표정을 지었다.

그에 만휘의 등에 업혀 있던 소연이 만휘의 어깨 너머로 빼꼼히 고개를 내밀며 앞을 보았다.

만휘와 만화가 본 사람은 땀을 흘리며 검을 휘두르고 있는 정패였다. 이런 곳에 있을 줄은 꿈에도 생각하지 못했다.

정패가 다섯 노인과 만나 인연을 맺었을 것이라 누가 생각이나 했겠는가.

만화보다 만휘가 느낀 놀라움이 훨씬 컸다. 만휘는 지금껏 정패가 죽었을 것이라 생각하고 있었다. 살아 있었다면 소림에 갔을 때 만날 수 있었어야 한다고 생각했다.

그런데 정패가 이곳에서 수련을 하고 있으니 온몸에 소름이 다 돋을 정도였다.

정패는 검을 멈추었다.

그리고 옆으로 고개를 돌렸다.

그의 시선이 닿은 자리에는 놀란 듯 자신을 바라보고 움직이지 못하고 있는 만휘와 만화의 모습이 보였다.

정패는 살짝 미소를 지었다. 너무나도 기쁜 상황인데 큰 웃음 같은 것은 나지 않았다.

작은 미소. 그것이 전부였다.

하지만 그 작은 미소를 보는 만휘와 만화는 그동안의 고생과 그리움 등이 한꺼번에 사라지는 느낌을 받았다.

저벅저벅.

만휘와 만화는 홀린 듯한 표정으로 천천히 정패에게 다가 갔다.

"어떻게 여기에 계세요?"

만화가 먼저 물었다. 하지만 대답은 정패의 입에서 나오지 않았다.

"우리가 데려왔다."

"아니지! 저놈이 따라온 거잖아!"

"아, 그렇군!"

정명과 만공이었다. 반가운 그 둘의 모습에 만휘와 만화의 입가에는 다시 미소가 번졌다.

그때 정패가 갑자기 무릎을 꿇었다. 그리고는 바닥을 내려 다보며 말했다.

"두 분 모두 살아 계셔서 제 마음은 이루 말할 수 없이 기쁩 니다! 주인을 안전하게 모시고 위험에 빠뜨리지 않아야 하는 것이 아랫것의 의무인데 그것을 제대로 수행하지 못했기에 저는 죽어 마땅한 사람입니다!"

고개를 숙이고 있어 얼굴을 볼 수는 없었지만, 어깨가 가 늘게 떨리고 있는 것으로 보아 눈물을 흘리고 있는 것 같았 다.

"괜찮아요. 이렇게 다시 만났잖아요. 이제 앞으로 다시는 헤어지지 않으면 되죠."

만휘가 정패에게 다가가 그의 어깨를 잡고 일으키며 말했 다. 너무나도 다정한 목소리였기 때문에 정패는 더 많은 눈물 을 흘릴 뻔했다.

하지만 이를 악물고 눈물을 삼킨 정패가 미소를 지어 보이 며 입을 열었다.

"예, 절대로 다시는 헤어지지 않겠습니다!"

그런 정패를 만휘와 만화, 그리고 다섯 노인은 흐뭇한 미소를 지으며 바라보았다.

"저……."

그렇게 화기애애한 분위기 속에서 누군가의 목소리가 들려왔다. 바로 소연의 목소리였다.

"저, 저 좀 내, 내려주시면 안 될까요?"

"아? 아!"

만휘는 그제야 아직까지 소연이 자신의 등에 업혀 있다는 사실을 깨닫고는 서둘러 그녀를 내려놓았다.

만휘의 등에서 내려온 소연은 얼굴이 빨갛게 달아오른 상태였고, 만휘도 무안해져서 어쩔 줄을 몰라 하고 있었다.

"하하하하! 만휘 녀석한테 저런 면도 있었구나. 하하하!"

"낄낄낄! 그러게 말이야. 낄낄낄!"

만공과 천룡신개가 만휘의 모습을 보고 배꼽을 잡고 웃었다. 그런 둘의 반응에 더욱더 창피해하는 만휘와 소연이었다.

그렇게 아주 오랜만에 시원한 웃음이 무당산에 울려 퍼지고 있었다.

중원을 통합한 마교의 개편이 시작되었다. 교도들을 받아들여 수련을 시켜 세를 불렸으며, 각 단 역시 다시금 개편에 들어갔다.

처음 각 단과 대를 개편한다는 말을 들었을 때, 혈마철기단의 단원들은 속으로 깜짝 놀랐다.

마교를 빠져나가 만휘에게 가기로 한 이상 서로가 흩어지면 일을 진행시키기 어려워지기 때문이었다.

하지만 다행히도 기존의 단이나 대를 해체시키지는 않고 단의 수를 늘리는 쪽으로 가닥이 잡혀 혈마철기단의 단원들은 안도의 한숨을 내쉬었다.

서평은 일단 중원 각 지역에 지부를 세웠다. 일단 기본적으로 각 성에 하나씩을 세우고 교도의 수가 늘어나면 더 늘릴 계획이었다.

호남에 있는 마교 총단은 호북과 광동, 귀주와 강서 지역을 관할하게 되는데, 여기서 약간의 문제가 생겼다.

이번 사파의 중원 통합에 큰 공을 세웠던 흑월곡과 천혈문까지도 마교의 지배하에 놓이게 된 것이다.

엄연히 마교와 대등한 위치에 있는 흑월곡과 천혈문이었기에 이러한 사실에 반발을 했고, 곡야인은 힘이 있으면 꺾어보라며 오히려 그들에게 당당하게 나섰다.

자신들의 힘으로는 곡야인이 버티고 있는 마교를 꺾을 수 없다는 사실에 백마흔과 사무종은 어쩔 수 없이 마교의 지배를 받아들여야만 했다.

하지만 그들의 마음속에는 앙금이 남아 조금씩 조금씩 마음속에 쌓여가고 있었다.

그렇게 마교의 체재 개편이 진행되고 있던 어느 날, 충격적인 소식이 마교 전체에 퍼졌다.

'만휘의 손에 공격당했던 관치원이 결국 목숨을 잃고 말았다!'

만휘가 마교를 빠져나가고 만휘가 관치원을 공격했다는 말만 있었지 한 번도 관치원에 대한 다른 이야기들이 나오지 않아 반신반의하고 있던 사람들도 이제는 진짜로 믿을 수밖에 없었다.

관치원의 장례는 마교의 교리에 따라서 치러졌고, 마교의 모든 무사들은 그의 죽음을 슬퍼했다.

관치원의 죽음으로 마교 내에서 만휘에게 호감을 가졌던 인물들도 점차 만휘를 증오하는 마음을 키우기 시작했다. 그 정도로 관치원은 마교 내에서 상당한 평판을 얻고 있던 인물이었다.

하지만 만휘를 따르기로 마음먹었고, 그에 대한 믿음이 하늘을 찌를 정도로 높은 혈마철기단의 단원들은 흔들리지 않았다.

오히려 유철은 지금 이 상황을 역이용하여 기회를 만들고자 하였다.

똑똑.

서평의 집무실. 방문한 사람은 유철이었다. 그의 표정은 무언가에 상당히 분노한 것 같은 표정이었다.

"들어오시오."

그 말에 유철이 방 안으로 들어섰다.

"자네가 여기는 웬일인가?"

서평은 의외라는 듯이 유철을 바라보았다. 만휘가 마교에서 빠져나가고 지극히 소극적인 모습만 보여왔던 유철이었기에 그의 놀라움은 더 컸던 것이다.

"부탁이 있어서 찾아왔습니다!"

"부탁? 그것이 뭔가?"

"만휘라는 관 호법님의 원수를 찾으려고 합니다! 혈마철기단이 나설 수 있도록 도와주십시오!"

서평은 유철을 가만히 바라보았다. 정확히 말하면 그의 의중을 읽기 위해서였다.

혈마철기단은 만휘가 이끌던 단이었고, 단원들과 만휘 사이는 허물없이 잘 지냈던 것으로 알고 있었기 때문이다.

"진심인가?"

약간 의심이 섞인 그의 물음에 유철은 비장한 표정으로 고개를 끄덕였다.

"물론입니다! 저는 젊었을 적 관 호법님으로부터 구명지은(求命之恩)을 입은 몸입니다. 비록 그 사람이 우리에게 잘 대해주었다고는 하나, 구명지은을 잊어버리고 사람의 도리를 하지 못하는 사람은 아닙니다!"

"하지만 그것은 자네 개인적인 원한일 뿐 혈마철기단 전체의 은원 관계는 아니지 않는가?"

서평의 말에 유철은 순간적으로 말문이 막혔지만 이내 침착하게 대답했다.

"비록 단원들 전체가 관 호법님께 구명지은을 입은 것은 아니었지만, 관 호법님의 죽음과 관련하여 전 단주에게 굉장한 배신감을 느끼고 있습니다. 서로가 자신들의 손으로 복수를 해야 한다고 아우성치고 있습니다!"

완벽한 연기. 이제 서평이 이 연기에 속아 넘어가느냐가 문제다.

서평이라는 사람이 워낙 머리를 잘 쓰고 눈치가 빠르기 때문에 자칫 잘못하면 모든 것이 수포로 돌아갈 수도 있다.

'제발……!'

유철은 속으로 외쳤다. 서평이 잠시 고민하는 이 짧은 시간이 굉장히 길게 느껴졌다.

"좋아. 그렇게 하도록 하게. 자신들이 아꼈던 수하들의 검에 죽는 것도 그를 더욱 절망에 빠지도록 할 수 있는 방법이 되겠지."

"감사합니다! 반드시 찾아내서 목줄을 끊어놓도록 하겠습니다!"

유철이 정말 기쁜 표정으로 서평에게 인사를 하고는 곧바로 서평의 집무실을 빠져나갔다.

완벽한 마무리.

서평은 그런 유철의 모습을 그저 마교에 대한 충성심으로 생각했고, 밖으로 나와 문을 닫은 유철의 입가에는 서평을 제대로 속인 것에 대한 미소가 번져 있었다.

그리고 다음날, 혈마철기단은 마교를 벗어나 곧바로 호북으로 향했다. 서평과 곡야인은 그들이 만휘의 복수를 하기 위해 나서는 것으로만 생각했지, 만휘와 함께하기 위함이라는 것은 꿈에도 생각지 못하고 있었다.

제49장

팽가로

팽
가
로

만휘가 무당산으로 온 지 사흘이 흘렀다. 그 기간 동안에
는 오로지 그동안의 회포를 풀고 쉬는 것만 생각했다.

"그래, 이제 앞으로 어떻게 할 셈이냐?"

나흘째 되는 날 정명이 물었다. 만휘에게 대충 듣기로는 마
교에서 공식적으로 나온 것이 아니라 도망쳐 온 것이라 들었
기에 걱정되어 묻는 것이었다.

"어쩌겠습니까. 저들이 저를 잡는 것을 포기하지 않겠다면
싸워야지요."

"하지만 너 혼자서 마교 전체와 싸울 생각이냐? 그것은 네
경지가 아무리 높아도 불가능한 일이다."

"알고 있습니다. 하지만 그렇다고 해서 이대로 계속 도망치면서 살 수는 없는 일 아닙니까?"

"음……."

만휘의 말도 맞는 말이었다. 저들이 만휘를 포기하지 않는 한 싸워야 할 것이다. 그런데 어찌 한 사람이 중원 전체를 통합한 마교와 싸운단 말인가?

"너 혼자서는 마교를 감당하기 어렵다. 너는 우리가 엄청나게 큰 힘이 될 것으로 생각할지 모르지만, 우리라고 해서 그렇게 대단한 존재는 아니다."

"제가 비록 마교에서 빠져나와 이곳으로 오기는 했지만, 결코 사부님들의 도움을 바라고 온 것이 아닙니다. 그리고 사부님들이 대단한 존재가 아니라니요. 그것은 당치 않은 말입니다. 저보다도 훨씬 강하신 분들 아닙니까?"

다섯 노인은 만휘를 가만히 바라보았다. 표정이 굉장히 진중한 것이 긴장감마저 흘렀다.

"풉!"

"크큭!"

"크하하하하!"

그러다가 갑자기 노인들의 웃음이 연달아 터져 나왔다. 무엇이 그리도 웃긴지 천룡신개는 아예 바닥을 뒹굴면서 배꼽을 잡고 웃었다.

그런 그들을 만휘와 만화, 정패와 소연은 멍한 표정으로 바라볼 수밖에 없었다.

"아니, 네가 생각하기에는 정말로 우리의 힘이 그렇게 강한 것 같냐?"

"예?"

천룡신개의 물음이 무슨 말인지 몰라 만휘는 어리둥절한 표정을 지었다.

"아니, 너는 네 실력을 그 정도밖에 생각하지 않고 있느냔 말이다."

"그 정도밖에라니요. 분명 사부님들은 저보다 강하십니다."

"네 눈으로 우리를 똑똑히 보아라. 정말로 그렇게 보이느냐?"

정명의 말에 만휘는 그들을 바라보았다. 하지만 그의 말이 무슨 말인지 몰라 그저 멀뚱하게 바라볼 뿐이었다.

"에라, 이놈아!"

딱!

"으악!"

언제 주워 들었는지 만공의 손에는 막대기가 들려 있었고, 만휘는 머리를 부여잡고 고통스러워하고 있었다.

만공이 나무 막대기를 주워 만휘의 머리를 때린 것이다.

엄청난 빠르기로 순식간에 벌어진 일이었다.

"네 눈은 무슨 눈이냐!"

"예? 아!'

만휘는 그제야 알았다는 듯이 탄성을 질렀다. 자신의 눈은 그냥 눈이 아니었다. 세상 만물의 모든 기의 흐름과 순환을 볼 수 있는 눈이었다.

즉, 정명의 말은 개안공을 이용하여 자신들을 살펴보라는 말이었다.

다른 사람들이 그 말을 했다면 즉시 알아들었을 만휘였지만, 자신이 사부로 모시는 사람들을 개안공으로 훑어볼 생각은 하지 못했던 까닭이었다.

"음……."

만휘는 조심스럽게 그들을 살펴보았다. 그냥 바라보기만 하는 것뿐이었지만 왠지 죄를 짓고 있는 것 같았다.

"음?"

만휘는 약간 놀란 표정을 지었다. 그런 만휘의 표정을 보며 다섯 노인은 미소를 지었고, 만화를 비롯한 다른 사람들은 궁금하다는 표정을 지었다.

"어, 어떻게……?!'

"알겠느냐? 우리의 내공은 너에 비하면 턱없이 부족한 수준이다."

"……."

만휘는, 아니, 만휘뿐만이 아니라 만화와 정패와 소연까지도 전부 당혹스러움을 감추지 못했다.

나이 백 살이 넘고 깨달음을 얻고 은거를 하고 있다면 당연히 상상을 초월할 정도의 고수일 것이라 생각했던 그들이었다.

　하지만 노인들의 경지는 만휘보다 높지 않았다. 물론 그 경지가 낮은 것은 아니다.

　"우리 다섯이 너와 함께하는 것은 분명 득이 된다. 우리도 가능하면 너를 돕고 싶다. 이는 정도무림에 관여하거나 하는 것이 아닌 순수하게 만휘 너 하나를 돕는 것이라는 말이다. 하지만 이것으로는 힘들다."

　"예, 알고 있습니다. 그리고 시간이 조금 지나면 제 수하들이 이곳으로 올 것입니다."

　"응?"

　만휘의 말에 다섯 노인은 하나같이 만휘를 바라보았다. 수하라니?

　"혹시, 네가 마교에 있을 때 데리고 있던 아이들을 말하는 것이냐?"

　"예, 그렇습니다."

　"하지만 온전히 나올 수 있겠느냐? 마교에서 가만두지 않을 텐데?"

　"부단주였던 유철은 똑똑한 사람입니다. 분명 마교 내에서 기회를 엿보다가 빠져나올 것입니다. 저도 그들이 온전히 빠져나올 수 있을 것이라고는 생각하지 않습니다. 오십 명 중단 한 명이라도 살아 나오면 그것으로 족합니다. 그 한 명도 저에게는 큰 힘이 될 것입니다."

"그렇겠지. 알겠다. 그렇다면 일단 그들이 올 때까지 여기에서 기다려야겠구나? 그럼 그 이후의 일은 그들이 도착하게 되면 생각해 보자꾸나. 그동안에는 이곳에서 편히 쉬어라."

"예, 그러겠습니다."

공유의 말에 환하게 웃으면서 대답하는 만휘였다. 다섯 노인은 그런 만휘의 웃음에서 왠지 이번 싸움에서 반드시 승리할 수 있을 것 같은 생각이 들었다.

그날 이후, 만화와 소연은 노인들과 함께 이런저런 대화를 나누며 한가한 시간을 보냈고, 만휘는 정패와 함께 무공 수련을 하면서 보냈다.

이미 많은 실전을 치렀고, 그 경지 또한 몰라보게 높아진 만휘였기에 자신의 실력을 더 높이는 것보다는 정패의 대련 상대를 해주는 것에 주력했다.

정패는 만휘와 대련을 하면서 만휘의 무위를 보았을 때와는 또 다른 감탄을 했다.

과연 인간이라고 불리는 사람의 경지가 이 정도나 높을 수 있을까 하는 생각까지 들 정도였다.

그러면서 과거 감숙성의 산속에서 숨어 살 때 만휘의 대련 상대가 되어주었던 때를 떠올리며 격세지감(隔世之感)을 느꼈다.

하지만 만휘는 만휘 나름대로 정패의 실력에 놀라고 있었다. 솔직히 자신의 실력이 늘어나면서 정패와의 격차가 상당히 벌어져 있을 것이라 생각했다.

그리고 지금의 자신이라면 큰 힘 들이지 않고 정패의 대련 상대가 되어줄 수 있을 것이라고 생각했다.

그런데 그것은 오산이었다. 정패의 실력은 만휘의 생각보다 훨씬 더 많이 향상되어 있었고, 적어도 구파의 장로 급의 실력을 가지고 있는 것 같았다.

물론 그렇다고 해도 큰 힘을 들여 대련하고 있는 것은 아니었지만, 분명 정패의 그러한 실력 향상은 놀라운 것이었다.

그렇게 보름이 지났다. 무당산에 온 지 열흘이 지난 시간부터 만휘는 매일같이 무당산 밑에 내려갔다 오곤 했다. 혹시라도 혈마철기단의 단원들이 오지 않았을까 하는 마음에서였다.

하지만 그로부터 아흐레가 지난 오늘까지도 혈마철기단의 모습은 보이지 않았다.

'설마……'

만휘는 고개를 세차게 흔들었다. 혈마철기단이 마교를 빠져나오다가 몰살당하는 그런 끔찍한 상황은 생각하기도 싫었던 것이다.

차라리 마교에서 못 빠져나오는 것이 훨씬 나았다.

'죽지 마라.'

혈마철기단 단원들 전부가 살아서 도망칠 수 없다는 것을 알면서도 그들이 죽는 것을 원치 않는 만휘였다.

그렇다면 애초에 빠져나오는 것을 허락하지 말았어야 했지만, 이미 엎질러진 물이었다.

만휘의 걱정과는 달리 혈마철기단은 위험없이 오십여 명의 단원 전부가 무당산으로 향하고 있었다. 그들의 발걸음은 가벼웠으며 들떠 있었다.

특히나 유철과 백공보의 가슴은 무당산이 가까워 올수록 더욱 세차게 요동쳤다.

'단주님이 저곳에 계시다!'

그런 생각을 하면 뛰는 가슴과 흥분을 진정시킬 수가 없었다.

"다 왔다!"

무당산이 보이는 근처 마을에 도착한 유철이 외쳤다. 단원들 역시 가까이에 보이는 무당산을 바라보며 많은 생각들을 하는 것 같았다.

"유철!"

자신을 부르는 목소리에 유철은 고개를 돌렸다. 낯익은 목소리, 만휘의 목소리였다.

유철뿐만 아니라 백공부와 단원들 모두 그리로 시선을 돌렸다. 그들 역시 만휘의 목소리를 알아들었기 때문이다.

"단주님!"

만휘가 부른 것은 유철이었지만, 먼저 달려나간 것은 백공보였다. 유철만 부른 것에 대한 아쉬움 같은 것은 없었다.

"다들 무사히 도착했구나!"

만휘는 기쁘면서도 놀란 표정을 지었다.

자신의 예상으로는 반수도 어려울 것으로 생각했다. 아니, 그것보다도 훨씬 더 적을 것이라 생각했다.

그런데 오십여 명이 전부 다 상처 하나 없이 온전하게 도착한 것이다.

"어떻게 된 것이냐? 아무런 탈이 없었나?"

"예. 자세한 것은 자리를 옮겨서 말씀드리지요. 객점에라도 자리를 잡아야겠습니다."

"그래. 내가 봐둔 곳이 있다. 어서 가자."

"예."

기쁨을 주체하지 못하는 단원들은 만휘의 뒤를 따라 객점으로 향했다.

객점에 들어간 유철은 자신들의 마교에서 나온 과정을 전부 이야기했다.

"뭐야?! 그 말이 사실이냐!"

만휘가 소리치자, 객점 안에서 식사를 하고 있던 사람들은 무슨 일인가 하고 만휘가 있는 곳을 바라보았다. 하지만 만휘와 유철은 그런 시선에는 신경 쓰지 않았다.

"예. 관 호법님은 분명 목숨을 잃으셨습니다. 서 총관의 발표로는 단주님의 공격으로 관 호법님께서 목숨을 잃으셨다고 합니다."

"아니야. 그건 아니다. 사실이 아니야. 내가 한 공격이 관 호법님을 다치게 했을지는 몰라도, 목숨을 잃을 정도로 심한 것은 아니었다. 그런데……."

만휘는 말을 잇지 못했다. 관치원의 죽음은 만휘에게도 큰 충격이었기 때문이다.

충격도 충격이지만, 만휘의 마음속에는 자신 때문에 관치원이 죽었다는 죄책감 같은 것들이 커져 가고 있었다.

"흑흑흑……."

결국 만휘는 참지 못하고 눈물을 흘렸다. 죄책감도 죄책감이었지만, 관치원의 죽음에 대한 슬픔이 너무나도 컸기 때문이었다.

그런 만휘의 모습을 유철과 백공보는 안타깝게 바라보았고, 즐거워하던 단원들 역시 금세 우울한 표정으로 바뀌었다.

잠시 후, 만휘가 조금 진정되었는지 눈물을 멈추었다.

"미안하다. 추한 모습을 보였다."

"아닙니다. 슬퍼하지 않는다면 사람이 아니고, 그분의 죽음을 슬퍼하지 않는다면 단주님이 아닙니다."

"고맙다. 그럼 나머지 단원들은 당분간 이곳 객점에서 쉬도록 하지. 그리고 유철과 백공보는 나를 따라와라."

"예, 알겠습니다."

"예!"

단원들이 일제히 객점 안이 쩌렁쩌렁하게 울릴 정도로 크게 대답했다.

그에 아까 만휘의 외침에 놀랐던 사람들은 한 번 더 화들짝 놀라며 그들을 바라보았다.

"조용히들 해라. 이곳은 마교가 아니라 객점이다. 사람들 놀란다."

"예."

방금 전보다는 작게 대답했지만 오십 명이나 되는 단원들의 목소리가 합쳐졌기에 그리 작은 소리도 아니었다.

"그럼 다들 쉬도록. 내일 다시 오마."

"예."

만휘와 유철, 백공보가 객점을 나간 후, 단원들은 자유로운 분위기 속에서 오랜만에 아주 편안한 휴식을 취했다.

"어디로 가는 겁니까?"

만휘의 뒤를 따라 산을 오르던 백공보가 물었다. 덩치가 크고 무거운 그였기에 아무리 내공을 익힌 무인이라 하여도 힘든 것은 어쩔 수가 없었다.

"조금만 더 가면 된다. 그러니 조금만 더 참아라."

"설마 무당파로 가는 것은 아니겠지요?"

유철이 걱정스런 표정으로 물었다. 무당파 하면 만휘가 오행검진을 깨뜨리고, 마교가 초토화시켰던 바로 그곳이었기에 걱정될 수밖에 없었다.

"설마 그럴 리가 있겠냐. 무당파는 아니니 걱정 말아라."

"예."

무당파가 아니라는 말에 조금은 안심을 하는 유철이었지만, 그의 표정은 여전히 불안한 것 같은 표정이었다.

이곳이 무당산이라는 사실 때문인 듯했다.

반면, 백공보는 이곳이 무당산이든 화산이든 숭산이든 상관하지 않고 어서 목적지에 도착했으면 좋겠다는 생각만 하며 산을 오르고 있었다.

"자, 여기다!"

"여기가 어딥니까? 무당산 속에 집을 지어놓고 사십니까?"

"내 집은 아니고……."

"왔느냐?"

"예, 다녀왔습니다."

안에서 만휘와 유철의 목소리를 들었는지 정명이 문을 열고 나왔다. 손님을 맞을 때에는 항상 먼저 모습을 보이는 그였다.

"인사드려라. 내가 사부님으로 모시고 계신 분이시다."

"아! 안녕하십니까! 저는 단주님의 수하인 유철이라고 합니다!"

"저는 백공보라고 합니다!"

"잘 왔네. 나는 정명이라고 한다네."

"저, 정명 도장!!"

유철은 깜짝 놀랐다. 본 적은 없지만, 듣기로는 지금 무당파 장문인의 사조라고 들었다. 그런데 나이 백 살을 넘긴 지금까지도 살아 있다니!

그런 정명을 볼 줄은 꿈에도 생각하지 못했기 때문에 그 놀라움은 너무나도 컸다.

곁에 있는 백공보는 아무런 말도 못하고 눈을 동그랗게 뜬 채로 입만 크게 벌리고 있었다.

"턱 빠지겠다. 다들 입 다물어."

"옛!"

만휘의 말에 유철과 백공보는 정신을 차리고 입을 다물었다.

얼마나 빠른 속도로 다물었는지 치아끼리 부딪쳐 딱 소리가 날 정도였다.

그런 둘을 보면서 정명은 그들의 만휘에 대한 충성심이 대단하다는 것을 느낄 수 있었다.

"데려왔다고? 어디 얼굴 좀 보자."

"나도!"

"호들갑 좀 떨지 말게. 후배들 앞에서 부끄럽지도 않은가?"

"그러게 말이야."

만공과 천룡신개, 옥청과 공유가 차례대로 나왔다. 그들이 정명과 비슷한 배분처럼 보였기에 유철과 백공보는 긴장하고 있었다.

"인사드려. 이분은 만공 사부, 이분은 천룡신개 사부, 이분은 옥청 사부, 이분은 공유 사부님이시다."

"예에?!"

"으엑!"

정명을 보았을 때보다 훨씬 더 놀라는 유철과 백공보. 그도 그럴 것이, 전전대의 인물 한 명을 본 것만으로도 놀라운 일인데, 그런 사람들이 네 명이나 더 있었던 것이다.

"뭘 그렇게 놀라?"

만휘의 말에 유철과 백공보는 황당하다는 표정으로 만휘를 바라보았다. 여전히 입은 벌린 상태였다.

"입 냄새난다. 닫아라."

딱!

만휘의 말에 유철과 백공보는 다시 입을 닫았다. 하지만 여전히 만휘를 보고 황당하다는 표정을 짓고 있었다.

"네 녀석 같은 돌연변이야 우리를 보고도 놀라지 않을 수 있겠지만, 다른 사람들은 안 그렇다. 저 녀석들이 지극히 정상적인 것이야."

만공의 말에 만휘는 '그런가?' 하는 표정을 지었다. 정말로 몰랐다는 표정이었다.

그런 표정을 짓는 만휘를 보며 유철과 백공보는 할 말을 잃었다.

"그나저나, 이 녀석들에게서 너와 비슷한 느낌이 나는데?"

"예. 마교에 있을 당시 제가 손을 좀 썼습니다."

"그래? 어디 보자… 아직까지 경지가 그렇게 높은 것 같지는 않고… 자질은 나쁜 편이 아닌 것 같군."

"예. 그동안 수련도 많이 하고 실전도 많이 치렀으니까요. 앞으로도 더 늘 것 같습니다."

만휘의 대답에 정명은 고개를 끄덕였다.

"그나저나, 단원들은 몇이나 살아남았나?"

공유가 단원들의 수를 묻는 것으로 보아 만휘가 미리 이야기한 것 같았다.

"전부 살아남았습니다."

"오호~ 그래? 대단하군!"

공유를 비롯한 다섯 노인은 대단하다는 표정으로 유철을 바라보았다.

그런 그들의 말과 시선에 유철은 쑥스러운 듯 고개를 숙였고, 백공보는 약간 질투가 나는 듯한 표정을 지었다.

"음… 그런데 혹시 미행이나 감시 같은 것은 없었나?"

"예?"

옥청의 물음에 쑥스러운 듯 고개를 숙이고 있던 유철이 고개를 들었다.

"미행 말일세. 어떤 방법을 사용하여 마교에서 나왔는지는 모르겠지만, 순순히 내보내 주었다는 것이 이상하지 않은가? 혹시라도 미행 같은 것이 없었냐는 말일세."

'아뿔싸!'

유철은 속으로 자신을 책망하고 있었다.

미행. 생각도 못하고 있었다. 그저 마교를 무사히 빠져나왔고, 만휘가 있는 곳으로 간다는 생각에만 정신이 팔려 그런 것은 생각도 못하고 있었던 것이다.

"죄, 죄송합니다. 모르겠습니다."

유철이 고개를 숙이며 말했다. 치명적인 실수. 만약 미행이 붙었다면 자신들이 어디로 향하는지, 누구를 만났는지도 알 수 있을 것이었다.

"음……."

옥청이 침음성을 내뱉었다. 물론 미행이 안 붙었을 수도 있지만, 그렇게 속단할 수도 없는 상황이었다.

"아무래도 거처를 옮기는 것이 좋겠군."

"예? 아무리 그래도 이곳을 떠나시겠다니요?"

만휘가 깜짝 놀라 말했다. 자신들 때문에 사부가 은거를 하던 거처에서 떠난다는 것은 있을 수 없다고 생각했기 때문이다.

"괜찮다. 어차피 우리의 은거는 우리가 소림에 갔던 날에 깨진 것이다. 세상에 모습을 드러내고 많은 사람들이 우리의 존재를 알게 되었다면 그것은 더 이상 은거가 아니지. 게다가 마을에 오십 명의 수하가 있다고 했던가? 그들도 언제까지고 그곳에 둘 수는 없지 않겠느냐."

"그렇기는 하지만……."

만휘는 죄송스러웠다. 너무 죄송스러워서 고개를 제대로 못 들 정도였다.

유철과 백공보 역시 고개를 숙이고 들지 못하고 있었다. 특히 유철은 이 모든 것이 자신의 불찰이라고 생각했기에 더욱더 고개를 들 수 없었다.

"옥청의 말대로 하자꾸나."

정명도 거들고 나섰다. 그렇게 되자 만휘는 더욱 그들을 말릴 수 없었다.

"그런데 어디로 갈 건데?"

"생각해 봐야지."

"이런……."

천룡신개의 물음에 만공이 성의없는 대답을 했다. 떠나야 하는 것은 맞는데, 마땅히 갈 곳이 없었다. 생각지도 못한 난관에 봉착하는 순간이었다.

"뭐, 거지 소굴도 괜찮다면야 개방 총타로 가는 것도 좋은데 말이야. 다만 냄새가 조금 나고, 사람들도 조금 더럽고, 집도 조금 더러울 따름이지만 말이야."

"조금은 무슨 얼어죽을 조금이야! 구더기들이랑 동거까지 하는 주제에!"

"으웩!"

"욱!"

만공의 말에 몇몇 사람들은 구역질을 했다. 구더기와 동거라니… 보통 사람들로서는 상상도 할 수 없는 광경이었다.

"이 땡초야! 그걸 대놓고 이야기하면 어떻게 하나!"

"내가 틀린 말 했냐!"

만공과 천룡신개가 서로를 마주 보며 으르렁거렸다. 그런 둘의 성정은 나이를 더 먹고 죽기 직전까지도 변하지 않을 것 같았다.

"아, 그러지 말고 팽가로 가는 것은 어떤가?"

"팽가?"

공유의 말에 만공이 고개를 돌려 그를 바라보았다.

"그렇네. 팽가가 있는 하북이라면 마교가 있는 호남과 상당히 먼 곳이고, 개방이 있는 개봉과도 가까운 곳이니 개방의 도움도 받을 수 있을 것이고. 어떤가?"

"음······."

잠시 고민을 하던 만공은 이내 만휘에게 물었다.

"네 생각은 어떠냐? 결정은 네가 해야 한다. 팽가가 싫다면 다른 곳을 생각해 봐야지."

'팽가라······.'

만휘는 잠시 고민에 빠졌다. 팽가라는 곳은 들을 때마다 만휘에게 갈등을 가져다주는 곳이었다.

세가를 무너뜨린 원수요, 자신이 마음에 두고 있는 여인이 있는 곳이기도 했다.

마교를 도와 정도무림을 무너뜨림으로써 가문의 복수는 했지만, 그로 인하여 팽가와의 골은 더욱 깊어진 상태였다.

아니, 만휘는 그렇게 생각하고 있었다. 그들은 어찌 생각하고 있을지 모르겠지만.

"팽가로 가지요."

잠시 고민하던 만휘가 대답했다.

지금 상황은 팽가가 아니더라도 다른 문파나 세가에도 가기 힘든 상황이다. 그렇다면 굳이 머리 아프게 고민하면서 다른 곳을 생각할 필요는 없었다.

"그래, 그럼 내일 당장 떠나자. 호남과 호북은 지척이다. 만약 미행이 있었다면 조만간 이곳으로 들이닥칠 것이야."

"무당파에는 아무런 일이 없었으면 좋겠구나······."

정명이 작게 혼잣말로 중얼거렸지만, 만휘는 그 말을 들었다. 무당을 사랑하는 그의 마음이 담뿍 담긴 말이었다.

만휘는 그 말을 듣고 굉장히 미안했다. 자신 때문에 모든 것이 얽히고설킨 관계가 되어버린 것 같았다.

하지만 만휘는 그런 것을 겉으로 드러내지는 않았다. 그러면 정명도 자신도 더욱더 어색해질 것만 같았기 때문이다.

그리고 그 스스로가 그 일에 대해서 마음을 정리하고 있는 상황에서 더 심란하게 만들고 싶지 않았기 때문이다.

그렇게 그날 하루는 가고 있었다.

마교 총단. 서평은 수하에게 보고를 듣고 있었다. 서평에게 보고를 하고 있는 수하가 중간에 거친 숨을 쉬는 것으로 보아 어딘가에서 급히 달려온 것 같았다.

"무당산이라……."

서평이 중얼거렸다. 서평의 입에서 나온 무당산. 만휘가 도망친 곳이자, 혈마철기단이 향한 곳이었다.

"정말 그곳에 있었는가?"

"예. 단원들이 그 객점에서 머물렀습니다. 그리고 전임 단주가 그들을 만나는 것까지 확인했습니다."

"그런가? 역시……."

서평은 유철의 말을 전부 다 믿지는 않았다. 확실히 알 수는 없었지만, 혈마철기단과 만휘 사이를 잇고 있는 끈이 끊기지 않았다는 것은 느낄 수 있었다.

그래서 계속 혈마철기단은 주시했고, 관치원의 죽음 이후 곧바로 찾아온 유철을 보고 어느 정도 심증을 굳히고 있었다.

"무당파를 공격할까요?"

"무당파를? 왜?"

"관 호법님의 원수가 무당파에 있지 않습니까? 게다가 그 원수를 따라나선 반도의 무리들도 그곳에 있고요."

"하하하하하!"

서평이 크게 웃었다. 그런 그를 수하는 어리둥절한 표정으로 바라볼 수밖에 없었다.

"그들이 정녕 무당파에 있는 것 같은가?"

"무당산에 가지 않았습니까? 그곳은 무당파가 있는 곳입니다. 당연히……."

하지만 서평은 고개를 저었다. 이번에도 수하는 입을 다물고 그를 바라볼 수밖에 없었다.

"그들은 무당파에 없어. 갈 수도 없지."

"예?"

"만휘는 무당파로 갈 수 없네. 대표적인 절기인 오행검진을 깨뜨리고 무당파가 무너지는 데 일조한 사람을 받아주겠는가?"

"그렇군요."

수하는 고개를 끄덕였다. 갈 수 없다. 만휘라면 구파일방과 오대세가의 원수. 정도무림의 원수나 마찬가지였다.

그런 원수를 받아줄 수 있는 곳은 제아무리 정도라고 할지라도 한 군데도 없었다.

"그렇다면 왜 무당산으로 갔을까요?"

"무당산에 있는 것이 무당파뿐만이 아니겠지."

"무슨 말씀이신지 잘 모르겠습니다."

"알 필요는 없다. 그러니 지금 속히 수하들을 시켜 그들의 움직임을 감시하라. 만약 미행이 붙었다는 것을 알았다면, 분명 무당산이 아닌 다른 곳으로 이동했을 것이다."

"예! 알겠습니다!"

수하는 급히 밖으로 달려나갔다. 한시라도 빨리 무당산으로 가야 그들의 행적을 쫓을 수 있을 것이었다.

"교주님께 알려야겠군."

수하가 나가고 서평도 자리에서 일어났다. 그리고는 무거운 발걸음으로 대전으로 향했다.

대전 앞. 서평은 심호흡을 했다. 요즘 들어서 곡야인을 만나기가 점점 더 두려워지는 그였다.

드르륵.

문을 열고 들어간 서평의 눈에는 평상시와 다름없이 평온한 표정으로 앉아 있는 곡야인의 모습이 보였다. 하지만 그 모습을 보고 서평은 오히려 더욱 긴장을 하며 침을 삼켰다.

"왔는가."

"예."

"무슨 일이지?"

"만휘의 종적을 찾았습니다."

푸석.

서평의 말에 곡야인이 잡고 있던 의자의 손잡이가 가루가
되어 사라졌다.

번쩍!

곡야인의 눈이 떠졌다. 그의 눈에서 뿜어져 나오는 혈광(血
光)에 서평은 움찔했다.

"찾았다고?"

"예… 무당산으로 간 모양입니다."

"무당산? 무당산은 왜지? 무당파로 갈 수도 없었을 텐데 말
이야."

"잘은 모르겠지만, 그 근처에 무당파가 아닌 다른 곳이 있
는 것 같습니다."

"하긴. 무당파를 치기 전에도 어디엔가 동생을 맡겨두고
왔었지. 그곳에 간 모양이군."

"예. 하지만 곧 거처를 옮길 것 같습니다. 지금 상황으로써
는 어느 곳인지 정확하게 예측할 수 없기에 뒤따르라는 명만
내려놓은 상태입니다."

"알겠다. 나가 보도록."

"예."

서평은 서둘러 대전을 빠져나왔다. 그리고는 안도감이 섞인 한숨을 내쉬었다.

만휘가 마교를 빠져나가고, 관치원이 죽으면서 곡야인이 점점 이상하게 변해갔다.

난폭한 모습을 보이다가도 어느 순간에는 부드러운 모습을 보였으며, 아까 같이 눈에서 혈광이 뿜어져 나올 때도 있었다.

'마공 때문인가?'

서평은 그런 곡야인의 변화가 마공 때문이라고 생각했다. 그리고 그 생각은 맞는 생각이었다.

그동안 정신력과 의지력으로 마공이 정신을 잠식하는 것을 억제하면서도 최강의 무위를 보였던 그였다.

하지만 곁에 두려 하였던 만휘가 마교를 빠져나가고, 아버지와 같이 생각했던 관치원을 자신의 손으로 죽인 것이나 다름없게 되자 그동안 굳건하게 버텨오던 정신력이 점차 무너지기 시작한 것이다.

그 틈을 마기가 파고들었고, 그로 인하여 발작 비슷한 증상들이 나타나는 것이었다.

한 가지 다행스러운 점은 곡야인 스스로가 그런 것을 인지하고 있다는 사실이었다. 하지만 지금으로서는 달리 방법이 없었다.

스스로가 최대한 마기를 억제하고 정신력으로 버티면서 최대한 교의 다른 사람들에게 피해를 주지 않도록 하는 수밖에 없었다.

"모든 것은 그놈 때문이다."

곡야인은 만휘를 떠올렸다. 자신의 모든 힘을 발휘하게 해 줄 상대로 생각했던 만휘.

그래서 평생 마교에 붙잡아두고 자신이 언제든지 비무를 할 수 있는 사람으로 만들려고 했다.

그런데 도망친 그 때문에 분노에 휩싸였고, 지금의 이 상황까지 이르렀다는 것이 지금 곡야인의 생각이었다.

곡야인으로서는 만휘를 잡아야 할 이유가 한 가지 더 늘어난 셈이었다.

"반드시 잡아서 죽이리라!"

곡야인의 몸에서 미약한 살기가 흘러나오고 있었다.

팽가로 출발하는 것으로 결정한 다음날, 다섯 노인과 만휘가 이끄는 혈마철기단, 그리고 정패와 만화, 소연은 하북으로 향했다.

혹시라도 마교 무리들이 쳐들어올 수 있기 때문에 이른 아침에 신속하게 움직였다.

다섯 노인은 마교에서 모르는 존재들이기에 그냥 나서도

상관이 없었지만, 만휘와 만화, 그리고 혈마철기단의 단원들 같은 경우에는 마교 측에 알려져 있기 때문에 변장까지 한 채 이동했다.

호북에서 하북까지는 굉장히 먼 거리. 그들은 발걸음을 재촉했다.

만휘 일행이 하북으로 떠나고 이틀이 지난 뒤, 다섯 명 정도 되는 무리가 무당산 어귀에 나타났다. 마교가 중원 통합을 하고 구파일방과 오대세가가 봉문한 지금, 이렇게 대놓고 활동할 수 있는 사람은 낭인무사들과 사파의 무사들밖에는 없었다.

그들의 옷에 마(魔)라는 글자가 선명하게 새겨져 있는 것으로 보아, 마교의 무사들이 틀림없었다.

"아무래도 이미 떠난 것 같습니다."

"그래?"

"예. 변장까지 하면서 이동한 것 같지만, 장사치들의 눈썰미까지 속일 수는 없었던 모양입니다. 이틀 전이랍니다."

"그렇겠지. 떠났을 것은 예상했다. 하지만 어느 곳으로 갔느냐가 문제겠지."

"일단은 이 길로 갔다고 합니다."

무사 한 명이 길 하나를 가리키며 말했다.

"좋아! 쉬지 않고 따라간다! 우리의 목적은 그들과 싸우는 것이 아니라 정찰이다! 그것을 꼭 명심해라!"

"예!"

만휘 일행과 혈마철기단을 따라 이곳 무당산까지 온 그들은 곧바로 만휘 일행을 뒤쫓기 시작했다.

제50장

사랑

사
랑

마교와의 싸움에서 패한 후, 팽가는 봉문 상태로 죽은 듯이 지냈다. 세가에 속한 무사들의 숫자도 꽉 줄었고, 모두들 기운이 쫙 빠져서 힘이 없는 듯했다.

무엇보다도 팽구완의 죽음이 그들에게 가장 큰 슬픔이었다.

정파가 무너지고 사파의 세상이 되었지만, 그들에게 그런 사실은 크게 다가오지 않았다. 하지만 세가의 정신적 지주였던 팽구완이 죽었다는 사실은 그들에게 직접적으로 엄청난 충격과 슬픔을 가져다주었다.

팽가에서 정파가 무너진 사실을 가장 원통하게 생각하는

부분은 팽구완의 장례 때문이었다.

만약 정파가 무너지지 않고, 팽구완이 이런 식이 아닌 편안한 죽음을 맞이했다면 그의 장례를 성대하게 치를 수 있었을 것이다.

하지만 정파가 무너지고 봉문을 함으로 인하여 팽구완의 장례는 그들만의 장례가 되어버렸다.

한 시대를 풍미하고 팽가의 명성을 드높였던 영웅의 장례 치고는 초라하기 그지없었다.

마교와의 전쟁이 끝난 지도 석 달이 다 되어가도록 팽가 사람들은 아직도 상복을 입고 있었다. 그리고 앞으로도 계속해서 벗을 생각이 없는 것처럼 보였다.

가주인 팽염을 비롯한 소가주 팽기 등은 죄인인 듯이 생활하는 것이다. 죽지 못해서 먹으며 살고 있었지, 제대로 된 생활을 하지는 않고 있었다.

그나마 팽가의 여인들은 집안의 여러 가지 일들을 해야 했기에 남자들처럼 생활하지는 않았지만, 그들 역시 평상시의 생활에 비해서 스스로가 많은 제약을 두며 생활했다.

이는 고통스러운 죽음을 맞고도 그에 걸맞은 장례를 치르지 못한 것에 대한 자책 같은 것이었다.

"하~!"

팽은지는 자신의 방에서 한숨을 쉬고 있었다. 어쩌다가 이렇게 된 것인지 알 수가 없었다.

요즘 자신의 생활은, 팽가의 생활은 상상도 하지 못하던 일이었다. 도대체 무엇이 이런 상황을 만들어냈는지 답답한 마음을 감출 길이 없었다.

'어떻게 지낼까?'

팽은지는 만휘를 떠올렸다. 호감을 가졌던 사람, 그리고 딱 두 번 본 사람이지만 머리에는 확실하게 각인된 사람.

볼 때마다 다른 모습을 보여준 사람.

그리고… 마음을 설레게 만들던 사람이었다.

만휘를 생각하던 팽은지는 머리를 세차게 흔들었다. 지금과 같은 상황에서 만휘를 생각하는 자신의 모습을 정당화할 수 없었기 때문이다.

게다가 만휘는 마교에 가담하여 사파가 중원을 통합하는 데 일조한 인물이었다.

"하아~!"

그런 생각을 하니 또다시 한숨이 나오는 그녀였다.

털썩!

팽은지는 그대로 침상에 몸을 누였다. 심적으로 많이 고통스러웠기에 요 며칠 동안 제대로 편안하게 잠을 자본 적이 없었다.

하지만 왠지 지금은 편안하게 잠을 잘 수 있을 것 같았다.

그리고 일각도 채 지나지 않아 그녀의 눈이 스르르 감겼다.

텅! 텅!

팽가의 정문을 누군가가 두드렸다. 봉문을 한 상황에서는 어떠한 손님도 받지 않는 것이 원칙. 하인 한 명이 정문으로 달려갔다.

"현재 저희 팽가는 봉문 중입니다. 손님을 받을 수 없으니 돌아가 주십시오."

하인의 말에 잠시 동안 문을 두드리는 소리가 들리지 않는 듯했다.

찾아왔던 손님이 돌아간 것이라 생각한 하인은 그대로 몸을 돌렸다.

텅! 텅!

하지만 이내 다시 문 두드리는 소리가 들렸다. 하인은 인상을 쓰며 몸을 홱 돌렸다.

지금은 단순히 봉문만 하고 있는 상황이 아니었다. 팽구완의 죽음으로 세가 전체가 애도하는 상황이었다.

물론 그런 사실을 밖에 있는 사람이 알 수도 있고 모를 수도 있지만, 왠지 지금의 이런 슬픈 상황을 방해하는 것 같은 생각이 드는 하인이었다.

"도대체 뉘시오! 지금은 손님을 받을 수 있을 만한 상황이 아니란 말이오! 도왕 어르신께서 돌아가셔서 세가 전체가 울음바다인 상황인데 왜 자꾸 방해하는 것이오!"

하인이 더 이상 참지 못하고 소리쳤다.

"그만 하게."

팽염의 목소리였다. 잠시 바람이라도 쏘일 겸 해서 나왔다가 하인의 목소리를 들은 모양이었다.

"밖에 계신 분이 뉘신지는 모르겠지만, 지금은 손님을 접대할 만한 정신이 못 됩니다. 죄송합니다. 하지만 훗날 다시 찾아주시면 가주 된 이로서 성심성의껏 대접할 것을 약속드리겠으니 오늘은 이만 물러가 주십시오!"

"팽가주인가?"

문 바깥에서 처음으로 목소리가 들려왔다. 들어본 적이 있는 목소리. 팽염은 눈이 번쩍 뜨였다.

"혹시……."

"그렇다네. 나 정명이라네."

"아!"

팽염은 놀란 표정으로 입을 벌리고 서 있었다.

예상도 하지 못한 손님이었다. 그것도 가주인 자신이 맨발로 달려나와 절을 하며 모셔야 할 정도로 대단한 분이다.

하지만 시기가 좋지 않았다.

'봉문 상태인 것을 아실 텐데…….'

"이런 곳까지 찾아와 주시다니 감사할 따름입니다. 즉시 문을 열고 모셔야 하는 것이 도리이지만, 지금은 봉문 중이라 그럴 수가 없습니다. 죄송합니다."

"아닐세. 걱정 말게."

퍼러럭!

갑자기 담벼락 쪽에서 장포가 펄럭이는 소리가 들렸다. 문을 열지 못하니 그냥 담을 뛰어넘은 것이었다.

정명이 먼저 뛰어넘고, 그 뒤를 만공과 옥청, 공유, 천룡신개가 뛰어넘었다.

"어서 오십시오. 한데 어찌하여 지금 같은 시기에 저희 팽가까지 오셨습니까?"

"우리 같은 사람들이야 그냥 가고 싶을 때 가고 오고 싶을 때 오며, 마음 가는 대로 돌아다닌들 누가 뭐라 하겠는가?"

"그렇지만……."

"그나저나 함께 온 사람이 있는데 들여도 되겠는가?"

"예? 아, 예. 그렇게 하십시오."

"고맙네. 들어오너라!"

팽염의 허락에 고맙다는 말을 한 정명이 밖으로 소리쳤다. 그리고 곧 한 인영이 담벼락 위로 솟아올랐다.

"……!"

팽염은 놀라 말을 잇지 못했다. 만휘, 만휘였다. 마교에 있어야 정상인 만휘가 지금 팽가에 와 있는 것이었다.

"얼굴은 알 것이야. 그렇지?"

팽염은 여전히 놀란 표정으로 고개를 끄덕였다. 만휘를 본 것은 사천에서의 싸움 때 잠시 본 것이 처음이자 마지막이었다.

"만휘… 입니다."

만휘가 어색하게 인사했다. 자신을 보고 반가워할 리가 없었다. 오히려 지금 당장 검을 들고 자신을 베어버리려 하지 않는 것이 다행스런 상황이었다.

"…어서 오게."

만휘와 팽염 사이에 어색한 기류가 흘렀다. 서로 간의 은원 관계가 있지만, 어떻게 생각하면 서로가 서로에게 한 일로 모두 끝난 것이라 볼 수도 있었다.

하지만 그것이 어찌 쉽게 잊혀질 수 있을까, 서로에게 고통만 남겼는데.

"험험!"

그 상황을 깬 것은 만공의 헛기침이었다. 그 헛기침 소리에 서로를 복잡한 시선으로 바라보고 있던 만휘와 팽염은 만공을 바라보았다.

"밖에 있는 사람들은 그냥 세워둘 참이냐?"

"예? 아!"

만휘는 밖에 서 있는 정패와 만화, 소연을 비롯한 혈마철기단 단원들을 떠올렸다.

"밖에 일행들이 있네. 문을 열라고는 하지 않겠지만, 좀 도와줄 수 있겠는가?"

"예?"

"사다리 하나 정도는 있겠지?"

"그렇기는 합니다만, 담을 넘기에는 작습니다."

"괜찮네."

"알겠습니다. 사다리를 가져와라!"

"예!"

팽염의 명령에 하인이 서둘러 사다리를 가지러 갔고, 잠시 후에 그 하인이 다시 사다리를 들고 왔다.

"확실히 작긴 하군. 그래도 없는 것보다는 나을 테니……."

팽염에게서 사다리를 받아 든 만공은 그것을 담장 밖으로 가볍게 던져 넘겼다.

만휘도 함께 담을 넘어갔다. 만화와 소연은 자신이 데리고 넘어오기 위해서였다.

잠시 후 만휘가 만화와 소연을 옆에 끼고 담을 넘어왔다. 팽가의 담장은 대략 일 장(丈)이 조금 넘는 높이. 한 사람이 뛰어넘는 것도 어려운 일인데, 두 사람을 데리고 만휘는 쉽게 담을 넘어왔다.

그런 만휘를 보며 팽염은 속으로 굉장히 놀라워하고 있었다.

사다리가 넘어가고 잠시 후, 한 사람씩 담을 넘어오기 시작했다. 그들이 넘어오기에는 담장의 높이가 너무 높았기에 사다리를 밟고 넘어오게 한 것이었다.

혈마철기단의 단원들이 하나둘씩 넘어오자, 팽염의 표정은 조금씩 굳어져 갔다. 한두 명도 아니고 오십 명이나 되는 사람들이 넘어온 것이었다.

"어서 넘어가서 사다리나 가져와라."

만휘는 만공의 말에 약간 귀찮아하면서도 훌쩍 담을 뛰어 넘었다. 그리고는 다시 사다리를 가지고 훌쩍 뛰어넘어 왔다.

"이들은 누구입니까?"

팽염이 무언가 짐작 가는 바가 있다는 듯이 물었다.

"만휘의 수하일세."

"마교 사람들입니까?"

"그렇네."

"무사들을 소집하라!"

팽염이 소리쳤다. 갑작스런 상황이었지만 다섯 노인과 만휘는 당황해하지 않았다.

팽염이 소리치고 나서 얼마 지나지 않아 팽가의 무사들이 달려왔다. 그들 대부분은 도대체 무슨 일인지 알 수 없다는 듯한 표정이었다.

"어?!"

달려온 사람들 중에는 팽기도 끼어 있었다. 잠시 방에 나왔다가 무사들이 달려가는 것을 보고 무슨 일인가 하여 함께 따라와 만휘를 본 것이었다.

만휘 역시 팽기를 보았지만 지금은 마냥 반가운 기색만 내비칠 수 있는 상황이 아니었다.

"무슨 의도입니까, 마교 무리를 이곳까지 데리고 오시다니요? 아무리 무림의 대선배님이시지만 이런 것을 그냥 두고 볼 수는 없습니다!"

"이보게……."

"설마 선배님들도 저 청년의 꾐에 넘어가 마교와 결탁하신 것입니까?"

"갈!"

상황 설명을 하려던 정명은 팽염이 자신의 말을 끊고 자신들을 마교 사람으로 몰아가자 화가 나서 고함을 질렀다.

그러자 거침없이 말을 하던 팽염도 입을 다물었다.

하지만 차가운 눈빛은 그대로였다.

"만휘 네가 마교로 간 이유를 알겠다! 이런 식으로 대하는데 어찌 분노하지 않겠으며 어찌 정파에 반감을 느끼지 않겠느냐! 이대로 계속 몰아세우면 나 같아도 마교에 붙겠구나!"

정명의 분노에 찬 말에 만휘는 별다른 반응을 보이지 않았다. 그저 '이제는 나의 마음을 조금 더 이해하실 수 있겠구나' 라 생각할 뿐이었다.

"너는 어찌하여 내 말을 들으려고도 하지 않는단 말이냐! 네 눈에는 내가 그렇게 하찮은 존재로 보이더냐!"

"죄송합니다!"

팽염이 고개를 숙이며 큰 소리로 사과를 하였다. 하지만 정명이나 다섯 노인이 느낀 분노는 전혀 사그라지지 않고 있었다.

"만휘는 마교에서 도망쳐 나온 몸이다! 교주가 붙잡아두려는 것을 그저 평화롭게 살고 싶다는 마음 하나만으로 마교에서 도망쳐 나온 상황이다. 그리고 이들은 오로지 만휘에 대한 충성심 하나만으로 목숨을 걸고 마교에서 도망쳐 나온 사람들이란 말이다!"

정명의 말에 팽염은 고개를 들 수 없었다. 봉문을 하고 팽구완의 장례를 치르고, 그의 죽음을 애도하면서 자신도 모르는 사이에 신경이 날카로워진 것 같았다.

"죄송합니다. 그리고 미안하네."

"아닙니다. 어느 정도 예상은 했었습니다."

"일단 들어가지. 손님들을 너무 오래 세워둔 것 같네."

"예."

팽염이 하인들에게 이것저것을 준비했다. 예고도 없이 찾아온 손님들 때문에 갑자기 분주해진 팽가였다.

그래도 예전만큼은 아니지만 세가가 다시 활기를 찾은 것 같아 조금은 기분 나아진 팽염이었다.

그러는 사이 팽기는 만휘에게 다가갔다. 팽기의 시선은 오로지 만휘에게로만 향해 있었고, 만휘 역시 팽기를 똑바로 바라보았다.

사천에서의 전투 때 마교에 몸담고 자신들과 검을 맞대고 있는 만휘를 보았을 때 실망감과 분노가 마음속 가득 자리 잡앗었다.

하지만 지금은 웬일인지 그런 마음은 전혀 없었다. 오히려 반가움만이 가득했다.

"오랜만이군요."

"예, 정말 오랜만입니다."

만휘와 팽기는 웃지 않았다. 하지만 그 둘이 정말로 반가워한다는 사실은 충분히 느낄 수 있었다.

"들어가시지요. 나눌 말이 참으로 많습니다."

"예. 알겠습니다."

"오라버니들! 우리도 신경 좀 써주시죠?"

팽기와 만휘의 대화를 듣다 못해 만화가 크게 말했다. 그제야 팽기의 눈에 만화와 정패 등이 들어오기 시작했다.

"아! 만화도 있었구나! 무사님도 계셨군요."

"예, 우리도 있었습니다. 아까부터요."

만화가 약간은 퉁명스럽게 대답했다. 자신도 팽기를 보고 이곳 팽가에 도착했을 때, 과거의 은원은 모두 잊고 반가움만 가지고 있었는데 아무도 자신을 아는 척하지 않자 약간 뾰로통해진 것이었다.

'만화도 많이 변했구나…….'

"그래. 알았으니 어서 가자."

팽기가 웃으면서 만휘와 만화를 안쪽으로 데려갔고, 혈마철기단과 다른 사람들 역시 팽가 하인들에게 안내받아 자신들의 숙소로 향했다.

  팽가에서 약간 떨어진 곳. 다섯 명의 흑의인이 팽가를 바라
보고 있었다.
  서평의 지시를 받고 만휘 일행의 뒤를 따랐던 마교의 무사
들이었다.
  만휘 일행과 이틀거리나 떨어져 있었지만, 잠도 제대로 자
지 않고 쫓아와 만휘 일행과 거의 비슷한 시간에 이곳에 도착
할 수 있었다.
  "팽가였던가?"
  한 사람이 중얼거렸다.
  '그런데 다섯 노인은 누구란 말인가! 고수였다.'
  "서둘러 돌아가자. 빨리 보고를 해야겠어."
  "예!"
  다섯 명의 마교 무사는 서둘러 그 자리를 벗어났다. 그들이
향한 곳은 호남. 마교가 있는 곳이었다.

  만휘 일행이 팽가에 도착한 그날, 잠시 침상에 누워 잠을
청하고 있던 팽은지는 만휘가 왔다는 소식에 침상에서 몸을
일으켰다.
  "누가 왔다고?"
  방 안에 들어와 있던 팽화영은 팽은지의 그런 반응이 재미

있다는 듯이 미소를 지으며 그녀를 바라보았다.

"언니는 도대체 그 사람 어디가 그렇게 좋아?"

"무, 무슨 소리니?!'

팽은지가 얼굴을 붉히고 당황하는 표정으로 팽화영에게 소리쳤다.

하지만 그런 반응은 팽화영을 더욱 짓궂게 만들 뿐이었다.

"얼굴? 몸매? 무공? 뭔데?'

집요한 그녀의 물음에 고개를 푹 숙인 팽은지는 그대로 자리에서 벌떡 일어나 방을 나섰다.

하지만 팽화영은 그녀의 뒤를 따라붙었다.

"응? 대답 좀 해줘. 설마 안 좋아하는 거야? 그런 거야? 그럼 내가 고백한다?'

"아, 안 돼!"

고백하겠다는 팽화영에게 팽은지가 소리쳤다. 소리를 지른 팽은지는 다시 고개를 푹 숙였다. 자신이 말해놓고도 쑥스러워 어쩔 줄을 몰라 했다.

'언니한테 이런 면도 있었구나⋯⋯.'

팽화영은 팽은지를 바라보았다. 평소에는 언제나 성숙하고 약간은 차가운 모습을 보이던 그녀였다.

그래서 활달한 자신과는 달리 남자들과 쉽게 어울리지 못하는 모습을 많이 보였다.

그런 그녀의 성격과 함께 너무나도 아름다운 그녀의 미모는 남자들이 더욱더 접근하지 못하게 만드는 요소 중의 하나였다.

접근하는 남자도 없었고, 팽은지 스스로가 마음에 들어했던 남자가 없었기에 지금과 같은 모습은 사람들에게 낯선 모습일 수밖에 없었다.

'나는 그가 왜 좋은 것일까?'

팽은지의 얼굴이 더욱 붉어졌다.

"언니."

"응?"

생각에 잠겨 있던 팽은지를 팽화영이 살짝 찌르며 불렀다. 그에 고개를 들고 팽화영을 바라본 팽은지는 그녀가 어느 한 곳을 가리키고 있다는 사실을 알 수 있었다.

"아!"

그곳에는 만휘가 있었다. 팽은지를 본 것 같지는 않았지만, 팽은지는 마치 만휘가 자신을 바라보고 있다는 듯이 얼굴을 붉혔다.

"난 간다."

팽화영이 몸을 돌렸다. 그에 화들짝 놀란 팽은지가 그녀를 붙잡았다.

"어, 어디 가? 나도 같이 가자."

"왜? 여기서 조금 더 놀지."

이야기를 하면서 장난기 다분한 미소를 짓고 있는 팽화영을 보며 팽은지는 그제야 그녀가 자신을 이곳으로 이끌었다는 사실을 알 수 있었다.

"아!"

그때, 뒤쪽에서 만휘의 목소리가 들렸고 그 목소리에 팽은지의 몸은 그대로 굳어버렸다. 자신을 보고 소리를 낸 것 같은 기분이 들었기 때문이다.

"언니, 갔어."

"어?"

갔다는 팽화영의 말에 팽은지는 몸을 풀고 슬그머니 뒤를 돌아보았다. 팽화영의 말처럼 만휘는 그곳에 없었다.

'어디를 간 것이지?'

팽은지는 약간 아쉬운 생각이 들었다. 그리고는 '내가 먼저 다가갈 걸 그랬나?' 하는 약간의 후회도 했다.

"언니, 그 사람 숙소가 아버지, 어머니 기거하시는 전각 뒤쪽이래. 어딘지 알지? 시간 내서 한 번 찾아가 봐. 꼭이야!"

팽화영이 어디론가 달려가며 팽은지에게 소리쳤다. 그런 팽화영을 보며 팽은지는 그저 가만히 그곳에 서 있었다.

만휘는 유철과 백공보의 거처로 향했다. 잠시 산책을 하며 앞으로 어떻게 해야 할 것인가를 생각하다가 혈마철기단을 떠올렸다.

혈마철기단. 단의 이름부터가 마교스러운(?) 것이 별로 좋게 느껴지지 않았다. 그에 그것을 상의해 보기 위해서 유철과 백공보의 숙소를 찾아간 것이었다.

"유철! 백공보!"

만휘가 문을 열고 안으로 들어가자, 피곤했는지 자고 있던 유철과 백공보가 힘겹게 눈을 뜨며 몸을 일으켰다.

그도 그럴 것이 마교에서 빠져나온 이후로 제대로 편안하게 쉰 적이 없던 까닭이었다.

"아, 미안. 계속 자라. 다음에 이야기하지."

"아닙니다. 들어오십시오."

유철이 침상에서 몸을 일으키며 말하자 백공보 역시 자리에서 일어났다.

"내일 이야기해도 되는데……."

말은 그렇게 하면서도 안으로 들어서는 만휘를 보며 유철은 약간 쓴웃음을 지었다.

"그런데 무슨 일이십니까?

"아, 그게 말이지, 이제 마교도 아닌데 혈마철기단은 좀 이상한 것 같지 않아?"

만휘의 말에 조금은 잠기운이 걷힌 유철이 고개를 끄덕였다. 듣고 보니 그랬다.

지금까지는 별로 못 느끼던 것인데 만휘의 이야기를 듣고 보니 이름에서부터 마교의 냄새가 풀풀 풍기는 것이 절로 인상이 찌푸려졌다.

"인상은 왜 써?"

"혈마철기단이라는 이름에서 마교 분위기가 나니까 그렇죠. 이제는 싫습니다."

"그래도 꽤 오랜 시간 동안을 마교에서 몸담았으면서 너무 순식간에 마음이 돌아선 것 아니야?"

"아닙니다. 마교에서 마음이 돌아선 것은 아주 오래되었습니다. 내가 왜 마교에 있어야 하는지 알 수 없었고, 강한 힘을 얻겠다는 목표는 어디론가 사라져 버렸고요. 아주 오래된 일입니다."

"그래? 뭐, 그건 그렇고… 어떤 이름이 나을까?"

"정파 냄새가 나는 이름으로 지으면 될까요?"

"아니."

"예?"

유철은 당연히 정파 냄새가 나는 이름으로 지으라고 할 줄 알았다. 그런데 아니란다.

"아니, 그럼 어떤 냄새가 나야 합니까? 정파가 아니면 사파라는 말인데요?"

백공보의 물음에 만휘와 유철이 한심하다는 듯이 그를 바라보았다. 백공보는 그들이 왜 자신을 그렇게 바라보는지 알수 없어 어리둥절한 표정을 지었다.

"왜 그러십니까?"

"얌마! 너는 세상에 정파 아니면 사파밖에 없냐? 중립이라는 것이 있잖아, 중립! 중도(中道)!"

"아~!"

만휘의 말에 그제야 알았다는 듯이 고개를 끄덕이는 백공보였고, 그런 백공보를 보며 골치가 다 아프다는 듯이 머리를 감싸 쥐는 유철이었다.

"아무튼 이름이나 생각해 보자."

"그러죠."

그리고 나서는 침묵이었다. 만휘도 유철도 백공보도 전부 말이 없었다.

막상 생각하려고 하니 좋은 이름이 떠오르지 않았다.

"만휘단은 어떻습니까?"

퍽!

"꾸엑!"

'만휘단'이라는 이름이 나왔을 때, 만휘는 절로 주먹이 올라가려 하였다. 하지만 유철의 주먹이 한발 앞서 백공보의 머리를 강타했다.

초고수인 만휘보다 빠르게 뻗은 주먹이니 실로 대단한 빠르기라고 할 수 있었다.

"촌스럽게 만휘단이 뭐냐, 만휘단이! 지금 장……!"

유철은 말을 하다 말고 몸이 굳어버렸다. 그리고 백공보 역시 몸이 굳어버렸다.

맹수의 앞에 서면 그 살기 때문에 몸이 굳는다고 했던가? 유철과 백공보 역시 만휘의 몸에서 흘러나오는 은은한 살기 때문에 그대로 몸이 굳어버린 것이다.

"인마! 촌스럽긴 뭐가 촌스러워! 그걸 단주님 앞에서 얘기해야겠냐!"

"솔직히 촌스럽잖아!"

백공보는 유철을 원망하고 있었고, 유철은 이 상황을 어떻게 타개해야 할지 몰라 식은땀만 흘리고 있었다.

하지만 전음으로 그런 대화를 나눈 것부터가 잘못이었다.

"솔직히 촌스럽잖아? 어쭈~!"

"헉!"

"크헉!"

만휘의 입에서 나온 말에 유철과 백공보는 뒤집어질 뻔했다. 분명 대화를 나눈 것은 전음이었다. 그런데 만휘가 내용을 알고 있었다.

'정말 신인가?'

만휘가 개이공이라는 것을 익혔고, 그로 인하여 전음까지도 들을 수 있는 뛰어난 청력을 가졌다는 것을 그들은 모르고 있었다.

"촌스럽단 말이지?"

"아, 아닙니다! 멋집니다!"

"예! 유철의 말이 마, 맞습니다! 그냥 '만휘단'으로 하죠!"

하지만 이미 늦었다.

"끄아악!"

"꾸에에엑!'

대낮에 봉문한 팽가에서 두 사람의 비명 소리가 저 멀리까지 울려 퍼졌다.

결국, 그날 그들은 단의 이름을 정하지 못했다.

만휘를 보고 돌아왔던 팽은지는 두근거리는 가슴을 진정시키기가 어려웠다.

"왜 이러지?"

과거 만가에 있을 때에도 편안하게 대했던 만휘였다. 그리고 그동안 만난 적도 없었고, 사천에서의 전투 때에 한 번 스친 것이 전부였다.

그런데 하루하루 잊혀지는 것이 아니라 점점 더 또렷하게 기억나는 만휘였다.

팽은지 자신이 스스로를 더 황당하게 생각하게 된 것은 만휘를 보면 가슴이 두근거린다는 점이었다.

사천에서 보았을 때에도, 그동안 만휘를 생각하면서도 한 번도 두근거린 적이 없던 자신의 심장이 아까는 굉장히 빠르게 뛰었던 것이다.

"정말로 좋아하는 것일까?"

팽은지는 자신의 마음을 정확하게 알 수 없었다. 좋아하는 것 같았다가도 어느 때 생각해 보면 그저 호감에 불과한 것 같기도 했다.

하지만 이렇게 가슴이 뛰는 것을 보면 좋아하는 것 같기도 했다.

"어머니께 여쭤볼까?"

팽은지는 어머니인 주혜명에게 물어볼 생각으로 자리에서 일어났다가 다시 침상에 앉았다. 자신의 입으로 그런 감정을 이야기하고 묻는다는 것이 쑥스러웠기 때문이다.

"며칠 더 지나면 알 수 있겠지."

그렇게 중얼거린 팽은지는 주혜명에게 가는 것을 포기했다.

팽은지는 혼자서 고민을 하고 있을 때, 만휘는 만화에게 붙들려 고문 아닌 고문을 받고 있었다.

"아직도 못 만났다고요?"

"그래. 내가 먼저 찾아가는 것도 좀 그렇잖아."

"에효……."

만화가 고개를 설레설레 저으면서 한숨을 내쉬었다. 그런 모습을 보고 만휘는 무슨 말인가를 하고 싶었지만, 아무런 말도 할 수가 없었다.

"그럼 언니가 먼저 오라버니에게 찾아가야겠어요?"

"아무래도 난 먼저 다가가는 것을 잘 못하니까……."

"여자가 먼저 다가가는 법은 없다고요! 진정으로 좋아한다면 남자가 먼저 다가가야죠! 그래야 여자도 마음이 흔들릴 것 아니겠어요? 게다가 여자는 좋아하는 사람이 있으면 자신에게 다가와 주기를 기다린다고요."

"그, 그런 거냐……?"

만휘는 더 이상 할 말이 없었다. 물론 이곳에 와서 다른 생각들을 하느라고 팽은지에게 신경을 쓰지 못했지만, 내심 그녀가 먼저 말을 걸어와 주기를 바랐던 만휘는 뜨끔해지는 속을 어쩔 수 없었다.

"자, 그럼 일어서요."

"응? 왜?"

"안 가요?"

"어딜?"

"언니한테요."

"무슨 언니?"

만휘와의 대화에 답답함을 이기지 못한 만화는 결국 버럭소리를 질렀다.

"은지 언니한테 안 갈 거냐고요!"

"아!"

그제야 만화의 말을 알아들은 만휘는 어찌 해야 할지 몰라 머뭇거렸다.

"빨리요!"

결국 만화의 손에 이끌려 자리에서 일어나는 만휘였다.

'마교에 있을 때에는 이러지 않았는데……'

자신을 잡아끄는 만화의 억센 힘에 만휘는 마교에 있었을 때의 만화를 떠올렸다.

'역시 이곳이 훨씬 좋은가 보구나.'

그런 생각을 하면서 만휘는 만화에게 이끌려 팽은지가 있는 곳으로 향했다.

하지만 하늘은 둘이 만나는 것을 아직은 원하지 않으셨던 모양이다. 찾아간 팽은지의 방에는 팽은지가 없었고, 그냥 돌아가자는 만휘의 말에 어쩔 수 없이 발길을 돌려야 했다.

"하~!"

그날 밤, 잠이 안 오는지 만휘는 세가 안 이곳저곳을 돌아다니며 차가운 기운을 만끽하고 있었다.

개심공을 익히고 세상의 일을 겪으면서 처음으로 이런 상쾌함을 맛보는 것 같았다.

팽가 안을 돌아다니다 보니 사람들이 많이 다니지 않을 법한 곳에 작은 연무장이 하나 있었다. 많은 인원이 수련을 하기에는 어렵고 네다섯 명 정도가 수련하기에 딱 알맞은 크기였다.

"아~!"

그 연무장 한가운데로 올라간 만휘는 그대로 바닥에 드러누웠다. 옷에 흙이 많이 묻었지만, 그런 것들은 전혀 신경 쓰지 않았다.

바닥에 누운 만휘는 그대로 눈을 감았다. 바람의 느낌과 자연의 여러 가지 소리들을 느꼈다.

그리고 마음의 문을 열고 세상천지를 느껴보았다.

자연과 하나 되는 느낌. 그리고 대자연이라는 어머니의 품속에 안겨 있는 느낌.

어머니의 품을 느껴보지 못했지만 어머니가 있었다면 이런 느낌이 아닐까 하는 생각이 들었다.

'음⋯⋯.'

그렇게 누워 있는데 누군가가 다가오는 기척이 들렸다. 아직 먼 거리에 있었지만, 분명 그 기척은 자신이 누워 있는 연무장으로 향하고 있었다.

'이 시간에 수련하러 오는 사람도 있나?'

만휘는 그대로 자리에서 일어나 옷에 묻은 흙을 대충 털어내고는 나무 위로 올라갔다.

원래 다른 사람이 무공 수련을 하는 모습을 숨어서 본다는 것은 굉장한 실례였다. 아니, 죄와도 같은 행동이다.

그렇기에 연무장으로 오는 사람이 있다면 자리를 비켜주어야 하는 것이 옳은 행동이었다.

하지만 지금에 와서 팽가의 무공을 훔쳐봐 봤자 만휘에게는 별다른 소용도 없었기에 크게 문제될 것이 없다 생각하고 나무 위로 올라간 것이었다.

잠시 후, 연무장에 등장한 사람을 보고 만휘는 당황하여 그대로 나무 밑으로 떨어질 뻔했다.

나타난 사람이 팽은지였기 때문이다.

'여기는 어떻게 왔지?'

팽은지가 팽가 내에서 아무 곳이나 돌아다는 것은 전혀 이상할 것이 없었지만, 만휘는 이상하게 생각하고 있었다.

'혹시 나를 보러……?'

한참 앞서 가는 만휘. 그의 얼굴이 조금 붉어져 있었다.

하지만 팽은지는 그 연무장을 그냥 지나쳐 버렸다. 어딘가로 가기 위해 그냥 지나가는 길이었던 것이다.

사뿐!

팽은지가 지나가고 만휘는 소리가 안 나게 나무에서 내려왔다. 그리고는 팽은지가 사라진 쪽을 바라보았다.

"남자가 먼저 다가가야죠!"

그때, 만화의 목소리가 만휘의 귓가를 울렸다. 그리고 만휘는 무언가에 홀린 듯 팽은지가 사라진 쪽으로 발걸음을 옮겼다.

팽은지가 향한 곳은 팽가 안에 있는 자그마한 정원이었다.

이런 정원은 흔히 가주의 전각 근처에 있는 것이 대부분인데, 인적이 드문 외진 곳에 있다는 것이 조금 의외였다.

팽은지는 정원 한쪽에 있는 의자에 털썩 주저앉았다. 그리고는 하늘을 올려다보며 무언가를 생각하고 있었다.

"후우~!"

심호흡을 한 번 한 만휘는 천천히 그쪽으로 다가갔다. 특별히 기척을 죽이거나 소리를 안 낸 것은 아니었지만, 무슨 생각을 그리도 깊게 하는지 팽은지는 알아차리지 못한 것 같았다.

"무슨 생각을 그렇게 해요?"

"……."

만휘가 가까이 다가가서 물었지만, 팽은지는 여전히 하늘만 올려다보고 있었다.

그녀가 생각에 깊이 빠져 있기 때문이기도 했고, 만휘의 목소리가 워낙 작았기 때문이기도 했다.

"후우~!"

다시 한 번 심호흡을 한 만휘가 이번에는 조금 더 큰 소리로 물었다.

"무슨 생각을 그렇게 해요?"

"어머나!"

이번에는 만휘의 목소리를 들었는지 화들짝 놀란 팽은지는 재빨리 몸을 뒤로 빼내었다.

"아, 저예요, 저. 만휘요."

"아······!"

그제야 팽은지는 자신에게 말을 건 사람이 만휘라는 사실을 알고는 안도의 한숨을 내쉬며 다시 제자리로 돌아왔다.

사실 이 세가 안에서 자신에게 해코지를 할 수 있는 사람은 아무도 없었지만, 무슨 생각을 하고 있었는지 조금은 심하게 놀라는 모습을 보였다.

만휘와 팽은지는 그렇게 잠시 나란히 앉아 있었다. 아무런 말도 하지 않았는데, 할 말이 없는 것이 아니라 무슨 말을 어떻게 꺼내야 할지를 서로가 몰랐기 때문이다.

"그동안 어떻게 지냈어요?"

만휘가 먼저 입을 열었다. 지금의 이렇게 아무런 말도 없이 있는 것이 싫었고, 남자가 먼저 다가가야 한다는 만화의 말이 계속 귓가를 맴돌았기 때문이다.

"정신없이 지냈지요. 정도가 패퇴하고, 할아버지께서 돌아가시고, 장례를 치르고… 슬프고 힘들어서 제대로 된 생활을 하기도 힘들었죠."

만휘는 미안한 마음이 들었다. 팽구완을 쓰러뜨린 것은 자신이 아니었지만, 정파를 무너뜨린 것은 자신이 한 것이나 다름이 없었다.

"미안해요."

만휘의 사과에 팽은지는 물끄러미 그를 바라보았다. 그리고 문득 지금 자신과 함께 있는 사람이 얼마 전까지만 해도 검을 맞대고 싸웠던 사람이라는 것을 깨달았다.

하지만 왠지 화가 나거나 혐오스런 마음은 들지 않았다. 그렇다고 해서 설레거나 하는 마음도 없었다. 오히려 차분하게 가라앉아 있었다.

"사천에서 저를 봤죠?"

"예."

"왜 아는 척 안 했나요?"

"그 상황에서는 할 수 없었죠. 적으로 만났고, 바로 옆에서 도검이 난무하는 상황이었으니까요."

그 상황에서 아는 척을 할 수 없는 것은 당연한 일이었다. 바로 옆에서 도검이 난무하는 목숨이 위험한 상황이고, 그 당시 팽가와 만휘는 적이었으니 아는 척을 하기도 힘들 것이고.

그런 사실을 팽은지도 알고 있지만 지금 상황에서 딱히 할 말도 없었고, 어색했기에 꺼낸 말 중 하나였다.

"앞으로는 어떻게 할 건가요? 마교와 싸울 것이라고 들었는데……."

"싸울 겁니다. 솔직히 싸움을 하고 싶은 마음은 없어요. 하지만 제가 아닌 제 주변 사람들까지 위험해진다면 어쩔 수 없어요, 싸움을 벌여서 끝내는 수밖에는."

"하지만 오히려 싸움으로 인해서 주변 사람들이 더 힘들어할 수도 있지 않나요? 싸우다가 다치면 주변 사람들은 그런 것들을 보면서 가슴 졸이고 걱정하면서 힘들어 한답니다."

"그럴 수도 있겠지만……."

만휘는 말을 끊었다. 그리고는 가만히 생각해 보았다.

자신이 싸우면 주변 사람들도 함께 위험해질 수 있다.

하지만 그렇다고 해서 싸우지 않고 도망만 칠 수 있는 것도 아니고, 힘든 것도 마찬가지였다.

'어떻게 하는 것이 가장 현명한 방법일까?'

그런 생각을 하는 만휘를 팽은지는 옆에서 바라보았다.

'많이 야위었구나…….'

팽은지는 손을 들어 만휘의 얼굴을 만져 보고 싶었다. 하지만 꾹 참고 바라보기만 했다.

과거보다 살이 많이 빠진 모습. 게다가 얼굴 표정이나 만휘에게서 느껴지는 분위기는 만가에서 보았을 때처럼 밝은 분위기가 아니었다.

무언가 항상 긴장하고 있으며 걱정하고 있고, 많이 힘들어하는 것 같았다.

만휘 스스로는 그런 것을 내색하지 않는다고 생각할지는 모르겠지만, 옆에서 지켜보는 사람은 그것이 아닌 모양이었다.

"모르겠네요, 어떻게 하는 것이 좋은 것일지는. 하지만 한 가지 분명한 사실은 제가 살아 있고, 마교 교주가 살아 있는 한 싸움은 피할 수 없다는 것이에요. 교주가 일방적으로 공격을 하든 아니면 서로가 맞상대를 하든 말이죠. 누구 하나가 죽어야만 끝나는 싸움입니다."

살벌한 내용. 어느 한쪽이 죽어야만 끝나는 싸움. 팽은지
는 순간적으로 몸을 부르르 떨었다.

"그런데 교주는 왜 그대를 마교에 붙잡아두려고 하는 거
죠?"

"글쎄요. 저도 잘 모르겠네요. 교주의 마음은 그 자신만이
알 수 있겠죠. 사실 마교에 있는 동안 교주가 제게 많은 호의
를 베푼 것은 사실이지만, 그것은 이번 싸움을 승리로 만들면
서 끝났다고 생각하거든요. 정확히는 모르겠지만, 무언가 다
른 이유가 있는 것 같기도 하고요."

"어쩔 수 없는 싸움이라면 어쩔 수 없군요. 몸조심하셔야
돼요."

마지막 말을 하면서 팽은지는 고개를 푹 숙였다. 만휘에 대
한 걱정, 그것은 만휘에 대한 관심을 나타내는 말이었다.

그 의도를 알아차린 만휘 역시 말을 하지 못하고 고개만 끄
덕였다.

하늘에는 차갑도록 시린 빛을 내뿜는 달 하나가 떠 있었다.

*   *   *

만휘 일행이 팽가로 갔다는 소식은 곧바로 마교로 전해졌
다.

자신의 집무실에서 수하의 보고를 받은 서평은 의아한 표

정을 지었다.

"왜 팽가로 갔을까? 팽가의 도움을 얻기 위해서? 아니야. 팽가는 팽구완의 죽음과 봉문으로 힘을 쓸 수 없다. 도대체 무슨 의도지?"

서평은 아무리 생각해도 답이 나오질 않았다. 지금 상황에서는 팽가가 봉문을 풀고 일어선다고 해도 마교의 입장에서는 그저 간지러운 정도에 불과한 상황이다.

"일단은… 또 교주님께 알려 드려야겠지."

서평이 의자에서 몸을 일으켰다. 그리고는 내키지 않는 것 같은 발걸음으로 대전으로 향했다.

"교주님."

"들어오라."

평소와는 다른 목소리. 음침하게 가라앉아 있는 목소리였다.

"무슨 일인가?"

"만휘 일행이 팽가로 갔답니다."

"팽가?"

"예."

순간적으로 그의 눈이 붉게 충혈되었다가 원래대로 돌아왔다.

"쓸어버려라, 팽가를."

"예?!"

서평은 놀란 듯 물었다. 만휘가 그곳으로 갔다고 해서 팽가를 쓸어버리라니!

"너무 심한 처사이신 것 같습니다."

"뭐라!"

쿠오오오!

"헉!"

곡야인의 전신에서 가공할 만한 기운이 뿜어져 나와 서평의 몸을 옥죄었다. 그 기운에 서평은 꼼짝을 할 수가 없었다.

"지금 뭐라 하였나?"

"죄… 큭! 죄송… 합니… 다!"

서평이 숨도 제대로 쉬기 어려운 상황에서 겨우겨우 말을 이었다.

그제야 곡야인의 몸에서 뿜어져 나오던 기운이 사라졌다.

"파하! 커헉! 컥!"

거친 숨을 한 번 몰아쉰 서평은 헛구역질까지 할 정도였다.

"서평."

"예, 예."

곡야인의 목소리는 방금 전과는 또 달라져 있었다. 조금 진정이 된 듯 서평이 대답을 하고 그를 올려다보았다.

"방금 전 내가 한 말은 못 들은 것으로 하라."

"예?"

서평은 혼란스러웠다. 방금 전까지 팽가를 쓸어버리라는 명이 조금 심한 것 같다 이야기했을 때 자신을 죽일 듯했던 곡야인이 지금은 완전히 다른 모습을 보이고 있었다.

"너도 알 것이다, 내가 요즘 이상하다는 것을."

서평은 입으로 대답은 하지 못하고 그저 작게 고개만 끄덕였다.

"마기 때문이다. 마공을 익히고 마기를 키워 나가면서 마기가 점점 내 몸을 잠식해 가고 있다. 안 그랬었는데, 만 단주가 마교에서 도망치고 나서부터 그러더군. 마기를 억제하던 어떤 기운들이 걷힌 느낌이야."

차분했다. 방금 전의 광기 어린 모습을 보였던 곡야인이 아닌 것 같았다.

서평은 계속해서 입을 다물고 듣고만 있었다.

"죽이지 말고 꼭 살려서 데려오라. 죽여서는 안 된다. 알겠지?"

"예."

"서둘러 나가라. 내가 또 언제 어떻게 변할지 모르겠다. 나는 지하 연공실에 들어가 있겠다."

"교주님!"

서평이 놀란 눈으로 그를 바라보았다.

지하 연공실이라면 곡야인이 폐관 수련을 했던 곳이었다.

그곳은 한 번 들어가면 최소한 두 달 후에나 열 수 있는 곳이었다.

"내 광기를 막으려면 어쩔 수 없다. 이 이후에 모든 일은 너에게 맡기겠다. 만휘를 잡기 위해서 정파의 모든 문파를 지워 버려야 할 정도라면 그렇게 하라. 알겠나? 시간이 걸려도 상관없으니 그대가 알아서 하도록."

곡야인의 눈빛은 그의 말이 진심이라고 말하고 있었다. 전혀 흔들림이 없었다.

"알겠습니다! 반드시 그렇게 하도록 하겠습니다!"

서평이 오체복지(五體伏地)하며 크게 소리쳤다.

"나가 보라."

"예!"

서평은 돌아보지 않고 그대로 대전에서 나왔다. 그것은 곡야인의 결정에 대한 예의였다.

서평이 대전에서 나가고, 곡야인은 한쪽 벽을 향해서 걸어갔다. 그리고는 벽 몇 곳을 눌렀다.

드르르륵.

그러자 벽이 돌아가면서 통로 같은 것이 하나 생겼다. 그 통로를 잠시 바라보던 곡야인은 그곳을 향해서 걸어 들어갔다.

대전에서 나온 서평은 잠시 대전의 앞에 서 있었다. 그리고 잠시 후에 문이 열리는 것 같은 소리를 들었고, 그것이 다시

닫히는 것 같은 소리도 들었다.

'꼭 데려오도록 하겠습니다.'

서평은 속으로 다짐했다. 처음에는 만휘는 죽이려고 했던 마음밖에는 없었지만, 지금은 곡야인을 위하여 무슨 수를 써서든지 만휘를 생포하겠다는 생각밖에는 없었다.

'일단은 중원 전체에 마교가 안정적으로 자리 잡도록 하는 수밖에는 없다.'

서평의 눈빛은 이글이글 불타오르고 있었다.

*　　　　*　　　　*

그날 밤 팽은지와의 대화 이후 만휘와 그녀와의 관계는 오히려 어색하게 변했다.

전에는 몰랐지만, 서로의 마음을 어렴풋이나마 짐작하게 된 이 상황에서 서로를 편안하게 대할 수가 없었다.

그런 둘을 보며 만화를 비롯한 다른 사람들은 의아한 생각이 들었지만 둘 사이에 있었던 일을 다른 사람들이 알 수는 없었다.

만화는 만휘나 팽은지에게 물어보고 싶었지만 참고 잠시 지켜보기로 했다.

"둘이 뭔가 이상하지?"

팽기가 만화에게 다가와 말했다. 그에 만화는 고개를 끄덕였다.

"물어볼까?"

"아니요. 그냥 놔두죠. 그런데 여기는 왜 왔어요?"

"이런… 많이 변한 줄 알았더니 아직도 차갑구나."

"이 정도면 많이 변한 거죠. 무슨 일이에요?"

"아, 너한테 볼일이 있는 것이 아니라……."

"오라버니한테요? 그런데 왜 저한테 왔어요?"

"저런 모습을 하고 있는데 어떻게 가겠니?"

"하긴… 그러네요."

만화와 팽기는 만휘에게로 시선을 돌렸다. 만휘는 멍하게 하늘을 바라보며 앉아 있었다.

"오라버니!"

"어? 왜?"

"뭘 그리 멍하게 있어요? 무슨 생각해요?"

"아무것도 아니야. 그런데 왜? 아, 팽 형도 있었군요."

"예. 가주님과 어르신들께서 찾으십니다. 앞으로의 일에 대해서 상의할 것이 있으시다고……."

"아! 그렇군요. 그렇지요. 예……."

"역시 이상해."

"그렇지?"

만화와 팽기가 만휘의 상태를 보고 서로 전음으로 대화를 나누었다.

"난 하나도 안 이상하니까 그런 전음 할 필요 없습니다. 그럼 전 가주님께 다녀오지요."

만휘가 자리에서 일어나며 말했다.

전음을 읽은 듯한 만휘의 반응에 팽기는 너무 놀라 어안이 벙벙해 있었고, 만화는 만휘에게 그런 능력이 있었다는 사실을 깜빡했다며 자신의 머리를 몇 번 두드렸다.

"만화야, 방금……!"

"예, 맞아요. 전음을 들었죠. 그걸 깜빡했네요."

알고 있었다는 듯이 아무렇지도 않게 말을 하는 만화 때문에 한 번 더 놀라는 팽기였다.

"그런데 안 가봐도 돼요? 소가주라는 사람이 회의에 빠지면 안 되는 것 아닌가요?"

"아! 가볼게!"

만화의 말에 그제야 자신도 회의에 참석해야 한다는 사실을 깨달은 팽기는 서둘러 모두가 모여 있는 곳으로 향했다.

"오라버니 두 분이 다 왜 저 모양인지……."

만화는 만휘와 팽기를 보며 고개를 저었다.

팽기의 말에 허겁지겁 가주실로 향했다. 기다리고 있던 하인의 안내를 받아 안으로 들어가니, 가주인 팽염과 다섯 노인, 정패와 팽은지까지도 앉아 있었다.

만휘는 팽은지를 보고 약간 당황했지만 이내 그런 기색을 지우고 인사했다.

"죄송합니다. 늦었습니다."

"아니다. 앉아라. 팽기는?"

"글쎄요?"

"헉! 헉! 죄송합니다!"

"왜 이리 늦은 것이냐! 어서 앉아라!"

"예……."

팽기는 아무런 말도 하지 못하고 그냥 조용히 자리에 앉았다.

"자, 그럼 아무래도 만휘의 생각부터 들어봐야겠지? 어떻게 할 생각이냐? 이제 슬슬 저들의 움직임에 대비하여 준비를 해야 하지 않겠느냐?"

만휘는 말없이 고개를 끄덕였다. 사실 마교와의 싸움에 대비해서 어떤 생각을 해본 적은 없었다.

그저 싸움이 벌어지면 자신의 목숨이 끊어지는 한이 있더라도 끝까지 싸울 생각이었다. 게다가 자신에게는 자신과 목숨을 같이할 수하들도 있었다.

물론 그 수하들의 목숨을 버려가면서까지 싸움을 하고 싶은 마음은 없었지만.

"솔직히 말씀드리면 저 혼자 싸우고 싶은 마음입니다."

"어리석은 생각이다!"

정명이 소리쳤다. 만휘가 그런 생각을 하고 있을 것이라 어느 정도 예상을 하고는 있었지만, 실제로 만휘의 입에서 그런 말이 나오니 진짜로 그럴까 봐 걱정이 되었던 것이다.

"알고 있습니다. 저 혼자서 어떻게 마교를 감당할 수 있겠습니까? 하지만 이것은 정도와 사도의 싸움이 아닌 저와 마교의 일입니다. 다른 사람과 나누어 짊어져야 할 일이 아니라 저 혼자 짊어져야 할 일이라는 겁니다. 그런데 어찌 다른 사람들의 도움을 바랄 것이며, 목숨을 버리라 할 수 있겠습니까?"

"너는 남을 베려하고 생각해서 그런 생각을 하고 말을 할지는 모르지만, 그것이 오히려 이기적인 생각이라는 것을 해 본 적은 없느냐?"

"예?"

"네가 그렇게 무모한 싸움을 벌이고 결국 목숨을 잃었다고 치자. 하지만 살아남은 사람들은? 당장 만화를 생각해 보아라. 세상에 혈육이라고는 너 하나밖에 없다. 그런데 너마저 죽어버리면 그 아이는 어떻게 해야 하느냐? 게다가 팽가는 어찌할까? 너를 받아주었다는 이유 하나만으로 마교의 공격 대상이 될지도 모른다. 그렇다면 네가 직접적으로 싸움에 끌어들이지 않아도 이들의 대부분은 목숨을 잃어야 할 것이다."

정명의 말에 만휘는 아무런 대답도 할 수 없었다. 물론 그의 말이 틀린 말은 아니었지만, 그렇다고 해서 자신의 일에 다른 사람들을 끌어들이고 싶은 마음은 없었다.

"하지만……."

"하지만이 아니다. 잘 생각해 보아라. 너를 사랑하고 너를 소중히 여기는 사람들이다. 그런 사람들이 네가 죽음을 향해 달려가는데 가만히 보고만 있을 것 같으냐? 절대 아니다. 너를 막거나 막지 못한다면 함께 갈 것이다. 네가 생각하기에 지금 네가 생각하고 있는 것이 모두를 위하는 길이라고 생각할지는 모르겠지만, 그것은 오히려 모두를 고통 속으로 몰아가는 일이다."

만휘는 고민을 하고 있었다, 어떻게 해야 할지. 그런 만휘의 고민을 더욱더 가중시키는 발언이 팽염의 입에서 나왔다.

"우리 팽가와 만가와의 은원은 마교가 중원 전체를 장악함으로써 모두 끝난 것이네. 아버지의 죽음은 만 소협과는 전혀 상관이 없는 일이고, 오히려 우리의 은원은 마교에 있다고 볼 수 있지. 정확하게 말하면 마교 교주인 곡야인에게 있다고 할 수 있네. 만 소협이 그들과 싸우겠다면 우리 팽가도 그 일에 함께할 의향이 있네."

이것은 그냥 만휘의 일을 돕겠다는 것이 아니었다. 팽가와 은원 관계에 있는 사람이 마교 교주 곡야인이니 자신들의 은원을 갚겠다는 것이었다. 만휘가 하겠다고 하면 자신들은 옆에서 도와주겠다고.

"우리는 만 소협의 일을 돕겠다는 것이 아니네. 단순히 우리가 하고자 하는 일과 만 소협이 하고자 하는 일이 같은 것

뿐이야. 우. 연. 히. 말일세."

"그렇지. 우. 연. 히."

팽염과 만공이 '우연히'를 강조하면서 말했다. 그렇게 말을 해주니 조금은 마음의 부담이 덜어지는 만휘였다.

"음… 그리고 아마도 교주의 손에 방장이 목숨을 잃은 소림에서도 나설 것이야."

"암! 그렇겠군! 그리고 보니 우리 화산의 장문인 역시 교주의 손에 죽지 않았는가?"

"화산 장문인은 교주의 손에……."

교주의 손에 죽은 것이 아니라 관치원의 손에 죽은 것이라 이야기를 하려고 했던 만휘는 중간에 말을 멈출 수밖에 없었다.

아무도 자신의 이야기에 집중을 하고 있지 않았기 때문이었다.

"하… 알겠습니다."

만휘가 승복한 것 같은 표정과 말을 하자, 다섯 노인과 팽염은 승리의 미소를 지었다.

"단!"

그 말에 다섯 노인과 팽염은 다시 원래대로 표정을 돌렸다. 아직은 축배를 들 때가 아니었던 것이다.

"저와 혈마철기단을 제외한 다른 문파는 저와 다르게 움직여야 합니다. 저는 저대로 움직일 테니, 나머지는 알아서 하십시오."

"그 정도는 들어줄 수 있네."

"고맙습니다."

만휘의 말에 다들 미소를 지었다. 자신들도 만휘도 서로가 부담을 덜 수 있는 상황으로 전개가 되어 다행스러웠다.

"그럼 만휘는 알아서 준비하거라. 단, 만화는 우리에게 맡기는 것이 좋겠구나. 그래야 더 안전할 것 같으니."

"예. 어차피 만화는 이곳에 두고 가려 하였지만, 함께 가겠다고 하시면 어쩔 수 없지요. 그렇게 하겠습니다."

"그럼 저는 또 다른 문파들에게 이 사실을 전달해야 하겠습니다. 서둘러야겠군요. 다들 봉문 상태라서 준비를 하는 데 시간이 꽤 오래 걸릴 테니까요."

"그렇게 하게."

정명의 말에 고개를 끄덕인 팽염은 팽기를 바라보았다. 이제 자신은 한발 뒤로 물러설 테니 실무는 알아서 하라는 의미였다.

그 의미를 알아차린 팽기는 곧바로 밖으로 나갔다. 모처럼만에 팽기의 입가에 흥분이 감도는 미소가 걸려 있었다.

"그럼 저도 이만 나가 보겠습니다."

만휘가 자리에서 일어났고, 다섯 노인과 팽염은 고개를 끄덕였다.

만휘가 나가고 그 안에 남은 젊은 사람이라고는 팽은지밖에는 남지 않았기 때문에 그녀도 뒤를 따라 밖으로 나갔다.

만휘의 뒤를 따라 나온 팽은지는 곧바로 그의 뒤를 따랐다.

그녀가 자신의 뒤를 따르고 있다는 사실을 아는지 모르는지, 만휘는 그저 자신의 갈 길을 가고 있었다.

분명 눈치 챘을 것이라고 생각하고 있던 팽은지는 한 번도 돌아보지 않는 만휘의 등을 보면서 조금은 야속하면서도 처음 만났을 때와는 달리 자신보다 더 높은 곳에서 걷고 있는 만휘를 보는 것 같았다.

"아……!"

만휘가 간 곳은 팽은지와 이야기를 나누었던 정원이었다. 밤이 아니라 낮에 왔지만, 밤과는 다른 낮에 볼 때의 또 다른 매력이 있었다.

만휘가 이곳에 왔다는 사실에 팽은지는 그가 자신의 존재를 알고 있었다는 것을 확신했다.

사실 자신의 바로 뒤에 누군가가 따라오는데 알아차리지 못할 사람은 아무도 없었다.

"무슨 일이에요?"

"예?"

"무슨 일로 따라왔느냐고요."

"그냥……."

팽은지가 작게 대답했다. 딱히 이유가 있어서 따라온 것은 아니었다. 말 그대로 '그냥' 따라온 것이었다.

조금 더 따뜻한 말은 하지 못하고 자신을 차가운 딱딱하게 대하는 만휘를 보며 팽은지는 조금 야속한 생각이 들었다.

"시간이 참 빨리 흐르는 것 같네요."

만휘가 그날 팽은지와 이야기를 나누었던 곳에 앉으며 중얼거렸다. 그에 팽은지도 그 옆에 가서 앉았다.

"그러게요. 처음 만난 것이 그리 오래 지나지 않은 것 같은데 벌써 삼 년이 넘게 흘렀어요. 많은 변화도 있었고……."

팽은지의 말에 만휘는 작게 고개를 끄덕였다.

확실히 많은 것이 변했다. 자신의 무공도, 자신의 성격도, 그리고 자신을 둘러싼 환경도, 자신이 처한 입장도.

삼 년이라는 짧은 시간에 감당하기에는 너무나도 많은 변화였다.

"지금 심정이 어때요?"

"싸움을 앞둔 심정이요. 그날하고 지금하고는 많이 다를 것 같은데."

잠시 말이 없던 만휘는 고개를 끄덕였다.

"많이 다르죠. 그때에는 막연하게 싸움을 해야 한다는 생각만 있을 때였고, 지금은 구체적인 이야기들이 오갔으니까요. 짧은 시간 내에 일이 벌어지지는 않겠지만, 분명 싸움을 하기 위한 준비 작업은 착실하게 진행될 것이고요."

"어떻게 다르냐니까요?"

"음……."

팽은지는 초롱초롱한 눈빛으로 만휘를 바라보았다. 그런 식으로 자신을 바라보니, 만휘는 갑자기 말문이 턱 막히는 것 같았다.

'예쁘네…….'

새삼 느끼는 그녀의 아름다움이었다. 물론 그녀가 아름답다는 것은 알고 있었지만, 이렇게 보니 더 아름다운 것 같았다.

"뭐랄까… 그냥 덤덤해요."

"두렵거나 긴장되거나 하지 않고요?"

"예. 어차피 해야 할 일이고, 이번 싸움만 끝나면 모든 것이 끝나니까요."

"죽을지도 모르잖아요. 그러면 끝이 난들 무슨 소용이죠?"

"제가 죽어도 다른 사람들은 대신 평화롭게 살 수 있지 않겠어요? 얼마간은 힘들어하겠지만, 점점 잊혀지겠지요."

"너무 슬프군요."

"그 슬픔도 한순간이에요. 처음에는 슬프지만 나중에는 줄어들고, 그것은 점차 그리움으로 변해가죠. 그 그리움 역시 시간이 흘러가면서 점점 사라져 간답니다. 그러면 그 사람은 영원히 사람들의 마음속에 묻히는 것이죠."

그런 말을 하는 만휘의 얼굴을 팽은지가 빤히 바라보았다.

그녀가 그렇게 자신의 얼굴을 바라보자, 만휘는 어쩔 줄 몰라 하며 얼굴이 빨개졌다.

"도대체 몇 살이죠? 그런 말을 하는 것을 보니 마치 세상을 다 산 노인 같은 느낌이 드는군요. 혹시 반로환동을 한 고수 아닌가요?"

팽은지가 점점 얼굴을 들이대면서 물었다. 그에 만휘는 당황하여 점점 뒤로 물러서기만 할 뿐, 대답은 못하고 있었다.

"어머!"

그때, 팽은지가 중심을 잃었는지 만휘 쪽으로 쓰러졌다. 그에 만휘 역시 그대로 뒤쪽으로 쓰러질 수밖에 없었고, 결국 팽은지가 만휘의 가슴에 안기는 모양이 되었다.

만휘는 정신을 차릴 수가 없었다. 가슴에 안긴 팽은지에게서 나는 향기에 정신이 마비되는 것 같았다.

당황스럽기는 팽은지도 마찬가지였다. 안긴 가슴에서 조금씩 빨라지는 만휘의 심장 뛰는 소리가 들렸다.

"괜찮아요?"

만휘가 팽은지를 일으키면서 자신도 몸을 바로 세웠다.

"예, 예."

팽은지도 고개를 제대로 들지 못하고 어색하게 대답하면서 몸을 바로 했다.

"저, 저는 이만 가봐야겠네요, 다, 단원들을 좀 보러."

"예? 아, 예. 그, 그렇게 하세요."

더듬더듬 나오는 팽은지의 대답에 만휘는 서둘러 그 자리를 벗어났다.

만휘가 떠나고, 팽은지는 잠시 그 자리에 서 있었다.

처음에는 당황스러움에 어쩔 줄 몰라 하던 그녀의 표정이 조금씩 붉게 물들어가더니 이내 약간의 미소가 지어졌다.

제51장

준비

곡야인에게서 모든 권한을 위임받은 서평은 빠르게 일을 진행시켜 나갔다.

사실 그동안에도 곡야인이 실무를 보는 데 관여한 것은 아니었지만, 그래도 있는 것과 없는 것에는 상당한 차이가 있었다.

게다가 최근에는 곡야인의 상태가 이상했기 때문에 곡야인에게 보고할 것이 두려운 나머지 일을 느리게 진행하고 있던 참이었다.

서평은 중원 각지에 마교의 지부를 세우는 것을 서둘렀다. 마교가 위치한 곳은 호남. 중원무림을 일통(一統)한 마교의 위치라고 하기에는 너무 남쪽으로 치우쳐져 있었다.

중원 각지에 지부를 세우는 것은 그런 치우침을 보완하기 위함이었다.

이는 중원의 수도가 북경에 치우쳐진 것을 보완하고 중원 전체를 효율적으로 다스리기 위하여 각 지역에 관청을 두는 것과 같은 이치였다.

호남에 있는 마교가 중원 각 지역에 있는 문파와 세가를 감시하는 데에는 무리가 따르기 때문에 그들의 감시를 효율적으로 하고 혹시라도 있을 반란의 움직임을 막기 위함이었다.

"지금까지 총 몇 개의 지부가 세워졌지?"

"일단 큰 문파들이 있는 곳에는 전부 하나씩 세워졌습니다. 소림 근처의 등봉현(登封縣), 무당 근처의 방현(房縣), 화산 근처의 화음현(華陰縣), 종남의 근처 장안(長安)에 하나씩 세웠습니다. 당문과 남궁세가의 경우에는 몇십 년 사이에는 다시 일어설 수 있는 기미가 보이지 않기에 아직 설치하지 않았습니다."

"잘했다. 팽가 근처에는 설치를 했는가? 개방 거지들의 움직임도 철저하게 감시를 해야 할 것이야. 거지들이니 구걸을 하고 돌아다니는 것은 어쩔 수 없지만, 그들의 움직임을 그것에 한정시킬 필요가 있다."

"예. 그래서 일단 개봉에는 하나 설치를 했지만, 팽가 근처에는 아직 설치를 하지 못했습니다."

"서둘러라. 중요한 곳은 다른 곳이 아니라 팽가다. 만휘가 그곳으로 흘러들어 갔으니 필시 무슨 일을 벌이려 할 것이다. 게다가 팽가의 경우에는 교주님의 손에 도왕(刀王)을 잃은 입장이다. 마교에 대한 원한이 특히나 깊을 것이야."

"알겠습니다. 서둘러 지부를 세우도록 하겠습니다. 하지만 현재 있는 인원으로는 지부를 많이 세우기는 어렵습니다."

"그렇겠지. 일단 방현에 있는 인원을 북경(北京)으로 보내라. 무당이야 우리가 직접 감시를 해도 무리가 없다."

"알겠습니다."

"그리고 새로운 무사들의 선발 역시 서둘러라. 우리에게 가장 부족한 것이 바로 인원이다. 그리고 흑월곡과 천혈문에도 서찰을 보내어 각각 지부를 세우도록 해라. 아니, 내가 지부를 세울 곳을 정해주면 그때 서찰을 보내도록 해라."

"순순히 말을 듣겠습니까?"

"그들은 교주님의 상태를 모른다. 아직까지도 교주님에 대한 막연한 두려움이 있지. 거절하지는 못할 것이다."

"알겠습니다. 그렇게 하겠습니다."

"그래, 나가 보라."

"예."

수하가 나가고 서평은 피곤한지 몸을 의자의 기대며 눈을 감았다. 교주의 존재가 사라짐으로 인하여 일을 하기에는 훨씬 편해졌지만, 일의 압박감은 훨씬 더 심했다.

'교주님의 존재감이라는 것인가?'

서평은 지하 연무장에 들어가 있는 곡야인을 떠올렸다. 무(武)에 대한 열정이 상당히 강한 사람이라는 것을 알고 있기에 그 자신이 익힌 무공 때문에 고통스러워하는 모습을 생각하니 안타깝기 그지없었다.

"만휘를 잡아오면 모든 것이 해결되겠지."

서평은 몸을 바로 하며 다시금 업무를 보기 시작했다.

마교가 만휘를 잡는 일보다 중원 전체에 마교의 지부를 세우는 일을 먼저 함으로 인하여 만휘에게도 시간이 생겼다. 틈틈이 자신의 무공을 생각했으며, 단원들의 무공 수련에도 신경을 썼다.

팽가에 와서 그동안 꽤 편안하게 쉬었던 단원들도 만휘가 직접 나서서 수련을 하고 독려하자 예의 긴장감을 되찾고 진지한 자세로 수련을 하고 있었다.

그리고 유철과 백공보는 따로 불러 단원들에 비해서 조금 더 강도 높은 훈련을 하도록 만들었다. 앞으로의 싸움에는 한두 명의 고수의 존재가 큰 차이를 발할 것이었다.

일반 단원들과 같은 훈련을 하고 나서 그런 훈련을 받는 것이 힘들겠지만, 유철과 백공보는 전혀 그런 내색을 하지 않고 묵묵히 수련에 임했다.

만화는 다섯 노인이 맡았다. 만화의 무공 실력을 늘려주어

한몫을 하도록 만들어주는 것이 아니라, 그저 중독 이후 많이 약해져 있는 그녀의 몸을 조금 더 건강하게 해주고, 최소한의 호신은 할 수 있을 정도로 만들어주기 위함이었다.

만화는 너무 오랜만에 수련을 다시 시작했기 때문인지 많이 힘들었지만, 오로지 만휘에게 짐이 되지 않겠다는 생각으로 이를 악물고 수련을 했다.

팽가의 무사들도 마찬가지였다. 그들의 수련은 팽염이 맡았다. 오랜만에 직접 나서서 세가의 무사들을 수련시켜서 그런지 그의 표정에는 희열감 같은 것이 드러나 있었다.

그 반면에 팽기는 정신없이 뛰어다니면서 마교와의 전쟁을 준비하고 있었다.

일단 개방과 연락을 취하면서 마교의 움직임을 파악하는 데 주력하면서 각 문파와 세가에 서찰을 보냈다.

이번에는 마교와의 싸움에 참가를 하지 않았던 아미파에도 서찰을 보냈는데, 그때와 지금의 상황이 많이 다르기에 조금의 기대감을 가지고 보낸 것이었다.

"그것이 아니다! 조금 더 빠르게 움직여야 한단 말이야! 상대의 움직임을 본 다음에 움직이는 것이 아니라 보기 전에 미리 예측하고 움직여야 한다!"

만휘가 실전을 방불케 하는 단원들의 수련을 지켜보면서 소리쳤다.

사실 상대의 움직임을 미리 예측하고 움직인다는 것이 쉬운 일이 아니었지만, 그것을 할 수 있게 되면 그 무공이 한 단계 발전하는 것이라고 할 수 있었다.

"너무 어려운 것을 가르치려 하는 것이 아니냐? 모든 무사들이 너 같지는 않은 법이다."

"아닙니다. 이들이 저를 만나기 전까지 제대로 수련을 하지 않고 시간을 흘려보내서 그렇지, 그 자질이 떨어지는 자는 별로 없습니다. 저는 충분히 가능하다고 봅니다."

옥청과 만휘의 대화를 들으며 단원들은 미소를 지었다. 만휘가 자신들의 자질을 높게 보고 그에 걸맞은 훈련을 시키고 있다는 사실 때문이었다.

"저희는 할 수 있습니다!"

단원들 사이에서 누군가가 소리쳤다. 아마도 만휘의 의도를 알고 가슴이 복받쳐 올라 자신도 모르게 소리친 것 같았다.

하지만 그것이 시발점이 되어 단원들 전부가 할 수 있다며 크게 소리를 질렀다.

그것을 본 옥청이 약간 놀란 듯했지만 만휘는 당연하다는 듯이 미소를 지었다.

"수하들이 정말 대단하구나."

"예, 대단합니다. 모든 점이 대단합니다."

단원들은 기쁨을 넘어서 눈물이 다 날 지경이었다. 지금까지 만휘가 이렇게 단원들 앞에서 직접적으로 자신들을 칭찬하거나 한 적은 없었기 때문이다.

단원들은 옥청과 대화를 나누고 있는 만휘를 보면서 마음속에 가지고 있는 믿음과 충성심을 더욱더 굳게 다지고 있었다.

그렇게 며칠이 지났다. 단원들을 훈련시키던 만휘는 회의를 할 테니 잠시 오라는 팽기의 말에 그의 뒤를 따랐다.

미리 모두에게 말을 해놓았는지, 가주와 다섯 노인, 그리고 팽은지와 만화까지도 자리를 하고 있었다.

그리고 팽가 안에서는 보지 못했던 사람이 한 명 있었는데, 그것은 바로 개방 방주 추혼신개였다.

"아니, 어르신은 여기 웬일이십니까?"

만휘가 놀란 듯 물었다. 그에 추혼신개는 태연자약한 표정으로 대답했다.

"나? 내가 누구냐? 거지 아니냐. 그래서 팽가에 음식 좀 얻어먹으러 왔다."

"에라, 이놈아! 구걸할 곳이 없어서 봉문까지 하고 초상을 치른 집에 와서 구걸을 한단 말이냐?"

"그러는 사조님께서는 그런 집에 얹혀 생활을 하시고… 이크!"

추혼신개는 천룡신개의 말에 반박했다가 그가 눈을 부릅

뜨자 기겁을 하며 몸을 움츠렸다.

"픕!"

"크큭!"

"하하!"

그 모습에 여기저기서 웃음이 터져 나왔다. 나이 육십이 다 되어가는 추혼신개가 그런 모습을 보이니 웃기지 않을 수가 없었다.

"이제 조용히 하고 본론으로 들어가지. 어서 조사해 온 것이나 읊어봐."

만공의 말에 추혼신개가 그동안 조사를 해온 것을 꺼내기 시작했다.

"일단 마교에서는 만휘를 잡은 것을 우선순위로 두고 있지 않습니다. 이미 만휘가 이곳에 있다는 사실은 다 알고 있는 것 같지만 말입니다. 현재 그들은 중원 전체에 마교의 지부를 설치하고 있습니다."

"지부? 하긴, 일통을 했으니 각 문파를 감시도 하고 민심도 잡아야겠지."

만공의 말에 추혼신개는 고개를 끄덕였다.

"그렇게 되면 저희들이 상대해야 할 적이 훨씬 더 많아지는 것 아닌가요? 이곳에서 호남까지의 거리가 먼 데다가 그 사이에 마교의 지부가 생긴다면 호남으로 가는 동안 많은 사람들이 죽게 될 것이고요."

만화의 물음에 만휘가 고개를 끄덕였다.

"물론 그렇지. 하지만 큰 걸림돌이 되지는 않을 거야. 현재 만들어지는 마교 지부의 성격은 적들의 공격에 대비하기 위한 것이 아니라, 단순한 감시를 위한 것이라고 볼 수 있어. 이미 중원무림을 일통한 상황이고, 정파 중에서 큰 피해를 입은 곳도 꽤 되거든. 그러니 적어도 십 년간은 마교의 천하가 되겠지. 그렇기 때문에 정도의 문파들과 세가들을 감시하면서 만약의 사태를 미연에 방지하는 것뿐이지, 실제로 싸움을 하기 위해서 만들어지는 것은 아닐 것이야."

"하지만 시간이 지나면 더욱더 이기기 어려워지지 않을까요?"

"고수라는 것이 일이 년 사이에 만들어질 수 있는 것이 아니야. 자질 좋은 아이들을 선별해서 어렸을 때부터 꾸준히 수련을 시켜야 하지. 그렇게 해서도 나올 수 있을까 말까 한 것이 고수야. 기존에 있는 무사들 중 성취가 좋고 향상 속도고 빠른 무사들을 골라 수련을 시킨다고 하여도 족히 오 년 이상은 걸려야 할 거야."

"그렇군요."

만휘의 설명에 만화는 고개를 끄덕였다. 크게 걱정하지 않아도 될 것 같기는 하지만 그래도 위험하게 생각이 되는 것은 어쩔 수 없었다.

"서찰을 보낸 다른 문파에서는 아직 연락이 없었나요?"

팽은지가 물었다. 이곳에 모여 있는 사람들의 힘만으로는 절대로 이길 수 없는 싸움이다. 이기기 위해서는 다른 문파의 힘이 절실하게 필요했다.

"아직은 연락이 없구나. 결정을 내리기 힘들겠지. 그 힘이 많이 줄어든 상태이기도 하고……."

팽기가 만휘를 힐끔 쳐다보며 말을 더 이상 잇지 못했다. 그것을 본 만휘가 자신의 입으로 이야기했다.

"저 때문이겠지요. 제가 손을 쓴 문파도 꽤 되니까요. 게다가 아직까지 저에 대한 믿음이 없는 곳도 있을 것입니다."

"그럼 이대로 조금 더 기다려야겠군요."

"그래야겠지. 저들이 함께하겠다고 통보를 해와도 준비를 해야 하는 기간이 있으니까. 단기간에 벌어질 싸움은 아니다."

팽염의 말에 다들 이상한 표정이 되었다. 지금 당장 싸움을 하지 않아도 된다는 안도감과 이 싸움을 더 길게 끌고 가야 한다는 불안감이 뒤섞여 있었다.

"화산에는 내가 한 번 가보지."

공유가 나섰다. 지금까지 별다른 관여를 하지 않고 있던 그가 나선 것이었다.

"그럼 소림에는 내가 가도록 하지."

"무당에는 내가……."

"개방이야 이 녀석이 여기에 있으니 돕는 것은 당연한 일이고."

"그럼 곤륜파는 내가 맡도록 하지."

다섯 노인이 나서겠다고 하자, 팽염의 표정은 급속도로 밝아졌다. 그들이 나선다면 적어도 그들 다섯 문파는 확실하게 도움을 줄 것이기 때문이었다.

하지만 만휘의 표정은 밝지 않았다. 자신 때문에 은거를 깨고 세상에 나온 것도 죄송스러운데 그런 일까지 하게 만드는 것은 더 큰 죄를 짓는 것 같았기 때문이다.

다섯 노인도 그런 만휘의 생각을 읽었지만 굳이 따로 이야기하지는 않았다. 시간이 조금 지나면 자신의 생각을 이해해 줄 것이라 생각했기 때문이다.

"그럼 우리는 곧바로 출발하겠네. 그나저나 옥청이 고생이겠구먼? 곤륜까지는 여기서 꽤 먼 거리인데 말이야."

"그러게 말일세. 그래도 오랜만에 사문에 들를 생각을 하니 설레는구먼. 허허허!"

그들이 서로 대화를 하면서 밖으로 나갔다. 그들이 나가고 만휘를 제외한 다른 사람들은 큰 희망에 부풀어 있었다.

"그럼 나도 잠시 개방 총타에 좀 다녀와야겠네. 오랜만에 가보고 싶어서 말이야."

"예에?! 아이고! 미리 말씀이라도 좀 해주시지요! 얼마나 지저분한지 정리라도 조금 해놓을 것을! 으악!"

"이놈아! 거지 소굴이 더러워야 정상이지, 깨끗하면 거기가 거지 소굴이냐!"

"죄, 죄송합니다."

"에잉! 그 녀석은 도대체 뭐가 대단하다고 이런 녀석에게 방주 자리를 물려주었는지… 쯧쯧쯧."

천룡신개가 자신을 질책하자 무어라 말을 하고 싶었지만, 상대가 사부이기에 추혼신개는 아무런 말도 하지 못했다.

"신개라는 이름이 아깝다!"

"……."

이번에도 아무런 말도 하지 못하는 추혼신개. 그런 그를 보면서 천룡신개가 밖으로 나갔고, 그 뒤를 추혼신개가 따라 나갔다.

"우리도 그동안은 크게 할 일이 없겠군. 기야."

"예."

"고생해라."

"…예."

팽기는 고개를 푹 숙이며 대답했다.

"죄송합니다. 괜히 제가 이곳으로 와서 고생하시는 것 같습니다."

"아닙니다. 어차피 나중에는 이런 일을 매일 하게 될 텐데요. 뭐, 이렇게 일을 시키시는 것을 보니 조만간 가주 자리도 물려주시지 않을까 하는 생각입니다."

가주 자리라는 말에 팽염이 눈을 동그랗게 뜨고 팽기를 바라보았다.

"가주 자리라고?"

"예. 왜요?"

"아직 멀었다!"

"예에? 이렇게 일을 시키시면서 안 물려주시겠다고요?"

"누가 안 물려준 다더냐? 시기상조라는 말이다."

"아직도 제 능력을 못 믿으십니까?"

"그런 것이 아니라 네 나이 올해로 스물다섯이다. 나 스물다섯 때에는 가주 자리는 꿈도 못 꿨어!"

"저도 얼마 전까지는 가주 자리 생각도 안 하고 있었습니다. 그런데 아버지가 그렇게 만들어놓으신 것 아닙니까!"

둘의 대화를 들으며 만휘와 만화는 어쩔 줄 몰라 하고 있었고, 팽은지는 만휘와 만화의 눈치를 보며 안절부절못하고 있었다.

"아버지!"

"오라버니!"

결국 보다 못한 팽은지가 둘에게 전음을 보냈다. 그제야 팽염과 팽기는 말을 멈추고는 만휘와 만화를 바라보았다.

"이런. 추태를 보였군."

"아, 아닙니다. 저희는 이제 그만 나가 보도록 하겠습니다. 화야, 가자."

"예."

만휘와 만화가 자리에서 일어나 밖으로 나갔고, 그 뒤로도 얼마 동안 팽염과 팽기는 '가주 자리에 대한 자신들의 생각'을 서로에게 이해시키는 작업을 계속해 나갔다.

마교와의 싸움에서 가장 큰 피해를 입은 곳은 단연 남궁세가와 당문이었다.

당문의 경우에는 당가 내에 있던 암진이 모두 파훼되었고, 당가주와 당문의 정신적 지주라 할 수 있는 암왕 당가소가 목숨을 잃었다.

남궁세가의 경우에는 당문보다 훨씬 더 경우가 심했다.

남궁가에 남아 있던 식솔들 대부분이 목숨을 잃고 건물들이 불탔으며, 정도무림맹에 있던 남궁세가의 전력 역시 사천에서의 전투에서 거의 대부분 목숨을 잃고 말았다.

그에 못지않게 큰 피해를 입은 곳이 바로 화산파였다. 화산파의 경우에는 장문인과 장로들 대부분이 목숨을 잃었으며, 화산파 제자들 역시 살아남은 이가 그리 많지 않았다.

그나마 살아남은 화산파의 제자들 역시 그 후유증으로 정상적인 생활이 어려운 상태였다.

게다가 봉문까지 한 처지이니 앞으로 몇십 년간은 예전의 위용을 되찾기 어려워 보였다.

그런 화산파의 회청에서 새롭게 장문인의 자리에 오른 매화검수였던 위수운(爲手運)이 사제들과 대화를 나누고 있었다.

화두는 팽가로부터 날아온 한 장의 서찰 때문이었다.

"사형! 아니, 장문인! 봉문을 풀고 그들과 함께 해야 합니다! 이대로 있다가는 화산은 다시 일어서기 힘듭니다. 몇십년이 걸릴지도 모릅니다. 하루라도 빨리 마교의 그늘에서 벗어나야만이 가능합니다!"

위수운의 바로 아래 사제인 수인후(水仁候)가 강력하게 주장했다. 아직까지 장문인이라는 말이 입에 붙지 않는 모양이었다.

"사형 말도 맞습니다. 하지만 지금 화산의 힘은 마교와의 싸움 전에 비하면 엄청나게 약해져 있는 상태입니다. 정상적으로 싸움을 할 수 있는 인원도 우리들을 포함하여 육십 명도 채 되지 않습니다."

셋째인 송수범(宋秀範)의 말에 수인후는 아무런 말도 할 수 없었다. 시기는 적절하지만 문제는 힘이 약하다는 것이었다.

"나도 그것 때문에 고민이다. 싸움에 참가하게 되면 확실히 일정 부분의 공로를 인정받게 될 것이고, 세간의 평가 역시 좋게 흘러들어 올 것이다. 하지만 그런 것을 기대하고 무리를 하기에는 우리의 힘이 너무나도 약하다."

위수운을 비롯한 그의 사형제들은 모두 고개를 숙였다. 막상 화산의 힘이 약해지고 아직은 경험이 부족한 자신들이 일을 처리하려니 힘든 점이 너무나 많았다.

단 한 사람이라도 경험이 있는 사람이 조언을 해준다면 숨통이 트이겠지만, 지금은 그런 것을 기대할 수 없었다.

"무엇을 그리 고민하느냐? 해야 한다면 해야 하지 않겠느냐?"

갑자기 회청의 문이 열리면서 한 노인의 목소리가 들려왔다.

그들은 비록 정신이 다른 곳에 팔려 있었고 비통함에 젖어 긴장이 풀어져 있었다고는 하지만, 기척도 느끼지 못함에 깜짝 놀랐다.

"누구십니까? 이곳 화산은 아무나 들어올 수 없는 곳이며, 특히나 이곳은 중요한 회의를 하는 곳입니다. 어찌하여 함부로 들어오십니까?"

위수운이 그 노인에게 물었다. 큰 소리를 낸 것은 아니었지만, 절도있고 약간의 위엄이 서려 있는 목소리였다.

"아직 기개는 살아 있구나. 다행이다."

"도대체 누구시냐고 물었습니다!"

수인후의 큰 소리에 위수운이 그의 팔을 붙잡으며 말렸지만, 수인후는 입만 다물었을 뿐 여전히 사나운 모습이었다.

"나? 나는 공유라고 한다. 죽은 악가 녀석의 사조 되는 사람이니라."

"……!"

공유가 자신을 밝히자 위수운을 비롯한 그들 사형제들은 너무 깜짝 놀라 그대로 얼어붙었다.

첫 번째는 눈앞에 있는 사람이 죽은 장문인의 사조라는 점 때문이었고, 나이가 백이 넘은 사람이 아직까지 살아 있다는 사실이 두 번째 이유였다.

그리고 마지막 이유는 그런 사람이 들어왔음에도 자신들은 그대로 자리에 앉아 무례를 저질렀다는 사실 때문이었다.

"태사조님을 뵙습니다!"

그래도 가장 먼저 정신을 차린 위수운이 서둘러 자리에서 일어나 공유에게 절을 했다.

그러자 다른 사형제들 역시 황급하게 자리에서 일어나 절을 했다.

그들은 고개를 들지 못했다. 태사조(太師祖). 결코 자신들이 함부로 고개를 들고 얼굴을 마주할 수 없는 사람이었다.

특히나 방금 전 공유에게 큰 소리를 쳤던 수인후는 식은땀까지 흘리며 엎드려 있었다.

"되었다. 일어나라. 이제 너희들이 장문인이고 장로들이 아니겠느냐? 너희들이 화산을 이끌어야 한다. 그런데 나 한 사람에게 이런 모습을 보여서는 안 되지. 화산에서 가장 높은 사람은 내가 아니라 장문인이고 장로들이다."

공유의 말에 위수운이 살며시 고개를 들었다. 하지만 여전히 공유의 얼굴을 바라보지는 못하고 고개를 숙이고 있었다.

위수운이 자세를 바로 하자, 다른 사형제들 역시 자세를 바로 했다. 하지만 공유의 앞이어서 그런지 다들 긴장하는 표정이 역력했다.

"팽가에서 서찰을 받았지?"

"예. 알고 계셨습니까?"

"물론이다. 내가 방금 팽가에서 왔거든."

"아!"

팽가에서 왔다는 그의 말에 위수운은 고개를 끄덕였다. 그렇다면 알고 있는 것도 당연한 것이었다.

"무엇을 고민하고 있느냐?"

"과연 이번 싸움에 나서야 하는 것이 옳을지 그냥 지켜보는 것이 옳을지를 고민하고 있었습니다."

"그럼, 왜 고민을 하고 있느냐?"

"예?"

"왜 고민을 하느냐 말이다. 말 그대로 왜."

위수운은 첫 번째 질문과 두 번째 질문이 무엇이 다른지 알 수 없었다. 고민을 하는 이유라면 자신이 이미 대답을 했다고 생각했다.

"누가 이야기를 했더냐? 싸움에 나서야 한다고, 그래야 예전 화산의 모습을 빨리 되찾을 수 있다고."

"제가 그랬습니다."

수인후가 작게 대답했다. 그러자 공유가 미소를 지으며 그에게 말했다.

"아까의 그 모습이 더 보기가 좋구나. 그런 모습을 가지고 있어야 앞으로 젊은 화산을 제대로 꾸려 나갈 수 있을 것이야."

"예."

"저 아이의 말이 맞다. 지금은 너희들이 싸움에 참여를 해야 할 때다. 고민할 필요가 없어."

"하지만 지금 저희들의 힘은 터무니없이 약합니다. 육십 명의 힘으로 어찌 적들을 상대한단 말입니까?"

"왜 육십의 힘으로 적들을 상대한단 말이더냐? 너희들만 싸움에 참여하는 것이냐? 아니다. 다른 동료들도 있다. 왜 그것을 생각하지 못하느냐? 이 일은 화산만의 일이 아니란 말이다."

공유의 말에 다들 고개를 숙이고 그저 듣고만 있었다.

"만휘라는 아이는 이번 일은 자신의 일이라면서 자신과 자신을 위해 목숨을 버릴 각오를 하고 마교에서 도망쳐 나온 수하 오십 명만을 데리고 마교 전체와 싸움을 벌이겠다고 했었다. 그 아이인들 고민을 하지 않았겠느냐? 자신의 힘이 턱없이 부족하다는 것도 알고, 자신 때문에 다른 사람들이 힘들어할 것이라는 사실을 알면서도 그런 이야기를 했었다."

위수운은 고개를 숙였다. 뭐라 할 말이 없었다.

"만약 너희들이 어느 정도 나이를 먹고 경험이 있는 상황이라면 지극히 정상적인 모습을 보이는 것이라 할 수 있다. 하지만 너희들은 어리다. 경험도 없다. 경험이라는 것은 단순히 두렵다고, 힘들다고 멈추어 있다고 해서 쌓이는 것이 아니다. 힘들고 어려워도, 쓰러지고 피투성이가 되어도 일단 부딪쳐 봐야 쌓이는 것이야. 너희는 젊지 않느냐? 두려워 말고 도전해 보는 것이야."

공유의 말은 위수운을 비롯한 그의 사형제들의 가슴속에 깊이 새겨졌다. 특히나 마지막 말인 '너희는 젊지 않느냐? 두려워 말고 도전해 보는 것이야'를 듣는 순간에는 뜨거운 무엇인가가 올라오는 것 같은 느낌이었다.

"어떻게 하겠느냐?"

마지막 공유의 물음. 위수운은 사형제들을 한 번씩 바라보았다. 그들 역시 위수운을 바라보았다.

자신을 바라보는 사형제들의 마음 역시 자신의 마음과 똑같은 것 같았다. 그에 고개를 한 번 끄덕이고는 공유를 바라보며 당당하게 외쳤다.

"참가하겠습니다!"

그 모습에 공유는 미소를 지으며 고개를 끄덕였다. 자신이 원했던 바로 그 모습이었다.

"그래, 좋은 얼굴이다. 그런 얼굴을 가지고 있기에 앞으로 화산의 미래는 밝을 것이야."

"감사합니다."

자신의 칭찬에 위수운은 고개를 숙이며 감사의 말을 전했다. 약간 쑥스러워하는 모습을 보이는 것 같았다.

"아직 봉문을 풀지는 말아라. 현재 각 지역마다 마교의 지부가 하나씩 생기고 있다. 각 지부가 가지고 있는 힘이 아직까지 크지는 않지만, 그래도 현재 화산의 힘으로는 그들을 감당하는 것도 어려울 것이야. 다른 문파와 세가에도 도움을 요청해 놓은 상태이니 봉문은 그때 일제히 풀도록 할 것이다. 알겠느냐?"

"예, 알겠습니다."

"그동안은 최대한 정상적으로라도 움직일 수 있는 인원을 만들어놓도록 하여라. 실제 싸움에서는 고수 한 명도 중요하지만, 싸우지는 못하더라도 머릿수만으로도 상대에게 위압감을 줄 수 있는 법이니."

"그렇게 하겠습니다."

"그래. 그럼 나는 이만 가보마."

돌아가겠다며 자리에서 일어서는 공유를 보며 위수운이 깜짝 놀라 따라 일어났다.

"아니, 벌써 가려 하십니까? 사문에 오셨는데 조금 더 쉬었다가 가시지 않으시고요. 그동안 저희들에 가르침도 베풀어주시면 좋을 텐데요."

사실 은거에 들어갔다가 깨고 나오기는 했지만, 그런 사람에게 직접적으로 가르침을 베풀어달라고 하는 말은 어찌 보면 무례할 수도 있었다.

은거를 하는 사람들은 세상의 모든 일에 등을 지고 더 이상 관여를 하지 않겠다는 생각으로 하는 것인데, 그런 사람에게 가르침을 달라고 하는 것은 다시 세상의 일에 관여를 하라는 것과 똑같은 말이며, 이는 타인이 그 사람에게 은거를 깨라고 강요하는 것과 같기 때문이다.

하지만 지금 상황은 화산의 미래에 있어 굉장히 중요한 시기이기 때문에 무례라는 것을 알면서도 그리 말한 것이었다.

"내가 무슨 도움이 되겠느냐. 성장이라는 것은 누군가의 도움을 받아서 오르는 것이 아니다. 힘들고 오래 걸리더라도 혼자서 그 벽을 깨는 것이 가장 빠른 길이지."

"…예, 알겠습니다."

대답을 하는 위수운의 목소리는 약간 풀이 죽어 있었다. 그런 위수운을 보며 공유는 미소를 지었다.

"하지만… 그 초석을 만들어주는 것 정도는 괜찮겠지."

공유의 그 말에 잠시 어안이 벙벙한 표정으로 그를 바라보던 위수운은 약간의 시간이 지나고 나서야 그 의미를 알아듣고는 그의 앞에 엎드려 절을 했다.

"감사합니다!"

"감사합니다!"

위수운과 마찬가지로 엎드려 절을 하는 그들의 표정은 마치 세상을 다 가진 듯한 표정이었다. 그런 그들을 공유는 마치 손자들을 바라보는 듯한 눈빛으로 바라보았다.

공유가 간 화산뿐만 아니라 만공이 간 소림과 정명이 간 무당, 옥청이 간 곤륜 역시 어떻게 해야 하나 고민을 하고 있었다.

다들 적지 않은 피해를 입은 곳이기 때문이었다.

하지만 만공과 정명, 옥청의 등장과 설득으로 결국 그들 역시 이번 싸움에 참가하기로 결정하고 그에 따른 준비에 들어갔다.

그들 이외에도 다른 많은 문파들과 세가들 모두가 심각하게 고민하고 있었지만 이곳만큼 고민을 하고 있는 곳도 없었다.

바로 감숙무림맹과의 갈등 속에서 봉문을 하고 마교와의 대전에서도 참여를 하지 않았던 아미파였다.

아미 장문 금정 신니는 홀로 자신의 거처에 앉아 있었다. 눈을 감고 명상을 하고 있었는데, 얼굴에 약간의 인상이 써진 것으로 보아 고민을 하고 있는 듯했다.

요즘 상황에서 고민할 것이라면 팽가에서 온 이번 싸움에 협력해 달라는 내용의 서찰 때문일 터. 쉽게 결정을 내리지는 못하고 있는 것 같았다.

'나는 왜 나가지 못하는가?'

금정 신니가 스스로에게 던진 질문이었다. 사실 봉문을 했다고는 하지만, 감숙무림맹과의 갈등이 끝난 것도 오래전이고 마교와의 싸움도 참가를 하지 않았다.

그 정도라면 봉문을 한 의미는 충분히 살렸다고 볼 수 있다.

그런데도 자신은 아직까지도 봉문을 풀고 다른 문파와 함께 마교와 최후의 결전을 벌일 결심을 하지 못하고 있었다.

'도대체 무엇 때문인가!'

머리는 끊임없이 봉문을 풀고 그들의 요청에 응하라고 하고 있었지만, 마음은 무슨 이유에서인지 그것을 거부하고 있었다.

'문파의 안위만을 생각한 이기심인가?'

긴 시간 동안 생각 끝에 내린 결론은 이번 싸움에서 큰 피해를 입을 수도 아미파를 그냥 계속해서 봉문 상태로 놔두는 것이 안전하다는 것이 자신의 마음이라는 것이었다.

물론 아미파가 자신이 장문인으로 있는 문파이고, 아끼는 마음이 큰 것은 당연한 것이다.

하지만 아미파라는 문파도 정도무림이 제대로 서 있어야만 서 있을 수 있는 것이다.

"사부님."

"들어오너라."

금정 신니가 눈을 뜨고 문 쪽을 바라보았다. 문이 열리고 그의 제자인 곽소연(郭素娟)이 안으로 들어왔다.

비구니라는 사실이 안타까울 정도로 아름다운 미모의 곽소연이었다.

방금 전까지 수련을 하고 왔는지 닦아내었는데도 여전히 땀이 흐르고 있었다. 외모가 아름다우니 좋지 않은 땀 냄새도 향기로운 것같이 느껴질 정도였다.

"무슨 일이더냐?"

"사부님께 드릴 말씀이 있어서 찾아왔습니다."

금정 신니는 그녀의 두 눈을 바라보았다. 목소리부터가 무언가 단단히 결심을 하고 들어온 것 같았는데, 그녀의 눈빛 역시 그런 것을 보여주고 있었다.

"중요한 이야기인 것 같구나. 해보아라."

"저와 사제들, 그리고 아미파의 모든 제자들은 준비를 끝마쳤습니다."

"무슨 준비를 말하는 것이더냐?"

"이미 알고 있습니다. 팽가에서 서찰이 온 것도, 그들이 도움을 요청한 것도 모두 알고 있습니다."

금정 신니는 놀란 표정으로 그녀를 바라보았다. 팽가에서 서찰이 왔다는 사실은 전서구를 통해서 왔으니 알 수도 있겠지만, 그 내용까지 알고 있으리라고는 생각도 못하고 있었다.

"어떻게 알았느냐?"

"그것은 중요하지 않습니다. 다만 저희가 출전 준비를 모두 마친 상태라는 것이 중요하지요."

"그 말은 봉문을 풀고 저들과 함께하자는 말이더냐?"

"예, 당연합니다. 사부님께서는 그렇게 하지 않으려 하셨습니까?"

그녀의 물음에 금정 신니는 아무런 말도 할 수 없었다. 그녀의 목소리는 마치 결정을 망설이고 있는 자신을 질책하는 것 같았다.

금정 신니는 그녀를 바라보았다. 동그랗게 뜬 눈으로 자신을 바라보는 그녀. 어서 결정하라며 재촉하는 것 같았다.

금정 신니는 이제 결정을 내려야 할 때라는 것을 느낄 수 있었다.

"제자들에게 전해라."

꿀꺽.

그 말에 곽소연은 침을 삼켰다. 마치 기다리던 말을 듣기 위한 준비를 하는 것 같았다.

"봉문을 풀고 그들의 요청에 응하겠다고."

"……!"

"그리고… 고맙다고."

곽소연은 미소를 지은 채로 자신의 사부를 바라보았다. 그녀의 눈에서는 현광(賢光)이 뿜어져 나왔고, 얼굴에서 느껴지는 분위기도 편안해 보이는 것이 심적 부담감을 완전히 떨쳐 버린 것 같았다.

"그렇게 전하겠습니다."

곽소연이 고개를 숙이며 그녀에게 인사를 하고는 밖으로 나갔다. 그런 그녀의 뒷모습을 보며 금정 신니는 편안한 미소를 지어 보였다.

여러 문파들과 세가들이 속속 참여를 결정하면서 그러한 내용들은 전부 팽가로 전달이 되었다. 속속 도착하는 전서구들을 보면서 팽염은 기쁨을 금치 못했다.

만휘는 여전히 그들의 도움을 받는 것에 미안함을 느꼈지만, 속으로 기쁨이 느껴지는 것은 어쩔 수 없었다. 그뿐만 아니라 자신감도 커지고 생활하는 데 활기가 느껴지는 것 같았다.

그런 만휘의 모습을 보면서 만화는 미소를 지었고, 만휘나 만화 앞에서 대놓고 표현은 못하고 있지만 팽은지 역시 속으로 따듯한 미소를 지었다.

그렇게 다른 문파들이 합류하고 있는 가운데, 다섯 노인은 여전히 돌아오지 않고 있었다. 시간상으로 보면 이미 돌아왔어야 했지만 무슨 일 때문인지 돌아오지 않고 있었다.

공유와 마찬가지로 무너진 자신들의 사문에 갔던 만큼 그냥 돌아오지 못하고 남아 도움을 주려는 것이겠지만, 만휘나 팽염 등은 그런 것을 모르는 상황이니 걱정이 될 수밖에 없었다.

그들의 실력이라면 신변에 큰일이 생기지는 않겠지만, 그
래도 걱정이 되는 것은 어쩔 수 없었다.

"왜 안 오시는 걸까요?"

팽가에 오고 오랜만에 만휘와 둘이서 쉬고 있는 만화가 만
휘에게 물었다. 그녀 역시 다섯 노인이 걱정되는 모양이었
다.

"글쎄. 오랜만에 사문에 가신 데다가 정상인 상태가 아니
니까 그냥 돌아오기가 힘드시겠지."

"그럴까요? 하지만 은거하셨던 분들이 거기서 무슨 가르침
을 주시려는 걸까요?"

"직접적으로 무언가를 가르친다고 해서 가르침을 주는 게
아니야."

"그럼요?"

"그분들이 사문에 있다는 것만으로도 그들에게는 큰 힘이
되겠지. 그리고 심적으로 안정도 될 것이고. 정신적, 심적으
로 안정이 된다는 것이 수련을 하는 데 얼마나 큰 도움이 되
는지 모를 거야. 그것만으로도 열흘 걸릴 성취가 닷새로 줄어
들 수도 있어."

"그렇군요."

"그러니까 너무 걱정 하지 마. 알겠지?"

"네."

만휘가 만화의 머리를 쓰다듬었다. 성인이 되었어도 한참이 지난 때인데도 만휘는 여전히 만화의 머리를 자주 쓰다듬었다.

　"여기서 둘이 뭐 하고 있어요?"

　"아! 언니!"

　만화가 팽은지를 보고 손을 흔들었다. 그녀와 함께 팽기도 모습을 보였다.

　"뭐 하긴요. 그냥 이야기하고 있었어요."

　"그럼 저희도 끼어도 되지요?"

　"물론이에요."

　만휘와 만화가 자리를 비워주었고, 만휘의 옆 자리에 팽은지가, 만화의 옆 자리에는 팽기가 자리를 잡았다.

　"이야, 이제는 말 안 해도 그 자리에 앉는구나?"

　팽기가 냉큼 만휘의 옆 자리에 앉는 그녀를 보면서 장난스럽게 말했다. 그에 팽은지는 얼굴을 붉히며 팽기를 노려보았고, 만휘는 어쩔 줄 몰라 하며 약간의 땀을 흘리고 있었다.

　"그러는 오라버니는 만화 옆에 앉았잖아요? 혹시 오라버니도 만화를 좋아하는 것 아니에요?"

　팽은지가 반격을 했지만, 만화와 팽기는 전혀 얼굴 표정의 변화가 없이 고개를 저었다.

　"아닌데? 난 네가 그 자리에 앉아서 어.쩔. 수. 없.이. 이 자리에 앉은 것뿐이야."

'어쩔 수 없이'를 강조하며 말하는 팽기였다. 그에 팽은지는 더욱 당황하며 얼굴을 붉혔다.

"그나저나 이번 싸움에 다들 참여하겠다고 하니 정말 다행입니다."

"저는 아직도 그들의 참여가 조금 부담스럽습니다. 제가 한 행동도 있는데 그들에게 도움을 바란다는 것도 염치없기도 하고 말이죠."

"그렇게 생각하지 마십시오. 지난번에도 말씀드렸듯이 단지 저희는 저희들 개인적인 원한으로 마교와 대립을 하려는 것입니다."

"그렇기는 하지만……."

"그런 이야기는 좀 나중에 하면 안 돼요? 이럴 때에는 좀 편안하게 있자고요."

만화가 또다시 대화가 마교와의 싸움 이야기로 흘러가자 뾰로통한 얼굴로 말했다. 그녀와 같은 마음인지 팽은지 역시 약간 인상을 찌푸리고 있었다.

"그래, 알았다. 알았으니까 인상 좀 펴."

"너도!"

만휘와 팽기가 각각 만화와 팽은지에게 말했다. 그에 둘은 인상을 펴며 미소를 지었고, 즐거운 한때를 보냈다.

지하 연무장으로 들어간 곡야인은 점점 더 힘들어하고 있었다. 스스로 혈룡마라공을 조금 더 다듬고 마기를 억제하기 위해 수련하고 있었지만, 날뛰는 마기를 억제하기란 절대로 쉬운 일이 아니었다.

그에 곡야인의 모습은 날이 갈수록 초췌해져 갔다.

"도대체 왜 이러는 것이냐!"

곡야인은 미쳐 날뛰려고 하는 마기를 가까스로 잡아둔 다음 지친 몸을 한 채로 소리쳤다.

만휘가 마교에서 도망쳤다는 사실에서 받은 실망감과 관치원을 자신의 손으로 죽였다는 죄의식 같은 것은 떨쳐 버린 지 오래였다.

그리고 절대로 마기 따위에게 자신의 몸을 내어줄 수 없다는 강인한 정신력을 갈고닦기 위하여 안간힘을 쓰고 있었다. 하지만 마기의 요동은 그런 곡야인의 노력에 반항이라도 하듯이 더욱더 날뛰고 있었다.

"후우~!"

곡야인은 길게 한숨을 쉬었다. 그리고는 자리에서 벌떡 일어섰다.

더 이상 참을 수가 없었다. 매일같이 폭주하는 마기 때문에 지하 연무장의 벽과 바닥, 천장은 성한 곳이 없었다.

폭주하는 마기는 곡야인의 내면에 잠재되어 있던 파괴 본능을 자극하여 바깥으로 끄집어내고 있었고, 마기에 의해 정신과 몸을 잠식당하면 어느 하나라도 부수지 않으면 견딜 수가 없게 되었다.

다행스럽게도 지하 연무장의 문은 굉장히 강한 강철판으로 되어 있어 쉽게 부서지지 않는다는 점이었다. 그것이 아니었다면 진작 지하 연무장을 뛰쳐나가 살육의 향연을 즐겼을지도 몰랐다.

하지만 지하 연무장의 철문도 버티기 힘들었는지 몇 곳이 약간씩 찌그러져 있었다.

"이대로는 안 된다. 마기를 억제할 수 있는 다른 무언가가 필요하다."

곡야인은 곰곰이 생각해 보기 시작했다. 자신이 알기로는 과거에 이런 일이 없었던 것은 아니다. 마교가 마교라고 불리고 사파라고 불리는 이유도 바로 거기에 있었다.

마공. 분명 과거에도 마공을 익혔던 사람들이 있었고, 마기에 이지를 제압당한 사람들도 분명 있었다.

그런 사람들의 끝은 대부분은 파멸이었지만, 분명 그것을 극복하고 이겨낸 사람들도 있었다.

"도대체 어떻게 이겨냈단 말인가, 이 지독한 고통을!"

곡야인은 만신창이가 되어 있는 자신의 몸을 바라보았다. 겉으로 드러나 보이는 부분뿐만이 아니라 자신의 내부 역시 겉과 마찬가지로 만신창이가 되어가고 있다는 것을 느꼈다.

"아직도 멀었는가!"

곡야인은 지금으로서는 자신의 마기를 억제할 방법이 만휘의 몸에 있는 기운밖에는 없다고 생각했다.

그 기운이 자신의 몸속에 들어오면 마기와 충돌하여 어떤 현상을 일으킬지는 모르겠지만, 적어도 만휘를 생포하여 자신의 곁에 둔다면 자신의 몸을 망가뜨리는 이 마귀를 제어할 수 있을 것 같았다.

그렇게만 된다면 천천히 시간을 가지고 만휘가 없어도 스스로 마기를 통제할 수 있는 방법을 찾을 생각이었다.

그리고 그때에 가서 만휘의 거취에 대해서도 생각해 볼 요량이었다.

그에 곡야인은 서평이 한시라도 빨리 만휘를 잡아와 주기를 바라고 있었다.

"견디기 힘들어지면…… 장담할 수 없다……."

곡야인은 시간이 흐를수록 자신이 점점 더 버티기 힘들어질 것이고, 그렇게 되면 앞으로 벌어질 일에 대해서 마교의 모든 사람들의 안전은 물론이고 그 외의 사람들의 안전까지도 장담할 수 없다는 생각이 들었다.

"끄아아악!"

갑자기 곡야인이 머리를 부여잡고 고통스러운 듯 비명을 지르기 시작했다. 부릅떠진 두 눈에서는 혈광(血光)이 뿜어져 나왔고, 마기를 억제하기 힘든지 지하 연무장 이곳저곳을 날뛰기 시작했다.

쾅! 콰쾅!

지하 연무장 밖에서 그 앞을 지키는 세 명의 무사는 그날도
공포에 떨면서 보초를 설 수밖에 없었다.

제52장

시작되는 전투

그렇게 일 년이라는 시간이 지났다. 긴 시간이었지만, 마지막 전투를 준비하는 마교 측과 만휘 측에서는 시간이 상당히 빨리 흐르는 것 같았다.

시간이 흐르고 점차 싸워야 할 시간이 가까워져 옴을 느낀 만휘는 혈마철기단 단원들의 수련을 조금 더 빡빡하게 시켰다.

평소에도 조금 무리하게 수련을 한다 싶을 정도로 힘든 수련을 해왔던 정패 역시 지금까지보다도 훨씬 더 수련의 강도를 높이고 있었다.

옆에서 보는 사람들이 그에게 조금씩 쉬어가면서 하라며

걱정스런 눈길로 그를 바라보았지만, 그는 오히려 힘든 수련이 더 좋다며 걱정 말라는 식으로 말했다.

사실 정패는 요즘 들어 자신의 실력이 확실하게 늘어간다는 것을 느낄 수 있었다.

전에는 수련을 해도 해도 자신의 실력이 늘어가고 있는 것인지 확신이 서지 않았지만, 지금은 그렇지 않았다.

무인이 수련을 하면서 자신의 실력이 늘어간다는 것을 느낀다는 것은 세상의 그 무엇보다도 훨씬 더 즐겁고 기쁜 것이었다.

그러니 수련을 하지 않고는 견딜 수 없기에 지금까지보다도 훨씬 더 강도 높은 수련을 하고 있는 것이었다.

그런 정패의 마음을 눈치 챈 만휘는 그의 수련을 돕기 위해 팔을 걷어붙였다.

그와 함께 매일같이 실전을 방불케 하는 대련을 통해서 정패의 실력을 끌어올려 주고 있었다.

그로 인하여 정패의 실력은 하루가 다르게 성장하고 있었다. 또한 가르치는 입장인 만휘 역시 무공에 대한 새로운 이해를 통해 실력을 키우고 있었다.

팽가에 있는 그들뿐만 아니라 마교와의 싸움에 참가하기로 한 소림, 무당, 화산, 아미, 곤륜, 개방 등 문파들에서도 준비가 한창이었다.

각자 수련을 통해서 자신들의 몸을 추스르고 새로운 희망을 꿈꾸고 있었다.

마교에 폐해 봉문을 하면서 가라앉아 있던 분위기가 이제는 점점 달아올라 그 어느 때보다도 활기차게 변해 있었다.

수련을 하는 그들의 머릿속에는 과거 찬란했던 자신들의 모습이 떠올라 있었다.

정파가 이렇게 준비를 하고 있을 때, 마교 역시 치밀하게 준비를 하고 있었다.

전국 각 지역에 지부 설립을 완료했으며, 그동안에 성장한 무사들을 각 지부에 골고루 배치하여 긴급 시에는 빠르게 지원할 수 있도록 유기적인 체제를 만들었다.

그리고 그동안에 무사들의 수련도 게을리 하지 않았는데, 무사들의 실력은 날이 갈수록 늘어만 갔다.

하지만 겉으로 보기에 순조롭게 준비가 되어가는 그들의 속을 들여다보면 꼭 그렇지만도 않았다.

정확히 말하면 마교 안에서는 그리 큰 문제가 없었지만, 사파 전체로 보았을 때 큰 문제가 있었다.

사파는 마교 혼자서 이끄는 것이 아니다. 흑월곡과 천혈문과 함께 이끌어 가는 것이었다.

하지만 흑월곡과 천혈문이 마교에 종속되어 이번 전쟁을 치름으로써 관계가 이상하게 변해 버렸다.

그전까지만 해도 흑월곡과 천혈문이 마교를 인정했을 뿐, 대등한 위치에 있었지만 지금에 와서는 마교에서 마치 하인을 부리듯이 이것저것 명령을 내리는 경우가 많았다.

비록 대등한 위치에는 있었지만, 대대로 사파의 으뜸은 마교였기에 백마흔과 사무종은 그런 것들을 수용하고 그대로 실행하려 하였다.

하지만 지금은 그 도가 넘어서고 있었다.

그 때문에 흑월곡과 천혈문의 불만은 점점 더 높아지고 있었고, 점점 다른 생각을 품기 시작했다.

흑월곡과 천혈문은 꽤 멀리 떨어진 곳에 자리 잡고 있어 왕래를 하기가 어려웠다.

특히나 그 사이에는 마교가 자리를 잡고 있어 마교의 눈치를 보느라 쉽게 왕래할 수도 없었다.

마교에서 특별히 둘 사이의 왕래를 막거나 경계하는 모습을 보이지는 않았지만, 흑월곡주 백마흔과 천혈문주 사무종은 왕래하는 것이 왠지 모르게 꺼림칙했던 것이다.

하지만 요즘 들어 마교의 자신들에 대한 대우가 전에 없이 나빠지자 그들의 인내심도 한계에 달해 있었다. 그에 엄두도 내지 못했던 왕래를 하고 있었다.

흑월곡주의 전각에 천혈문주 사무종이 와 있었다. 아무도 모르게 왔는지 호위를 하는 무사들 없이 단신으로 흑월곡에

와 있었다.

그도 그럴 것이 대화를 나누려는 내용이 마교의 귀에 들어가서는 안 되는 것이기에 은밀하게 움직일 필요가 있었고, 마교의 이목을 피해 은밀히 움직이려면 당연히 혼자 움직이는 것이 효과적이었다.

"이곳까지 오라고 해서 미안하네. 요즘 들어 이것저것 할 일이 많이 생겨서 움직일 상황이 아니었네."

"괜찮네."

사무종이 짧게 대답했다. 하지만 백마흔이 보기에는 사무종의 얼굴은 전혀 괜찮은 얼굴이 아니었다.

"그래, 무슨 일인가? 대충 짐작은 하고 있네만."

"자네가 짐작하는 그 이야기일세. 마교에 관한."

꿀꺽.

사무종이 자신도 모르게 침을 삼켰다. '자신들은 절대로 마교의 위에 설 수 없다' 라는 의식이 깊게 박혀 있는지 마교 이야기만 나오면 절로 긴장이 되었다.

"언제까지고 이렇게 살 수는 없지 않겠는가? 웬만해서는 이런 생각을 하지 않았겠지만, 이건 도가 너무 지나치네. 안 그런가?"

"그렇지. 그래서 어떻게 할 생각인가?"

"어떻게 하기는. 마교를 엎어버려야지."

"……!"

사무종이 놀라는 표정으로 백마흔을 바라보았다. 자신은 기껏해야 마교의 명령에 불복종하는 정도만 생각을 했지, 마교를 뒤엎을 생각은 하지 못했던 것이다.

"하지만 그것이 가능하겠는가?"

"불가능할 것은 또 무엇인가? 우리 두 문파의 힘이 마교 하나의 힘보다 약하다고 생각하는 것인가? 그동안 우리도 놀고 먹지만은 않았어. 안 그런가?"

"그렇기는 하지만……."

사무종이 머뭇거렸다. 평소와는 다르게 심하게 망설이는 약한 모습을 보였다.

"자네답지 않아. 무얼 그리 망설이는가?"

그런 사무종을 보며 백마흔이 물었다. 백마흔을 바라보는 사무종의 눈동자는 흔들리고 있었다.

"자네야말로 이 정도로 배포가 크고 담이 큰 모습은 본 적이 없는데."

사무종의 말에 백마흔이 피식 미소를 지으며 입을 열었다.

"그랬었지. 나도 자네처럼 그런 모습을 가지고 있었던 적이 있었어. 하지만 그런 내 모습에서 벗어날 수 있도록 큰 도움을 준 사람이 있다네."

"누군가?"

"자네도 아는 사람이지, 만휘라고."

"아!"

사무종이 고개를 끄덕였다. 만휘. 그 역시도 만휘를 보면서 여러 가지를 많이 느꼈다.

"그 아이는 마교 전체를 적으로 돌리면서까지 마교에서 도망쳐 나왔네. 그리고 피하지 않아. 질 것이라는 생각도 하지 않지. 수하들이 있고 세력을 가지고 있는 우리들은 그런 생각은 감히 할 수도 없었는데 그 아이는 했단 말일세. 대단하지 않은가?"

끄덕.

사무종은 말없이 고개를 끄덕였다. 다른 말을 하지 않아도 만휘의 대단함은 이미 알고 있었다.

"만휘도 혼자서 그런 생각을 하고 있는데 우리라고 하지 못할 것이 무엇인가? 게다가 내가 개인적으로 알아본 바에 의하면 지금 마교는 교주가 아닌 서 총관이 모든 일을 도맡아하고 있네."

"응? 원래 서 총관이 모든 것을 알아서 하지 않았던가? 교주는 실무에는 전혀 관심이 없는 사람이었네. 원래부터."

사무종의 말에 백마혼이 답답하다는 듯이 약간 인상을 찌푸리며 입을 열었다.

"그건 그렇지만 전에는 그래도 서 총관이 무슨 일을 할 때에는 꼭 교주에게 허락을 받고 보고했었지만, 지금은 그런 것이 아예 없다는 말일세. 교주가 아예 없는 것 같다고."

"교주가 없다고?"

"그래! 교주가 없다고. 어디로 사라져 버린 것인지는 모르겠지만."

교주가 사라졌다는 말에 사무종은 어안이 벙벙해졌다.

'도대체 무슨 이유로? 설마 서 총관이?'

"나도 잘은 모르겠네. 하지만 서 총관이 일을 벌인 것은 아닌 것 같아. 서 총관은 교주에 대한 충성심이 매우 강한 사람일세. 그리고 그의 무공으로는 교주를 해하기 어려워. 그렇다고 해서 교주가 마교 밖으로 나간 것 같지도 않고."

백마혼이 사무종의 생각을 읽은 듯 고개를 저으며 말했다.

"그럼 도대체 어떻게 된 것이란 말인가?"

"그걸 나도 모르겠네. 어쩌면 단순히 폐관 수련 같은 것을 하고 있는 것일지도 모르지."

"지금도 상상을 초월할 정도의 무위를 가졌으면서도 또 폐관 수련을 한다고?"

"그래서 그것은 나도 가능성이 희박하다고 보네. 아직까지 호적수를 만나지 못했으니 수련의 필요성도 느끼지 못할 것이야."

사무종과 백마혼은 각각 생각에 잠겼다. 물론 교주가 어디로 어떻게 사라졌느냐와 관련된 내용이었다.

"그런데, 자네는 어떻게 그런 사실들을 알았나?"

"첩자를 심어놓았지. 하지만 번번이 걸리더군. 그렇게 해서 죽은 수하가 몇 명인지 모른다네. 그들을 위해서라도 난 반드시 마교를 뒤엎고 말 것이야."

백마혼이 두 주먹을 불끈 쥐며 말했다. 그의 눈빛은 벌써 마교를 뒤엎는 일을 시작이라도 한 것처럼 활활 불타오르고 있었다.

"그러면 우리도 우리 나름대로의 준비를 한 다음에 만휘와 연락을 취해보는 것이 어떻겠는가? 우리들끼리만 하는 것보다는 같은 목적을 가진 사람들끼리 함께하면 좋지 않겠는가?"

"그것도 그렇겠지. 일단 만휘의 소재부터 분명하게 파악해야겠어."

"그럼 그 일은 우리가 알아서 하지. 그동안 고생 많았네."

"고맙네."

백마혼과 사무종이 두 손을 맞잡았다. 서로를 바라보는 둘의 눈빛은 무한한 신뢰로 가득 차 있었다.

이런 둘의 만남은 그들의 생각과는 달리 마교의 귀에 들어가 있었다.

곡야인이 폐관 수련에 들어가고, 마교 안에서 흑월곡의 첩자들이 하나둘씩 발견이 되면서 서평은 흑월곡과 천혈문을 예의주시했다.

정파라는 외부의 적도 무서운 적중에 하나이지만, 사파 내부의 적 역시 무시하지 못할 정도로 무서운 적이기 때문이었다.

결국 서평은 사무종이 흑월곡으로 갔다는 사실을 알게 되었고, 설마 했던 일이 실제로 벌어질 수 있다는 것을 느끼게 되었다.

"그래서, 흑월곡과 천혈문의 움직임은 어떤가?"

"아직까지는 큰 움직임은 보이지 않고 있습니다. 여느 때와 마찬가지의 모습입니다."

"그래? 도대체 무슨 꿍꿍이인가. 그렇게 몰래 숨어들어 갈 정도라면 필시 반기를 들고 일어설 것이라 생각했는데 말이야."

'반기'라는 말을 사용함으로써 흑월곡과 천혈문을 아예 마교의 밑에 있는 문파라고 치부하는 서평이었다. 그런 그의 사고방식이 지금 이런 상황을 만든 것이나 다름이 없었다.

"일단은 그들을 잘 감시하고 사소한 것이라도 빼놓지 말고 보고하라. 알겠나?"

"예!"

힘차게 대답한 수하는 곧바로 밖으로 나갔다. 그리고 서평은 의자에서 일어나 창가로 다가갔다.

"도대체 무슨 속셈이냐! 제길!"

빠악!

서평이 주먹으로 창틀을 강하게 내려쳤다. 만휘와의 싸움, 아니, 정확하게는 정파와의 싸움도 버거운 상황인데, 사파 내부에서까지 불안 요소가 생긴다면 더욱더 힘들어질 수밖에 없었다.

그런 사실에 서평은 너무나도 분하고 힘들었다.

'교주님이 계셨더라면…….'

흑월곡의 첩자가 마교에 있었던 만큼 분명 흑월곡과 천혈문은 교주의 부재를 눈치 챘을 것이다.

가장 두려워하는 곡야인이 사라졌으니 그들이 그런 마음을 먹는 것은 당연한 일이었다.

"하아……."

서평은 의자에 앉은 채로 천장을 올려다보며 한숨을 쉬었다.

*   *   *

팽가주 팽염은 팽가 무사들의 수련을 지켜보며 흐뭇한 미소를 짓고 있었다. 그동안 시켰던 힘든 수련의 성과가 조금씩 보이는 것 같았기 때문이다.

푸드득!

"응?"

그때, 하늘에서 새의 날갯짓 소리가 들렸다. 전서구였다.

"어디서 온 것이지? 더 이상 보낼 곳이 없는데?"

이번 싸움에 함께하겠다는 내용의 서찰은 이미 오래전에

모두 받아놓았다. 그리고 팽가에서 다른 연락이 가기 전까지는 별다른 연락 없이 준비만 하기로 했었다.

"음?"

자신의 팔에 내려앉은 전서구의 다리에서 서찰을 푼 팽염은 그 서찰을 펴보려다가 겉에 쓰인 이름을 보았다.

"이건 내가 볼 서찰이 아니군."

겉에는 '만휘'라는 글자가 쓰여 있다. 아마도 누군가가 만휘에게 보낸 서찰이리라.

그 글자를 본 팽염은 수련하는 팽가 무사들을 뒤로하고 만휘가 쉬고 있을 방으로 향했다.

만휘는 정패와의 대련을 치르고 휴식을 취하고 있었다.

'아저씨도 실력이 엄청 많이 늘었어.'

만휘의 생각처럼 정패의 실력은 만가에서 도망쳐 나올 때에 비하면 엄청나게 성장해 있었다.

이제 검기는 쉽게 만들어낼 수 있었고, 검강까지는 아니지만 어느 정도 검기를 유형화시키는 경지에 다가서고 있었다.

"들어가도 되겠는가?"

"예!"

침상에 누워 생각을 하고 있던 만휘는 팽염의 목소리에 벌떡 몸을 일으키며 자리에서 일어났다.

"쉬는데 방해를 한 것은 아닌가 모르겠군."

"아닙니다. 많이 쉬었습니다. 그런데 무슨 일이십니까?"

"아, 중요한 이야기가 있어서 온 것은 아니고, 여기 이 서찰이 자네 앞으로 와서 말일세."

만휘는 팽염이 건네는 서찰을 받아 들었다. 그 서찰의 겉에 자신의 이름이 적힌 것을 보니 분명 자신에게 온 서찰이었다.

'누굴까?'

이 상황에서 자신에게 서찰을 보낼 사람은 없었다. 정파 사람들 중에서 자신에게 서찰을 보낼 사람은 아무도 없었으며, 사파 쪽 인물들 역시도 자신에게 연락을 취할 입장이 아니었다.

마교의 지부가 중원 전체에 퍼져 있는 이때에 자신에게 연락을 취하면 당장 마교에 발각될 것이고, 그렇게 되면 마교의 응징에서 무사할 수 없었다.

"감사합니다."

"아닐세. 그럼 난 이만 가보겠네."

"예."

만휘는 팽염에게 고마운 마음이 들었다. 자신에게 서찰을 보낼 사람이 없다는 사실은 팽염도 잘 알고 있는 사실이다.

그런데도 서찰이 왔다면 무언가 이상한 생각을 하고 펼쳐 볼만도 했건만 그러지 않고 그냥 가져다주고 그 내용에 관심도 가지지 않고 그냥 나가준 것 때문이었다.

촤락!

만휘는 서찰을 펼쳐 내용을 읽어 내려가기 시작했다. 그리고 그 서찰의 내용에 만휘는 눈이 동그랗게 떠질 수밖에 없었다.

그간 잘 있었는가? 나 백마흔일세.

설마 그사이에 잊어버린 것은 아니겠지?

이렇게 서찰을 보내는 것은 다름이 아니라 자네에게 중요하게 할 이야기가 있어서 말이야. 자네가 마교를 상대로 싸움을 벌이려고 한다는 것은 잘 알고 있네. 흑월곡에서 떠나기 전에도 했던 말이니까.

그런데 내가 하고자 하는 말은 우리 흑월곡과 천혈문 역시 자네가 하는 일에 힘이 되고자 하는 것일세.

물론 자네의 입장에서는 부담스러운 일일 수도 있지만, 우리는 자네에게 어떤 마음이 있어서 돕겠다는 것이 아닐세.

다만 근래 들어 마교의 우리 흑월곡과 천혈문의 태도가 마치 주인이 하인 부리듯 하기에 더 이상은 참을 수가 없어서 그러네.

어디까지나 흑월곡과 천혈문의 개인적인 원한 때문이라고 할 수 있지. 이는 천혈문주인 사무종 그 친구와도 이미 이야기가 끝난 것이라네.

우리가 돕겠다고 하는 것을 다른 사람들은 어떻게 생각할지 모르겠구먼. 아마도 다들 못 미더워할지도 모르지만, 이는 진심일세.

자네는 우리를 믿어줄 것이라 생각하네. 그러니 자네가 나서서 그들에게 잘 말을 해주었으면 하네.

답변 기다리겠네.

서찰을 읽은 만휘의 표정은 요상했다. 백마혼과 사무종이 걱정되기도 하면서도 지원군이 되어주겠다는 말에 기쁘기도 했다.

이는 정도의 문파들이 돕겠다고 나설 때와는 다른 것이었다.

정도의 문파에는 지금 생각해 보면 자신의 복수라는 명목 하에 엄청난 잘못을 저지른 상태였기에 그들의 도움이 미안하고 죄송스럽고 부담이 될 수밖에 없었지만, 흑월곡과 천혈문은 그런 관계가 아닌, 전장에서 함께 싸우고 동고동락을 했던 '동료'였다.

"역시… 이것은 모두에게 알려야겠지?"

서찰을 손에 쥔 만휘는 자신의 방을 나와 가주인 팽염이 있는 곳으로 향했다.

팽염에게로 간 만휘는 서찰의 내용을 팽염에게 보여주었다. 그가 엄청 당황하고 절대로 안 된다며 펄쩍 뛸 것이라 생각했던 만휘는 그가 의외로 담담하게 고개를 끄덕이자 놀란 표정을 지었다.

"이 문제는 단순히 나 하나만 결정해서 될 문제가 아니네. 일단 어르신들께도 말씀을 드려야 하고, 다른 정도의 문파들에게도 이야기를 해야 해. 자네에게는 그들도 잘한 것이 없었기에 받아들일 수 있었지만, 흑월곡과 천혈문이라면 이야기가 달라지네."

"그렇겠지요. 이미 예상하고 있었습니다."

"그럼 일단은 어르신들을 뵙고 오지."

"제가 가서 말씀드리겠습니다. 가주님께서는……."

"알겠네. 다른 문파들에게 연락을 취하도록 하겠네."

"감사합니다."

"아닐세."

팽염에게 인사를 한 만휘는 곧바로 노인들이 기거하는 곳으로 향했다. 그들이 기거하는 곳은 팽가에서도 가장 구석진 곳에 있는지라 서둘러 그리로 향했다.

그리고 팽염은 수련하던 무사들에게 잠시 휴식을 취하게 하고는 다른 문파들에게 보낼 서찰을 작성하기 위해 팽기가 있는 곳으로 향했다.

그로부터 석 달이 지났다. 금방이라도 벌어질 것만 같았던 싸움은 아직 시작도 하지 못하고 있었다. 하지만 언제라도 터질 것만 같은 팽팽한 긴장감은 여전히 중원 곳곳에 감돌고 있었다.

솔직히 그동안 싸움이 벌어지지 않은 것은 하지 '않은' 것이 아니라 하지 '못한' 것이었다.

흑월곡과 천혈문이 마교를 치는 데 돕겠다고 나선 것에 대해서 다섯 노인은 문제가 되지 않았다. 문제가 되었던 것은 정도의 문파들이었다.

그들은 절대로 흑월곡과 천혈문의 도움을 받을 수 없다며, 만약 그들이 돕겠다고 나선다면 이번 일에서 빠지겠다는 의사를 보였다.

게다가 그들의 도움을 받고 안 받고를 떠나서 그들의 말 자체를 믿을 수 없다는 것이었다.

그런 그들의 반응에 난감한 기색을 보였던 만휘와 팽염은 다섯 노인이 나섬으로써 숨통을 트일 수 있게 되었다.

다섯 노인은 반대하는 문파들에게 가 직접 자신들의 목소리를 내었다.

개방이나 소림, 무당, 화산, 곤륜의 경우에는 그들의 사문이기에 그들의 말에 절대 복종을 하였지만, 그 외에 다른 문파들의 경우에는 아무리 무림의 선배라고는 하여도 사파의 도움을 받을 수는 없다며 완강하게 버텼다.

하지만 다섯 노인이 만약 그들이 정파의 뒤통수를 치거나 조금이라도 피해가 가는 행동을 보인다면 자신들의 목숨을 내놓겠다고 하자 그들도 한발 물러서고 흑월곡과 천혈문의 도움을 허락하겠다는 입장으로 돌아섰다.

그런 소식은 곧바로 흑월곡과 천혈문에도 전달되었고, 그들은 그 소식이 오기 전까지 준비했던 것들이 허사로 돌아가지 않게 되어 안도의 한숨을 내쉬었다.

"이제는 더 이상 이대로 지체할 수는 없을 것 같구나."

"예, 움직여야겠습니다. 한시라도 빨리 이 싸움을 끝내고 평화로운 생활을 하고 싶습니다."

정명의 말에 만휘가 고개를 끄덕이며 대답했다. 비록 그동안에 편안하게 생활을 하지 못한 것은 아니었지만, 마음속 한 구석이 항상 무거운 것은 어쩔 수 없었다.

그 무거움 속에는 죽음에 대한 두려움, 살인에 대한 공포, 기나긴 싸움에 대한 지침 같은 것들이 복합적으로 뒤섞여 있었다.

"그래. 너는 어찌할 셈이냐? 우리들과는 독립적으로 움직이지 않겠다고 하지 않았느냐?"

"예, 물론입니다. 저는 곧바로 단원들을 데리고 마교로 갈 수 있는 최단거리로 움직이려 합니다."

"너무 무모하네!"

최단거리로 마교까지 가겠다는 만휘의 말에 팽염이 소리쳤다. 평소와는 다르게 조금 흥분한 모습을 보였다.

"무리가 아닙니다. 어차피 제가 호남에 도착하게 되면 흑월곡과 천혈문이 함께 마교로 향할 것입니다. 그러니 팽가와 다른 문파들은 저희들이 호남까지 가는 동안 마교 지부나 다른 사파의 공격을 받지 않도록 해주시면 됩니다."

만휘의 말에 팽염은 고개를 끄덕였다. 그 일은 어렵지 않은 일이었다.

비록 마교에 폐해 봉문하고 있던 상태이기는 하지만, 구파일방과 명문세가의 힘이 마교 지부조차도 감당하지 못할 정도인 것은 아니었다.

"알았네. 그럼 나머지 문파들과 세가는 우리들끼리 알아서 움직이도록 하겠네. 절대로 자네가 가는 길에 방해가 되지 않도록 하지."

"고맙습니다."

"그럼 지금 즉시 서찰을 띄우도록 하겠네. 꽤 멀리 떨어져 있는 문파들도 있으니 아마 시간이 며칠 걸릴 것이야."

"괜찮습니다. 그럼 저는 이만 나가 보도록 하겠습니다."

"그래. 어서 나가 보게."

"예."

정명의 말에 고개를 끄덕인 만휘는 그대로 팽염의 거처에서 나왔다.

등을 돌리는 만휘에게 무어라 한마디 해줄 법도 하건만 다섯 노인은 그저 측은한 눈빛으로 바라보기만 할 뿐이었다.

만휘는 곧바로 단원들이 있는 곳으로 갔다. 방금 전까지 수련을 시켰기에 아마도 지금쯤 다들 쉬고 있을 것이었다.

단원들이 묵고 있는 숙소에 가까워질수록 만휘의 인상은 찌푸려졌다. 진한 땀 냄새가 멀리까지 풍겨져 나오고 있었기 때문이다.

땀은 나지만 너무 힘들어서 씻지도 않고 땀만 식히고 있는 모양이었다.

드르륵, 탁!

"이 녀석들아! 훈련을 한 다음에는 좀 바로바로 씻으라고 했지! 땀 냄새가 천 리 밖에서도 난다!"

만휘가 갑자기 문을 확 열면서 소리를 질렀다. 그에 아무렇게나 앉거나 누워서 쉬고 있던 단원들은 깜짝 놀라 자세를 고쳤다.

몇몇 단원들은 조금 심하게 놀랐는지 사레가 들린 듯 기침까지 했다.

"아주 이 세가 주인들 보기가 다 창피하다! 우리는 여기에 신세 지고 있는 사람들이다. 생각 좀 하고 살아라. 그리고 유철! 다른 놈들은 다 이래도 너는 그러지 말아야지!"

만휘의 지적에 유철은 멋쩍은 미소를 지으며 머리를 긁적였다.

"아무튼 너희들에게 할 말이 있다."

만휘가 약간 표정을 굳히며 이야기하자, 단원들도 진지하게 그를 바라보았다. 단원들도 대충 눈치를 챈 것 같았다.

"다들 눈치를 챈 것 같으니까 앞뒤 다 자르고 이야기하마. 이제 며칠 있다가 출전할 것이다."

만휘의 말에 단원들은 별다르게 놀라는 모습을 보이지는 않았다. 만휘의 말처럼 대충 눈치를 채고 있었기 때문이기도 했지만, 언제고 출전할 것이라 생각하고 있었기 때문이다.

"별로 안 놀라네?"

"그럼요. 어차피 마교에서 도망쳐 나올 때부터 알고 있던 일 아닙니까? 언제고 겪을 일이었는데요, 뭐."

유철의 말에 단원들은 모두가 고개를 끄덕였다. 그런 그들을 보며 만휘는 미소를 지었다.

"자, 그럼 앞으로 며칠 동안은 푹 쉬도록! 그리고 죽으러 가자고! 하하하!"

만휘가 무엇이 그리도 즐거운지 웃음을 터뜨렸다. 그런 만휘를 단원들은 어리둥절한 표정으로 바라보았지만, 만휘는 여전히 웃고 있을 뿐이었다.

그로부터 나흘 후, 만휘와 혈마철기단 단원들, 그리고 정패는 호남으로 향하기 위한 채비를 하고 있었다. 그런 만휘의 방에 만화와 팽은지, 팽기 등이 와서 걱정스런 표정으로 만휘를 바라보고 있었다.

"다들 표정들이 왜 그래요? 죽으러 가는 것도 아닌데."

만휘의 말에 만화가 만휘를 노려보며 꽥 소리를 질렀다.

"죽으러 가는 게 아니라고요?! 사지로 걸어 들어가는 것이나 마찬가지인데! 옆에서 걱정해 주는 사람한테 그게 무슨 소리예요?!"

"그럼 나 죽으러 갈 테니 잘 있으라고 해야 하나?"

만휘의 말에 만화는 아무런 말도 하지 않고 만휘는 째려보았다. 하지만 그런 만화의 눈가에는 이슬이 맺혀 있었다.

"왜 울어. 울지 마. 다시 볼 거잖아. 그렇지?"

만화는 고개를 끄덕였다. 하지만 그녀의 눈가에는 아까보다도 더 많은 물기가 맺혀 있었다.

"몸조심하세요."

팽은지가 옆에서 작게 이야기했다. 아직까지 그런 말을 하는 것이 어색한 그녀였다.

"고마워요."

하지만 아무리 작은 소리라도 들을 수 있는 만휘는 미소를 지으며 그녀의 말에 답했고, 만휘가 들었을 것이라 생각하지 못한 팽은지는 당황해하며 얼굴을 붉혔다.

"자, 어서 떠나게. 우리도 이만 나가자. 방해가 되겠구나."

팽기가 팽은지와 만화에게 말했다. 하지만 만화는 또다시 만휘와 헤어져야 하고, 이번에는 정말로 다시는 못 볼지도 모르는 상황이기에 쉽게 발을 떼지 못했다.

팽은지도 마찬가지로 이제야 만휘에 대한 자신의 마음이 무엇인지 알게 되었는데 다시는 보지 못할 수도 있다는 생각에 마음이 무겁기만 했다.

"다들 그런 표정 좀 짓지 말아요. 다들 나 죽으라고 비는 것 같잖아요."

"아, 아니에요, 그런 것!"

"오라버니!"

만휘의 말에 팽은지와 만화가 동시에 소리를 질렀다. 그런 둘의 모습에 만휘는 미소를 지었다.

"그러면 얼굴 펴고 나가주세요. 준비하고 출발해야 해요. 만화 너도."

만휘의 말에 팽은지와 만화는 작게 고개를 끄덕였고, 그런 둘을 데리고 팽기는 방을 나섰다.

그들이 방을 나가고 밝게 펴져 있던 만휘의 얼굴이 서서히 굳어갔다. 아무렇지도 않은 척했지만 사실은 엄청 두렵고 떨렸다.

"후우……."

만휘는 크게 심호흡을 한 번 하였다. 그리고는 준비한 자신의 짐을 들고 단원들이 기다리는 곳으로 향했다.

단원들은 모든 준비를 마치고 도열해 있었다. 호남으로 떠나기 직전인 지금, 그들의 얼굴은 무덤덤한 표정이었다.

죽을지도 모르는 상황이지만, 만휘에 대한 무한한 신뢰와 강호인으로서 죽음은 언제나 곁에 있다는 생각이 그들을 덤덤하게 만들고 있었다.

"떨리지 않는가?"

"예!"

"오호~!"

만휘가 자신의 턱을 쓰다듬으며 그들을 바라보았다. 이런 반응이 나올 것이라고는 생각도 못했던 것이다.

"긴말은 하지 않겠다. 가자!"

"예!"

가자는 만휘의 말에 단원들은 힘차게 대답하며 만휘의 뒤를 따랐다.

끼이익! 쾅!

굳게 닫혀 있던 팽가의 거대한 정문이 요란한 소리를 내면서 열렸다. 그리고 만휘와 혈마철기단, 정패의 모습이 나타났고, 그들은 빠른 속도로 말을 달려 하남으로 향했다.

팽가의 문이 열리던 그 시각, 소림과 무당, 화산과 곤륜 등 다른 문파들의 정문 역시 활짝 열렸다.

그리고 각자 자신들의 문파 근처에 있는 마교의 지부들부터 하나씩 제거해 나가기 시작했다.

마교 지부에서는 그들이 봉문을 풀고 나올 것을 알고 대비를 했지만, 그동안 맺힌 원한의 담긴 정파의 검을 쉽게 막아 내지는 못했다.

하지만 정파 측에서 애초에 마교 지부의 힘은 보잘것없을 것이라 생각했던 것과는 달리 꽤나 끈덕진 모습을 보이며 그들을 괴롭혔다.

그런 문파들과 세가들이 마교 지부들을 하나둘씩 제거하고 그들의 시선을 자신들에게 쏠리게 만들어준 덕분에 만휘와 정패, 혈마철기단의 단원들은 별 충돌 없이 호남으로 향할수 있었다.

*　　　*　　　*

"시작되었습니다."

수하의 보고에 불안한지 서평은 연신 손톱을 물어 뜯고 있었다.

"흑월곡과 천혈문의 움직임은?"

"아직 포착되지 않고 있습니다."

"그런가?"

서평은 안도의 한숨을 쉬었다. 이렇게 된 상황에서 흑월곡과 천혈문까지 움직인다면 이는 그야말로 진퇴양난(進退兩難)이라 할 수 있었다.

"그리고 그 만휘라는 자가 마교로 향하고 있습니다. 역시나 마교를 빠져나갔던 혈마철기단이 그의 뒤를 따르고 있습니다."

"그런가?"

만휘와 혈마철기단이라면 솔직히 그리 무서운 상대가 아니다. 머릿수라고 해봐야 고작 쉰 명 정도. 그 정도는 결코 두려운 수가 아니다.

'그런데 왜 이리 불안한 것인가!'

만휘와 혈마철기단은 무섭지 않다고 생각하면서도 서평은 밀려오는 불안감을 스스로도 이해할 수 없었다. 무엇에 기인한 불안감인지 전혀 알 수가 없었다.

"일단 알았다. 그리고 이러한 사실을 마교 전체에 알리도록 하고 비상 체제를 발동하라. 마교에 대항하는 자는 어떤 최후를 맞게 되는지 똑똑히 보여주겠다고 하라!"

"예!"

힘차게 대답한 수하는 곧바로 밖으로 나갔다.

수하가 나가고 여전히 불안감을 이기지 못한 서평은 자리에서 벌떡 일어났다. 그리고는 어디론가 급하게 걸어가기 시작했다.

마교 안은 예전 정파와의 전쟁을 치를 당시만큼이나 분주하게 돌아가고 있었다. 이번에는 흑월곡과 천혈문이 어떤 도움을 주겠다고 나서지 않고 있기 때문에 모든 싸움은 마교 혼자만의 힘으로 치러야 했다.

서평이 급히 자신의 거처에서 나와 향한 곳은 대전이었다. 곡야인이 없는 대전이지만 서평은 왠지 모르게 그곳으로 향하고 있었다.

"문을 열어라."

서평이 오자 대전 앞에 서 있던 무사들은 그가 왜 왔는지 몰라 어리둥절한 표정을 지었다.

교주가 대전에 모습을 드러내지 않은 지도 벌써 수 달이 지났기 때문이다.

"어서 열어라!"

머뭇거리는 무사들의 모습에 서평이 크게 호통을 쳤다. 그제야 무사들은 쭈뼛거리며 문을 열었다.

대전의 문이 열리고 서평은 그 안으로 들어갔다. 안으로 들어가면 언제나 그랬던 것처럼 곡야인이 정명에 앉아 자신을 바라볼 것만 같았다.

하지만 곡야인은 그곳에 없었다.

쾅!

그때, 대전 한쪽 어딘가에서 무언가가 부서지는 듯한 소리가 들렸다.

서평은 그 소리가 난 쪽을 찾아 두리번거렸다. 하지만 대전 안 어디에서도 그런 소리가 들릴 만한 곳은 없었다.

쾅!

다시 한 번 그런 소리가 들렸다. 이번에는 의식을 하고 있었기 때문인지 조금 더 크고 또렷하게 들려왔다.

'어딘가!'

서평은 소리가 들린 것 같은 벽 쪽으로 다가갔다. 그냥 평범한 벽. 그 안에 다른 공간이 있다거나 하는 것 같지는 않았다.

콰앙!

"으악!"

벽 쪽에 가까이 붙어 있던 서평은 갑자기 벽이 부서지자 기겁을 하며 뒤로 물러섰다.

벽이 부서지면서 생긴 먼지가 어느 정도 가라앉고 부서진 벽 쪽을 바라본 서평은 너무 놀라 두 눈을 동그랗게 떴다. 그 자리에 서 있는 사람이 곡야인이었기 때문이다.

"교, 교주님!"

"어떻게 되었는가?"

놀라며 자신을 바라보는 서평에게 건넨 첫마디였다. 그것은 분명 만휘에 관한 것을 묻는 것이리라.

"지금 이곳으로 오고 있답니다. 마교와 싸움을 하겠다고 달려드는 꼴입니다."

"그런가?"

조심스럽게 대답하며 서평은 곡야인의 기색을 살폈다. 지하 연무장에 들어간다고 했던 곡야인이 대전의 벽을 뚫고 나온 것도 놀라웠지만, 지하 연무장으로 들어가기 전에 보였던 광기 어린 모습은 흔적조차도 찾아볼 수 없었기 때문이다.

"교주님! 극복하셨군요!"

서평이 기쁘게 소리쳤다. 하지만 곡야인은 천천히 고개를 저었다.

"극복하지 못했다. 아직도 부족해. 열 번 마기가 폭발하면 그중에 네 번에서 다섯 번 정도를 이겨낼 수 있을 정도이다. 그 이상은 힘들어."

완전히 극복하지 못했다는 말에 서평은 침을 한 번 삼켰지만, 그래도 어느 정도는 이겨낼 수 있다는 말에 얼굴을 폈다.

"그래, 지금 교의 상황은 어떻게 돌아가고 있는가?"

"현재 중원 각 지역에 지부를 만들어놓고 있습니다. 하지만 봉문했던 정도의 문파들과 세가들이 일제히 들고일어나 각 지역에 있는 지부들을 하나씩 깨부수고 있는 상황이며, 흑월곡과 천혈문은 아무런 움직임도 보이지 않고 있습니다. 마교에 반기를 들고 있지는 않지만, 그렇다고 해서 도움을 주는 모습도 아닙니다."

서평의 보고에 곡야인은 고개를 끄덕였다.

"일단 좀 씻어야겠군. 이 상태로는 아무것도 할 수 없을 테니."

곡야인의 말처럼 그의 모습은 개방 거지들보다도 훨씬 더 더러웠다.

옷은 다 해져서 거의 다 찢어져 있었고, 그간 씻지를 못해서 온몸이 까맣게 변해 있는 상황이었다.

"예! 알겠습니다! 곧바로 준비를 시키도록 하겠습니다!"

서평이 힘차게 대답했다. 곡야인이 지하 연무장에서 나왔다는 사실 하나만으로도 굉장히 큰 힘이 되고 많은 짐을 던 듯한 느낌이 드는 서평이었다.

꽤 오랜 시간에 걸쳐서 씻고 나온 곡야인은 서평의 보고를 듣고 있었다. 듣는 내내 그의 얼굴에는 아무런 표정이 없었는데, 그 때문인지 서평은 연신 땀을 흘리고 있었다.

"그러니까 마교 혼자와 중원 전체와의 싸움이라고 봐도 과언이 아니란 거군."

"그렇습니다."

서평이 기어들어 가는 목소리로 대답했다.

"그리고 지금 무너진 마교 지부가 몇 곳이라고?"

"처음에는 어느 정도 대항을 하는가 싶었지만 역시 시간이 부족했던 모양인지 점점 더 빠른 속도로 무너지고 있습니다. 이제 남은 곳은 대략 스무 곳 조금 넘습니다."

"그렇군."

곡야인은 잠시 생각에 잠겼다. 아마도 이 상황을 어떻게 타개해야 할 것인지에 대해서 생각하는 것일 것이었다.

"제게 한 가지 생각이 있습니다만……."

서평이 조심스럽게 이야기를 꺼내자 곡야인이 그를 바라보았다.

"교주님께서 다시 나오셨기에 가능한 일입니다만, 교주님께서 마교 무사들 일부를 데리고 공격받을 것으로 생각되는 지부로 가서 적들을 격퇴하는 것입니다. 그렇게 몇 곳만 막아 주시면 거침없이 내려오던 저들의 행보 역시 한풀 꺾일 것으로 생각됩니다."

"그럴 수도 있겠군."

곡야인이 고개를 끄덕였다. 아마도 저들은 지금쯤 마교 지부를 깔보는 의식이 팽배해 있을 것이었다. 그들을 이끄는 사람은 어떨지 모르겠지만, 일반 무사들은 또 그렇지 않았다.

몇 번 손쉽게 이기고 나면 적들을 깔보는 마음이 생기고 안도의 마음이 생기고 긴장이 풀어지는 사람들이 바로 각 문파의 일반 제자들과 세가의 무사들이었다.

물론 장문인이나 장로들, 가주들은 그런 무사들의 마음을 다잡기 위해 노력을 하겠지만, 그런 것은 타인이 잡아준다고 하여 잡히는 것이 아니었다.

"그렇게 하겠다. 곧바로 출발할 것이니 속히 준비시켜라. 대략 마흔 명 정도면 충분할 것이다."

"너무 적은 숫자 아니겠습니까?"

서평이 마흔 명이라는 말에 걱정스런 표정으로 물었다. 하지만 곡야인은 고개를 저었다.

"지금 목표로 하는 것은 저들의 전멸이 아니다. 안 그런가? 단지 저들의 숫자를 줄이고 저들이 내려오는 속도를 늦춰 장기전으로 끌고 가는 것이 목적이다. 그러니 적은 숫자로 적들에게 최대의 피해를 입히는 것이 효과를 극대화할 수 있는 방법이다."

"알겠습니다. 그렇게 하겠습니다."

"그리고 만휘의 움직임은 예의주시하고 수시로 내게 보고하라."

"알겠습니다. 현재 팽가에서 출발하여 이곳 마교로 최단거리를 이용하여 오고 있으니 그리 멀지 않은 시간 내에 도착할 것입니다."

곡야인은 고개를 끄덕였고, 서평은 그에게 고개를 숙여 보인 뒤 밖으로 나갔다.

밖으로 나가는 서평은 그간 막혔던 속이 뻥 뚫리는 것 같은 느낌이었다.

*   *   *

총공세였다. 각 문파나 세가들의 힘에 비해서 마교 지부의 힘이 약한 것은 확실했지만, 그들은 전혀 긴장을 늦추지 않고 매번의 싸움마다 최선을 다했다.

그에 맞서는 마교 지부 역시 총력을 기울였다. 그들은 힘의 열세를 악과 깡으로 버티며 최대한으로 정파의 공세를 늦췄다.

자신들이 할 수 있는 것은 지금 눈앞에 보이는 정파의 무리들이 마교 총단으로 향하는 것을 최대한 늦추는 것뿐이었다.

그런 와중에 단 한 번의 충돌 없이 호남으로 향하던 만휘는 호북성에 들어 와서 처음으로 마교 지부와 마주쳤다. 아무래도 하북에서 꽤 장거리를 달려온 만큼 마교 측에서도 자신들을 그냥 놔둘 수는 없었을 것이다.

"만휘인가?"

'꽤 강하군.'

만휘는 자신의 정체를 묻는 마교 무사를 바라보며 속으로 생각했다. 확실히 호북이 호남과 가까운 만큼 다른 곳보다는 강한 고수들이 있는 것 같았다.

"그렇소만?"

존대를 할 필요는 없었다. 어차피 어느 한쪽이 죽으면 끝나는 상황. 적에게까지 존대를 할 필요는 없었다.

"어린것이 건방지군."

만휘의 기운이 그리 강하지 않다고 생각했기 때문일까. 상대가 거칠게 나왔다.

사람이라는 것이 눈으로 보는 것은 믿을 수 있지만 말로 듣는 것은 잘 안 믿어지는 법이다. 그 역시도 마교에 있으면서 만휘의 무위에 대해서 듣기는 했겠지만 직접 보지는 못한 것 같았다.

"제가 상대하지요."

정패가 앞으로 나섰다. 만휘는 고개를 끄덕이며 뒤로 한 발짝 물러섰다. 자신의 눈에 보이는 상대의 경지 역시 자신에게 비할 바가 되지 못하였다.

오히려 정패의 실력에도 미치지 못하는 수준. 그런데도 자신에게 당당하게 나오는 상대가 만휘는 가소롭게만 느껴졌다.

"홍! 무서우니까 다른 사람을 내보내는 것이냐!"

정패는 아직까지 자신의 기운을 감추는 것에 능수능란하지 못하다. 그럴 필요성을 한 번도 느껴본 적이 없었기에 더욱 그랬다.

겉으로 느껴지는 기운이 만휘보다 더 강하게 느껴졌기 때문인지 상대는 정패의 등장에 긴장하는 모습을 보였다.

"말이 많구나!"

정패가 상대에게 고함을 질렀다. 그에 움찔한 상대는 자신의 뒤에 있는 수하들에게 소리치기 시작했다.

"일제히 달려들어라!"

그에 마교의 무사들이 일제히 정패를 향해 달려들고 있었다. 그리고 명령을 내린 무사는 달려들지 않고 머뭇거리는 모습을 보였다.

만휘가 가장 싫어하는 모습. 그에 만휘의 표정이 점점 굳어 갔다.

"유철, 백공보."

"예!"

"알겠습니다!"

만휘가 유철과 백공보의 이름을 불렀고, 그 의미를 알고 있다는 듯 유철과 백공보가 앞으로 튀어나갔다.

정패만큼은 아니지만 유철과 백공보의 실력 역시 상당한 수준. 절대로 무시 못할 수준이었다.

정패와 유철, 백공보. 단 세 명이었지만, 전혀 밀리는 모습이 아니었다. 오히려 서른 명 가까이 되는 적들이 더 밀리는 모습이었다.

그런 모습을 혈마철기단의 단원들은 휘둥그레한 눈으로 바라보았지만, 만휘는 당연한 결과라는 듯 무덤덤하게 바라보고 있었다.

아니, 만휘는 정패와 백공보, 유철을 바라보고 있지 않았다. 오히려 기회를 보아 도망치려 하는 마교 무리의 우두머리를 바라보고 있었다.

처음에 기세 좋게 소리쳤던 마교 무사는 지금 상황에 눈이 다 돌아갈 지경이었다.

단 세 명이었다. 세 명. 그 세 명이 열 배에 달하는 마교 무사들을 너무나도 쉽게 제압하고 있었다.

몇몇은 죽어나갔지만, 대부분은 목숨을 잃지 않았다. 그것은 살리려 한다고 해서 되는 것이 아니었다. 죽이는 것보다 죽이지 않고 제압하는 것이 훨씬 더 어려운 법이었다.

"히익!"

자신들이 손쉽게 이길 수 있을 것이라 생각했던 상황이 순식간에 절대 불리한 상황으로 바뀌어가자, 그는 지체없이 몸을 돌려 도망치기 시작했다.

그 모습에 만휘의 눈은 더욱더 차갑게 변해갔다.

"그렇게는 안 되지."

"어?"

순식간에 만휘의 신형이 사라졌다. 증발하는 것처럼 보일 정도로 엄청나게 빠른 속도였다.

"흐억!"

뒤도 돌아보지 않고 도망치던 마교 무사는 갑자기 자신의 눈앞에 나타나는 만휘의 모습에 기겁을 하며 그대로 뒤로 자빠졌다.

"수하는 네 수하가 아니다. 너와 생사고락을 함께하는 동료다. 그런 동료들이 목숨을 걸고 싸우는데 비겁하게 도망치는 너는 살아남을 자격이 없다."

"사, 살려주십시오!"

차가운 음성에 엉금엉금 기어 만휘의 다리를 붙잡고 살려달라고 사정을 하는 그 모습에 만휘는 더욱더 화가 치밀었다.

"끄아악!"

만휘의 다리를 붙잡고 있던 무사가 바닥을 나뒹굴었다.

그의 오른팔은 어깨부터 잘려 나가 있었다. 언제 검을 뽑았는지도 모를 정도로 굉장히 빠른 발검이었다.

"죽이지는 않는다. 하지만 고생은 좀 하겠지. 이대로 출혈과다로 죽을 수도 있겠지만. 가자!"

고통에 비명을 지르며 바닥을 나뒹구는 무사에게 차갑게 말한 만휘가 이미 상황을 종료시킨 정패와 유철, 백공보를 향해 소리쳤다.

그에 그들은 혈마철기단의 단원들과 함께 만휘의 뒤를 따르기 시작했다.

그 이후로도 만휘 일행은 몇 번의 싸움을 더 했다. 호남에 점점 더 가까워 올수록 조금씩 강한 상대들이 등장하기 시작했지만, 그렇다고 해서 못 이길 정도는 아니었다.

하지만 그들 때문에 마교로 진격하는 속도가 늦어진 만휘는 다른 문파들이 제대로 역할을 못해주고 있다면서 불만을 늘어놓았다.

사실 만휘 일행의 진격 속도는 엄청나게 빠른 것이었다. 그 때문에 정도 문파들이 아무리 빠른 속도로 마교 지부를 제거해 나간다 하여도 그 속도를 따라가기가 어려운 것이었다.

*   *   *

각 지역에서 일어난 정도 문파와 세가들은 빠른 속도로 마교 지부를 제거해 나가며 호남으로 향하고 있었다. 마교로서는 적들에게 점차 포위당해 가고 있는 것과 마찬가지였다.

그런데 파죽지세의 정도의 공세에 제동이 걸렸다. 호북의 모든 마교 지부를 물리친 무당이 기세 좋게 호남으로 향하다가 불의의 일격을 당한 것이었다.

아무리 총단이 있는 호남이라고는 하지만 무당이 패퇴했다는 소식에 다른 정도 문파들은 경악할 수밖에 없었고, 호남으로의 진입 역시 쉽게 할 수 없었다.

게다가 들리는 소문에 의하면 무당이 당한 것이 사라졌다고 소문이 났던 마교 교주 곡야인의 손에 당한 것이라고 하니 더욱더 호남으로 들어갈 엄두를 내지 못했다.

하지만 언제까지고 그렇게 머뭇거릴 수는 없는 일, 화산파가 앞장섰다.

새로 화산 장문인이 된 위수운은 느리게 진격하면서 주변 경계를 철저하게 했다. 호남 전체가 마교의 영역이라 해도 과언이 아니기 때문이다.

천천히 진격하는 위수운의 표정은 상기되어 있었다.

'교주와 마주치면 난 살아남을 수 있을 것인가?'

불안감이었다. 마교 교주가 나타났다는 소문. 사실인지 아닌지는 정확하게 모르겠지만, 무당파가 무너졌다면 가능성도 배제할 수 없었다.

하지만 위수운은 그런 불안감을 겉으로 보일 수가 없었다.

장문인인 자신이 불안감을 느끼고 있는데 다른 제자들은 어떻겠는가. 자신보다 훨씬 더 심한 불안감과 압박감을 느낄 터였다.

그렇게 조심스럽게 진격하여 그들이 도착한 곳은 호남성의 상덕(常德)이었다.

상덕은 동정호 근처에 위치한 곳으로 큰 도시는 아니지만, 동정호를 보러 가기 위해 많은 사람들이 왕래를 하는 곳이었다.

하지만 지금 상덕에는 사람들이 많지 않았다. 다시금 마교와 정파 간의 전쟁이 시작되었다는 말에 마교의 본거지인 호남으로 오려는 사람들이 많지 않았기 때문이다.

한산하기는 하지만 마을에 도착하고 나니 화산파 사람들은 조금은 긴장이 풀리는 느낌이었다.

"이곳에서 잠시 쉬어간다. 서둘러 객점을 찾아라!"

위수운의 명에 제자들 몇 명이 신속하게 움직여 객점을 찾기 시작했다. 달려가는 그들 역시 어서 조금 편히 쉬고 싶은 마음이 있었기에 달려가는 속도를 더했다.

잠시 후, 객점을 찾으러 갔던 제자들이 돌아왔고, 화산파의 제자들은 그들의 뒤를 따라 객점으로 향했다.

큰 객점은 아니지만, 그래도 화산파 제자 육십 명 정도는 머무를 수 있을 정도의 크기였다, 물론 평소의 이곳 상덕이었다면 어림도 없는 일이겠지만.

"어서 오시오."

화산파 제자들이 객점 안으로 들어가자 객점 주인인 듯한 사람이 퉁명스럽게 그들을 맞았다. 보통 손님이 들어오면 점 소이가 달려나와 반갑게 맞이하는 것이 보통이었지만, 이곳 은 그렇지 않았다.

"육십 명 정도가 하루 정도 쉬어갈 것입니다. 준비해 주십 시오."

"알겠수."

위수운의 정중한 말에도 퉁명스럽게 대답하고는 주방으로 들어가 버리는 주인이었다.

그런 주인의 태도에 위수운은 고개를 의아해하며 고개를 갸웃거렸다.

"왜 저러는 거지?"

"글쎄요. 오히려 반가워해야 정상이 아닐까요? 요즘 같은 상황에서는 손님도 제대로 못 받았을 텐데 말이죠."

"그러게."

위수운과 송수범이 이상하다는 듯 이야기를 나누었다. 하 지만 자신들이 객점 주인이 아닌 이상 주인의 속마음을 알 수 는 없었다.

"뭐, 우리가 신경 쓸 일은 아닌 것 같으니 우리는 그냥 이곳 에서 하루 쉬었다 가지."

"예."

그렇게 반나절이 지나고 점점 해가 떨어지며 날이 어두워지기 시작했다. 그동안 많이 긴장했던 화산파의 제자들은 곯아떨어져 잠이 들었다.

"이제 마교가 지척이군요. 다른 문파들은 어찌 되었는지 궁금합니다."

"그래, 드디어 마교가 지척이다."

"그동안 마교 교주를 한 번도 만나지 않은 것은 행운이라고 할 수 있겠습니다."

위수운은 고개를 저었다. 아직까지 교주를 만나지 못한 것이 행운일지 불운일지는 아직 모르는 일이었다.

"어쩌면 약한 우리보다 힘이 더 큰 다른 문파들에게 나타났을 수도 있다. 실상 우리들의 힘은 마교에게 큰 위협이 되지 못하지만, 다른 문파들은 아니지 않느냐?"

사실이었다. 아무리 화산이라고 하더라도 머릿수 육십이 큰 위협이 될 수는 없었다.

"그렇게 되면 완전히 끝장이군요."

"그렇게 되겠지."

여기저기서 한숨이 터져 나왔다. 분명 얼마 전까지만 해도 자신들에게 엄청나게 유리한 상황이었는데, 교주인 곡야인이 등장함으로써 갑자기 상황이 뒤바뀌어 버린 것이다.

"차라리 처음부터 한꺼번에 사방에서 호남으로 진격을 했어야 합니다. 제아무리 신출귀몰하게 움직이는 교주라 하여도 한꺼번에 두 곳 이상에 모습을 드러낼 수는 없습니다."

"그렇기는 하지. 하지만 공포심이라는 것은 사람의 판단력을 흐트러뜨리기도 한다."

위수운의 말에 다들 할 말이 없었다. 공포. 그것이 가장 큰 원인이었으리라.

마교와의 싸움을 하다가 죽는 것은 두렵지 않지만, 곡야인에게 일방적으로 살육당하는 것은 두려운 것이었다.

"너무 걱정 마라. 정파가 비록 마교의 손에 무너지기는 했지만 저력이 있다. 역사가 그것을 보여주고 있어. 최후의 승리자는 우리가 될 것이다."

위수운의 말을 조금 위안으로 삼은 다른 장로들은 고개를 끄덕였다. 그렇게 그날의 밤은 깊어가고 있었다.

다음날 이른 시각. 화산파 제자들은 서둘러 길을 떠났다. 자신들이 먼저 들어왔으니 분명 다른 문파들 역시 호남으로 들어왔을 것이다.

게다가 소식을 들어보면 마교의 공격에 흑월곡과 천혈문도 함께할 것이라 하였으니 조만간 모습을 보일 것이었다.

그런 사실들이 이른 시각 그들의 발을 마교 총단 쪽으로 향하게 만든 원동력이었다.

하지만 그리 오래가지 못해서 그들은 발걸음을 멈출 수밖에 없었다. 아니, 더 이상 발걸음을 옮길 수 없었다.

자신들의 눈앞에 적들이 나타났다는 사실을 알았기 때문이다.

"모두 전투 대형을 갖추어라!"

위수운이 자신의 검을 빼 들며 소리쳤다. 그에 화산파의 제자들은 신속하게 움직여 전투 대형을 갖추기 시작했다.

"발악인가?"

오싹!

싸늘한 목소리. 곡야인의 것이었다.

그 목소리만으로도 위수운은 옴짝달싹할 수가 없었다.

"죽여라."

곡야인의 한마디에 마교 무사들이 일제히 달려들기 시작했다.

"모두 검을 들어라! 막아라!"

억지로 목소리를 내어 위수운이 소리쳤고, 화산파 제자들은 이를 악물며 검을 휘둘러 마교 무사들에게 맞서갔다.

"으아악!"

하지만 곡야인의 등장은 엄청난 효과를 가져다주었다. 순식간에 몸이 얼어붙은 듯 빳빳해져 있던 화산파 제자들은 마교 무사들의 공격에 제대로 반응을 하지 못했고, 순식간에 열명의 화산파 제자가 목숨을 잃었다.

"이야압!"

그 모습에 위수운은 얼어 있는 몸을 풀어보려는 듯 큰 기합을 지르며 마교 무사들을 향해 몸을 날렸다. 확실히 어느 정도 효과는 있었는지 자연스런 움직임이었다.

위수운은 마교 무사들 사이를 정신없이 누비며 검을 휘둘렀고, 그의 일검에 쓰러지는 마교 무사들이 늘어갔다.

그런 위수운의 움직임에 화산파 제자들도 용기를 가지고 검을 휘둘렀으며 초반 열세는 점차 극복되어 갔다.

그럼에도 곡야인은 나서지 않았다. 그의 눈빛은 마치 눈앞에서 재롱을 떠는 아이를 바라보는 눈빛이었다.

스르륵.

그러더니 그의 신형이 갑자기 사라졌다.

위수운이나 수인후, 송수범 등은 곡야인이 사라졌다는 사실을 알지 못하고 사방에서 검을 휘두르는 적들을 제거할 뿐이었다.

"끄아악!"

그때, 위수운의 바로 옆에서 적들을 베어 넘기고 있던 송수범이 비명을 지르며 쓰러졌다.

아직 젊은 나이라고 할지라도 그 실력이 마교 무사들에게 당해 쓰러질 정도로 낮은 경지가 아니기 때문에 위수운은 의아해하며 그쪽으로 고개를 돌렸다.

"헛!"

쾅!

"크악!"

송수범의 비명이 흘러나온 쪽으로 고개를 돌린 위수운은 기겁할 수밖에 없었다.

누구의 것인지 모를 검 한 자루가 자신의 코앞까지 날아왔기 때문이다.

위수운은 헛바람을 들이키며 몸을 뒤로 빼냄과 동시에 검을 들어 막았고, 엄청난 충격에 휘청거릴 수밖에 없었다.

그 무지막지한 위력을 담은 검의 주인은 바로 곡야인이었다. 갑자기 사라졌던 곡야인은 싸움터로 향했던 것이다. 그리고 가장 먼저 눈에 들어온 송수범이 제물이 된 것이다.

"크윽!"

위수운은 내부가 진탕이 되는 것 같은 충격을 받았다. 다행스럽게도 충격을 어느 정도 흘려 버렸기에 심각한 내상을 입지는 않았지만, 충격은 상당했다.

한편, 곡야인은 위수운을 의외라는 눈빛으로 바라보았다.

자신의 생각대로라면 이미 위수운의 몸은 반으로 쪼개졌어야 정상인데, 그 상황에서 자신의 검을 막고 생명을 연장했으니 당연한 일이었다.

"하지만 달라지는 것은 없다."

위수운은 곡야인의 그 말이 자신을 두고 하는 말이라는 것을 깨닫고는 이를 악물었다.

"우리 둘이 해결을 보는 것이 어떻겠소? 이 싸움은 피차에게 별로 좋지 않은 싸움 아니오? 그대 역시 수하들을 살리고, 나 역시 문파의 제자들을 살리고. 어떻소?"

"그것을 원하는가?"

"물론이오."

"그대가 죽더라도 내가 저들을 살려줄 것이라고 생각하나?"

"물론이오."

곡야인은 피식 웃었다. 도대체 자신의 어디를 보고 그런 믿음이 나오는지 알 수가 없었다.

"웃기는군."

그 말에 위수운의 표정이 굳었다. 거절할 것 같았기 때문이다.

"그렇게 해주겠다. 덤벼라."

뜻밖의 대답에 위수운의 얼굴은 다시금 펴졌다. 그리고 화산의 제자들을 살렸다는 안도감도 피어올랐다.

하지만 이내 그런 감정들을 지우고 자신의 눈앞에 있는 상대만을 바라보았다. 자신이 싸워야 할 상대. 그리고 무림 최고수라고 일컬어지는 마교 교주 곡야인. 그를 상대로 자신이 얼마나 버틸 수 있을지 의문이었다.

위수운은 미소를 지었다. 죽을지도 모르는 이 상황에서 그는 자신도 모르게 미소가 지어졌다. 강자와 싸워볼 수 있다는 흥분감 때문이었다.

화산파의 새로운 장문인으로서 그 기간을 짧았지만, 자신은 이 자리에서 나머지 화산 문도들을 살려냄으로써 그 몫을 다한 셈이었다.

화산 장문인이라는 무거운 짐을 털어버린 그는 이제 한 사람의 무인으로 돌아가 있었다.

"가겠소!"

위수운의 말에 곡야인은 고개를 끄덕였고, 검을 꽉 쥔 위수운은 그에게로 달려들었다.

"하압!"

이십사수매화검법. 화산 최고의 절기. 그 위력은 과거보다도 훨씬 더 진보한 듯했다.

쾅!

딱 보기에도 엄청난 위력을 담은 공격이었지만, 곡야인이 한 행동은 아주 간단한 동작이었다.

단 한 번의 휘두름. 그것으로 위수운의 공격은 막혀 버렸다.

하지만 그것에 굴하지 않고 이를 악문 위수운은 곧바로 재차 공격을 감행했다.

한 번의 부딪침으로 인하여 반동이 크게 일었지만, 위수운은 그 반동을 이용하여 몸을 돌리고는 곡야인의 하체를 공격해 들어갔다.

하지만 곡야인은 무릎을 구부리더니 몸을 뒤로 튕기며 아래쪽으로 검을 휘둘렀다.

파바바박!

검이 땅에 닿지는 않았지만, 검에 서린 기운이 바닥에 닿으며 깊숙한 자상을 만들어냈다.

곡야인의 다리를 노리고 들어오던 위수운의 공격은 그 기운에 막혀 목적을 달성할 수 없었다.

그렇게 위수운의 공격은 계속되었다. 위수운은 비록 번번이 막히기는 했지만, 곡야인을 몰아세우는 것 같은 기분에 조금씩 자신감이 생기기 시작했다.

그리고 둘의 싸움을 지켜보는 화산파의 제자들은 기쁨과 함께 대(大)화산의 제자라는 자부심을 한껏 느끼고 있었다.

하지만 마교 무사들의 표정은 여유로웠다. 마치 곡야인이 절대로 질 리가 없다는 듯한 표정이었다. 그것은 엄청난 신뢰였다.

실상 역시 그들의 믿음에 부합하고 있었다. 몰아세우고는 있지만 치명적인 공격을 제대로 적중시키지 못한다는 것은 엄청난 손실이었다.

쉴 새 없이 공격을 감행하는 위수운의 체력은 점차 떨어지고 있었고, 곡야인은 계속해서 여유롭게 공격을 막아내고 있었다.

"헉! 헉! 헉!"

계속해서 공격하던 위수운은 어느 순간부터는 어깨로 숨

을 쉬기 시작했고, 둘의 싸움이 시작된 지 반 시진 만에 거의 녹초가 되어 있었다.

게다가 맞히지 못하는 위력만 강한 공격을 함으로써 남아 있는 진기 역시 바닥을 보이고 있었다.

방금 전까지만 해도 이길 수 있을 것이라는 희망과 위수운이 곡야인을 꺾음으로써 중원 전체에 울려 퍼질 화산의 위명을 생각하며 기뻐하던 화산파 제자들의 표정은 망연자실해졌다.

"벌써 끝인가?"

곡야인은 호흡의 흐트러짐이 없었다. 그만큼 여유가 있었다는 말. 그것은 지금까지 위수운을 자신의 의도대로 조종해 왔다는 말과도 같았다.

"큭!"

위수운은 분했다. 실력 차이가 있을 것이라 생각했다. 하지만 이 정도일 줄은 몰랐다. 차이가 나도 너무나 큰 차이였다.

'도대체 이런 자와 어찌 싸우려 한단 말인가!'

위수운은 지금 당장 자신이 죽을 위기에 처했다는 생각보다는 이런 곡야인과 싸움을 벌이려는 만휘가 먼저 떠올랐다.

그때보다 지금의 실력이 얼마나 성장을 했는지 모르겠지만, 결코 이길 수 없을 것 같았다. 지금 눈앞에서 자신을 무심

한 눈빛으로 바라보고 있는 사람은 괴물이었다.

"일어나라."

그의 목소리에 위수운은 힘겹게 몸을 일으켰다. 곡야인의 목소리에서는 거부할 수 없는 무언가가 느껴졌다.

"검을 들어라."

검을 들라니, 무슨 말인가.

이 싸움은 이미 끝난 상황이다. 자신이 진 싸움. 더 이상 할 필요가 없었다.

"지금 나를 농락하고자 함인가?"

분노에 찬 위수운이 차갑게 말했다. 힘이 빠지고 진기가 바닥을 보이는 상황이었지만, 그래도 무인으로서의 자존심과 기개는 죽지 않았다.

"들지 않을 것인가? 이런 기회는 흔치 않아."

"기회? 무슨 기회? 비참하게 죽을 수 있는 기회를 말함인가? 좋아! 네 뜻대로 해주겠다!"

위수운은 힘겹게 검을 들어올렸다. 잠시 쉬었기 때문인지 호흡은 안정이 되어 있었지만 검을 들어올리는 게 많이 힘겨웠다.

화산파 제자들은 누구도 껌벅하지 않고 이 상황을 모두 머릿속에 담아두고 있었다.

치욕. 그것으로도 표현될 수 없는 상황이었다.

"공격이라는 것은 위력만 강하다고 해서 되는 것이 아니지. 게다가 평정심을 유지해야 한다. 내가 반격을 하지 못하고 막아내기만 하자 자신의 공격이 통하는 것이라 생각했겠지. 그러니까 냉정하게 판단하지 못하고 무리한 공격을 하다 보니 지금 이 상황이 된 것이다. 하수나 저지르는 실수지."

"이익!"

훈계였다. 방금 전까지 목숨을 탐하기 위해 싸웠던 상대가 자신을 훈계하고 있었다. 이는 패하여 목숨을 잃는 것보다 훨씬 더 치욕스러운 것이었다.

위수운의 분노는 폭발 직전이었다. 폭발하지 않고 참을 수 있는 것은 자신을 바라보는 화산파 제자들과 사제들의 시선 때문이었다.

"간다."

그 말과 동시에 곡야인의 공격이 시작되었다. 빠른 공격. 위수운은 있는 힘을 다해 검을 들어 공격을 막아냈다.

챙!

'음?'

내력이 담긴 공격이 아니었다. 자신이야 현재 가지고 있는 내력이 거의 없기에 내력을 끌어올릴 수 없지만, 곡야인은 아니었다.

정확히는 모르겠지만 분명한 것은 자신보다 많은 내력을 가지고 있다는 사실이었다.

'왜?'

위수운은 의아한 생각이 들었다. 위력이 강한 공격이라면 자신은 이미 죽은 목숨일 것이다.

'내력 없이도 이길 수 있다는 것인가?'

위수운은 이를 악물었다. 분했다, 자신이 이런 상황에 처하고 있다는 사실이.

사나운 눈초리로 곡야인을 노려보았다.

"무공이라는 것은 검에 내력을 잔뜩 불어넣고 위력적인 공격을 한다고 해서 뛰어난 것이 아니다. 그것도 중요한 것이기는 하지만, 기술이 뛰어나야 진짜 강한 것이다. 다시 검을 고쳐 잡아라. 보여주겠다."

위수운은 그의 말에 자신도 모르게 검을 들어올렸다. 그러자 곡야인이 다시 움직이기 시작했다.

채채챙! 챙! 챙!

역시 내력 없는 순수한 검법으로만 위수운을 제압하고 있는 곡야인. 난무하는 곡야인의 검에 위수운은 정신이 없었다.

힘들다는 생각을 할 겨를도 없이 검을 휘둘러 곡야인의 공격을 막고는 있지만, 그것만으로는 역부족이었다. 위수운의 몸 이곳저곳에는 점점 상처들이 늘어가고 있었다.

"헉! 헉! 헉!"

"무공의 근본은 내력이 아니다. 네가 가진 검법의 세밀함을 제대로 익혀야만 지금보다도 더 높은 경지에 이를 수 있다."

위수운은 그저 그의 말을 듣기만 했다.

언제부터인가 자신은 검법 수련을 등한시해 왔다. 오로지 내력을 늘리고 강한 무공만을 익히기 위해 애를 쓸 뿐이었다.

그리고 지금까지 자신은 검법을 제대로 익혔다고만 생각했다. 하지만 검법 수련을 등한시하면서 자신의 검법은 점차 퇴보해 온 것이다.

위수운은 고개를 숙였다. 죽기 직전에 얻은 깨달음. 시간이 생긴다면 자신의 실력은 한 단계 높아질 것이다. 하지만 이제 자신에게 남은 시간은 없었다.

"마지막으로 묻겠소. 내게 왜 이런 것을 가르쳐 준 것이오?"

위수운의 물음에 곡야인은 대답이 없었다. 왜 그랬을까? 그 자신도 알 수 없었다.

"글쎄, 내 마음속에 마지막으로 남은 인정이 있었나 보지. 이제 죽어라."

곡야인이 검을 들어올리고, 위수운은 눈을 감았다.

"사형!"

수인후가 위수운을 불렀다. 자신의 사형이 죽는 것을 눈뜨고 지켜볼 수만은 없었다.

"오지 마라! 죽고 싶은 것이냐!"

자신에게 달려오려는 수인후를 위수운은 말렸다. 자신은 죽더라도 화산은 살아남아야 했다.

그런 뜻을 알기에 수인후는 더 이상 그에게로 달려갈 수 없었다. 그 자리에 멈추어 서서 그저 고개만 숙일 뿐이었다.

다른 제자들 역시 고개를 숙였다. 그들 중 몇몇은 눈물을 보이기까지 했다.

"하앗!"

곡야인이 검을 내려치는 순간, 위수운은 눈을 질끈 감았다. 죽는 순간의 기분은 말로는 표현할 수 없을 만큼 요상했다.

깡!

그러나 곡야인의 검은 위수운의 목숨을 끊어놓지 못했다. 위수운의 목을 노리고 날아드는 곡야인의 검을 방해하는 무언가가 있었다.

그 소리에 위수운은 감았던 눈을 다시 떴다. 그리고 그는 놀란 표정으로 자신의 눈앞에 보이는 사람을 바라보았다.

"너는!"

"눈에 보이는데 죽게 놔둘 수는 없겠지요?"

만휘였다. 이 자리에 있는 모든 사람들이 이 순간에 만휘가 나타날 것이라고는 절대 생각하지 못하였다.

만휘가 곡야인의 검을 쳐내고 위수운의 앞에 섰다. 그리고는 곡야인을 똑바로 응시하며 위수운에게 말했다.

"일어설 수 있으시겠습니까?"

"물론입니다."

위수운이 힘겹게 몸을 일으켰다. 그리고는 만휘를 바라보았다.

"고맙……."

"인사는 나중에 받겠습니다. 어서 화산파 제자들을 데리고 익양(益陽)으로 가십시오. 다른 문파들 역시 그곳으로 향하고 있으니 서두르십시오."

만휘의 말에 고개를 끄덕인 위수운은 힘겹게 수인후가 있는 곳으로 걸어갔다.

"모두 들었느냐! 익양으로 향한다!"

"예!"

화산파 제자들은 그 어느 때보다도 큰 목소리로 대답했다. 그리고는 서둘러 익양으로 향하기 시작했다.

"어서 저들을 막아라! 쫓아가서 다 죽여라!"

곡야인이 익양으로 달려가는 화산파의 무리들을 바라보며 수하들에게 소리쳤다. 그에 마교 무사들은 일제히 그쪽으로 달려가기 시작했다.

"그렇게는 안 되지!"

백공보의 목소리였다. 만휘가 먼저 달려오기는 했지만, 그 뒤를 혈마철기단이 부지런히 달려 따라온 것이었다.

"혈마철기단은 화산파를 보호하며 익양으로 가라!"

"알겠습니다!"

만휘의 명령에 유철은 마교 무사들을 상대하면서 화산파

의 뒤를 따라 익양으로 향했다.

마교 무사들은 어떻게 해서든 혈마철기단을 뚫고 화산파의 뒤를 쫓으려 하였으나 혈마철기단의 방어에 막히고 말았다.

곡야인은 그런 것에는 신경 쓰지 않았다. 그저 만휘만을 바라보고 있을 뿐이었다.

만휘 역시 혈마철기단을 바라보지 않고 곡야인만 바라보았다.

둘의 시선이 공중에서 충돌하였다. 그로 인하여 그 주변에는 묘한 긴장감이 흘렀다.

"오랜만이군?"

"그렇군요."

짧은 대화. 하지만 그 짧은 몇 마디 안에 둘은 수없이 많은 대화를 나누었다.

만휘가 곁에 있기 때문인지 곡야인은 한층 마음이 안정되는 것 같은 느낌이 들었다. 방금 전까지만 해도 흥분한 듯 몸속을 휘젓고 다니던 마기도 잠잠해져 있었다.

"내가 이곳에 있다는 것을 알고 온 것인가?"

"처음에는 몰랐지요. 하지만 이곳으로 가까이 오면서 알았습니다. 이 정도 위력의 기도를 내뿜는 사람은 제가 알기로는 몇 없으니 말입니다."

"그랬군."

질문을 해놓고는 별로 귀담아듣지 않는 그였다. 그는 오로지 자신의 내부에만 관심이 있었다.

"역시 넌 마교에 남았어야 했다."

만휘는 인상을 찌푸렸다. 곡야인은 자신의 마기를 잠잠하게 만드는 만휘의 기운을 느끼고 한 말이었지만, 만휘의 귀에는 그렇게 들리지 않았다.

"이유는 묻지 않겠습니다. 하지만 저는 수십, 수백 번 다시 그 상황을 맞아도 마교에 남지 않았을 것입니다."

곡야인은 묵묵히 만휘를 바라보았다. 단호한 표정과 눈빛. 절대로 그 고집은 꺾을 수 없을 것 같았다.

"이곳은 너무 초라하군."

별안간 곡야인이 주변을 돌아보며 중얼거렸다. 무엇을 하기에 초라하다는 말일까. 만휘도 주변을 둘러보았다.

"기다리겠다. 마교로 찾아와라. 그곳이 우리의 마지막 결전기가 될 것이다. 내가 죽든 네가 마교에 붙잡혀 있든 둘 중에 하나겠지."

"죽이지 않을 겁니까?"

"죽여? 아니, 네가 살아서 마교에 있어야만 내 목적을 이룰 수 있다."

"목적? 그것이 무엇이지요? 당신의 목적을 이루기 위한 수단으로 취급받는 것이 불쾌하군요."

"그런가? 하지만 나중에 가면 알게 된다. 네가 지게 된다면."

"절대로 지는 일은 없을 것입니다."

"나를 이길 수 있다는 말인가?"

쿠오오오오!

그의 말과 동시에 몸에서 엄청난 기운이 뿜어져 나왔다. 살기가 없는 것으로 보아 분노에 의한 것이 아닌 단순히 자신의 힘을 과시하기 위한 것 같았다.

엄청난 기운이었지만 만휘는 태연했다. 그의 몸에서도 은은한 기운이 뿜어져 나오고 있었다.

강맹한 기운을 뿜어내는 곡야인과는 달리 만휘에게서는 은은하면서도 부드러운 기운이 흘러나오고 있었다.

겉으로 보기에는 곡야인의 강맹한 기운이 만휘의 부드러운 기운을 압도하는 것처럼 보였지만, 실제로는 호각을 이루고 있었다.

"이길 수 있습니다."

"그럴지도 모르겠군."

만휘의 기운을 느낀 곡야인이 한발 물러서는 말을 했다. 지금까지 자신이 알고 있던 만휘가 아니라는 생각이 들었기 때문이다.

"아무튼 난 마교에서 기다리겠다. 찾아와라."

스르륵.

곡야인의 신형이 순식간에 저 멀리로 사라졌다. 정말로 엄청난 경공이라 할 수 있었다.

저 멀리로 사라지는 곡야인을 바라보던 만휘는 이내 혈마 철기단과 화산파가 향한 익양으로 발길을 돌렸다.

*   *   *

익양에는 화산파와 혈마철기단만 있는 것이 아니었다. 소림과 개방, 곤륜, 진주언가 등이 도착해 있었다. 아직 팽가와 황보가는 도착하지 않은 듯했다.

"감사합니다."

만휘가 무사히 도착하자 기력을 회복한 위수운이 제일 먼저 달려와 그의 손을 잡으며 고마움을 표시했다.

위수운뿐만 아니라 그의 사제들과 화산파 제자들이 전부 몰려와 그에게 고마움을 표시했다.

그런 그들의 태도에 만휘는 어쩔 줄 몰라 당황해했다.

"이러지들 마십시오. 저는 화산에 대죄를 지은 사람입니다. 그 죄를 조금 갚은 것이라 생각해 주십시오."

이런 만휘의 말에도 화산파 제자들의 표정에는 변화가 없었다. 한 가지 변한 것이라면 고맙다는 말을 더 이상 하지 않는 정도랄까?

"아닙니다. 과거의 은원은 서로가 서로에게 한 일이 있으니 상쇄된 것이라 할 수 있습니다. 저는 만 대협에게 두 번의 구명지은(求命之恩)을 입었습니다. 사양치 마십시오."

위수운이 그렇게 말하자 만휘라고 더 이상 어쩔 수가 없었다.

"그나저나 이제 장문인이 되신 몸입니다. 저에게 존대를 하시다니요. 게다가 저는 대협이 아닙니다. 그저 간에 붙었다 쓸개에 붙었다 하는 소인배에 불과합니다."

만휘가 자신을 한없이 낮추었다. 아니, 만휘의 진심이었다. 마교에 붙어 정파를 공격했으면서 이제 와서는 다시 정파에 붙어 마교를 치고 있으니까.

"아무도 그렇게 생각하지 않습니다. 그러니 그런 죄책감 같은 것은 가지실 필요가 없습니다."

정선 대사의 뒤를 이어 방장의 자리에 오른 연허(蓮虛) 대사가 만휘에게 말했다. 정선 대사와는 달리 그 성정에 욕심이 없고 정의로운 것을 귀하게 여기는 사람 같았다.

"감사합니다."

만휘가 진심을 담아 감사의 인사를 했다.

"그럼 이제 앞으로 어떻게 할 것인지를 논의해야 하지 않겠습니까?"

"일단은 조금 쉬고, 다른 일행들이 도착하면 그때 가서 회의를 하도록 하겠습니다."

"그렇게 하지요."

연허 대사가 만휘에게 합장을 하고는 다시 자신이 있던 곳으로 돌아갔다.

자신에게 쏠렸던 이목이 어느 정도 수그러들자 만휘는 작게 한숨을 내쉬고는 혈마철기단 단원들이 있는 곳으로 향했다.

"단주님! 어떻게 되었습니까? 이기셨습니까?"

만휘가 다가오자 유철이 정신없이 이것저것 묻기 시작했다.

"아니, 싸우지 않았다. 대화 몇 마디하고 헤어졌지."

"예? 안 싸우셨다고요? 그 좋은 기회를 그냥 날리셨단 말입니까?"

백공보의 물음에 만휘는 실소를 흘렸다. 좋은 기회? 마교 교주와 마주친 상황을 좋은 기회라고 할 수 있는 사람이 몇이나 될까?

"네가 교주와 마주치면 좋은 기회라고 할 수 있겠느냐?"

"그, 그것은 아니지만……."

백공보가 당황하여 더듬거렸다. 그런 백공보의 모습을 유철이 한심하다는 듯 바라보았다.

"뭐라고 하던가요?"

"그냥 쓸데없는 이야기 조금 나누었다. 마지막에는 나보고 마교로 찾아오라고 하더군. 그곳은 싸우기에는 초라하다면서."

"어차피 갈 것이니까 상관은 없겠군요."

"그래. 그리고 많이 변했더군, 교주는."

"그렇습니까?"

"그래, 많이 변했다. 예전의 교주 같지가 않더구나. 무언가에 홀린 것 같기도 하고, 정신이 이상해진 것 같기도 했어. 무공 역시 더 강해진 것 같고, 그렇지 않은 것 같기도 하고 말이야."

만휘의 말에 유철과 백공보는 머리가 다 아파왔다. 똑 부러지게 이것이면 이것이고 저것이면 저것이지, 이것인 것 같기도 하고 저것인 것 같기도 하다는 만휘의 말을 이해할 수가 없었기 때문이다.

"아무튼 모든 것은 마교에 도착하면서 끝이 나겠군요. 절대고수 곡야인과 초절정의 끝을 바라보는 만 대협의 혈투! 이것이야말로 무림사가들의 아주 좋은 흥미 거리가 아니겠습니까?"

유철이 평소와는 다르게 흥분하여 주절주절거렸다. 그런 유철의 모습에 조금 당황한 듯 만휘가 그를 바라보았다.

"유철."

"예?"

"말이 너무 많다. 난 그런 사람이 싫어."

"…예."

바로 꼬리를 내리는 유철. 이번에는 백공보가 그런 유철을 바라보며 웃어주었다.

그때까지 듣고만 있던 정패가 만휘를 바라보았다.

"그런데 언제 마교로 갑니까?"

"나머지 문파들이 도착하면 저희가 먼저 마교로 갈 것입니다."

"함께 움직이는 것이 좋지 않겠습니까? 저들 역시 그것을 바라는 것 같습니다."

정패의 말에 만휘는 고개를 저었다. 저들은 과거의 은원을 모두 잊었다고 말하고 있지만, 만휘 자신은 그렇지 않았다. 저들이 자신과 자신의 가족들에게 저지른 일 때문이 아니라 그것을 빌미로 자신이 한 행동들 때문이었다.

게다가 저들 역시도 과거의 은원은 모두 해소된 것이라고 했지만, 아직까지 앙금이 남아 있을 수도 있었다.

"하지만 저희들의 힘만으로는 마교에 잠입할 수 없습니다."

"걱정하지 마라. 마교 근처까지 가면 흑월곡, 천혈문과 합류할 것이다. 그러면 못 들어갈 수가 없지."

"그렇군요."

유철이 고개를 끄덕였다.

흑월곡과 천혈문. 지금 상황에서 함께 온 정파의 무리보다 더 큰 힘이 될 수도 있는 존재들이었다.

"일단 다들 충분한 휴식을 취하게 해라. 마지막 싸움인 만큼 가장 힘든 싸움이 될 것이다."

"그렇게 하겠습니다."

유철과 백공보는 단원들에게 휴식을 지시하고는 자신들도 휴식을 취했다.

마지막 싸움. 그 단어가 주는 압박감이 조금씩 커져 가고 있었다.

다음날, 나머지 정도의 문파들이 익양에 모여들었다. 다행스럽게도 큰 싸움은 없었는지 별 탈이 없는 모습이었다.

정도의 문파들이 모여들고, 마교의 공격에 관한 회의를 하는 도중 만휘가 한 발언 때문에 잠시 소란이 일었다.

"아니, 혼자서 가겠다는 말이냐?"

"단원들과 함께 갑니다."

"그게 그 말이지 무엇이더냐!"

정명과 만공이 만휘 혼자 먼저 마교로 가는 것에 쌍심지를 켜고 반대를 했다. 그런 반응이 당연할 정도로 위험한 일이었다.

"애초에 팽가에서 나올 때부터 그렇게 이야기가 된 것 아니었습니까? 저와 혈마철기단은 정파와는 따로 움직이겠다고 말입니다."

"그래도 안 된다!"

팽가에서 그 말에 허락을 했던 것은 만휘와 함께 움직이기 위한 것이었지, 진짜로 그렇게 하겠다는 것은 아니었다.

"어쩔 수 없군요. 어느 순간 갑자기 저와 혈마철기단이 사라진다면 마교로 간 것으로 생각하십시오."

만휘가 자리에서 일어나 나가려고 하자 옥청이 고함을 질렀다.

"이놈!"

장내가 조용해졌다. 만휘의 발걸음도 멈추었다. 옥청의 고함 소리는 그 정도의 위력이 있었다.

어떤 상황에서도 절대 흥분하거나 화를 내지 않던 옥청이었다. 이렇게 흥분하여 고함을 지르는 모습은 좀처럼 보기 어려운 것이었다.

"어서 이리로 오지 못하겠느냐!"

또 한 번 들리는 옥청의 고함 소리에 만휘는 당황한 표정으로 다시금 자리에 가서 앉을 수밖에 없었다.

"네가 감히 지금 이 자리에서 그런 모습을 보이는 것이냐! 여기에 있는 사람들은 모두 너보다 나이도 많고 배분도 높다! 그런데 무엇을 믿고 그렇게 예의에 어긋나는 행동을 하는 것이냐! 무공일 믿고 그러는 것이냐? 무공? 다 필요없다! 사람이 사람 같은 행동을 하지 않고서는 아무리 무공이 강하다고 한들 아무런 소용이 없는 것이다!"

만휘는 고개를 숙이고 그 앞에 앉아 있었다. 자신이 생각해도 조금은 안하무인격으로 행동한 것 같았다.

"죄송합니다."

"알면 되었다. 차근차근 네 생각을 다시 이야기하고, 여기에 있는 사람들과 합의점을 찾아라. 비단 이 순간뿐만 아니라 세상을 살면서 무수히 많은 합의점을 찾아야 할 일들이 있다. 그때마다 네 주장만 내세울 것이더냐?"

"알겠습니다. 그렇게 하겠습니다."

만휘가 순순히 고개를 끄덕이며 대답하자, 회의실 분위기가 약간은 풀린 것 같았다.

"그럼 다시 이야기를 해보도록 합시다."

결국 연허 대사의 주도로 다시 회의가 재개되었다.

만휘와 정도 문파의 장문인들의 합의점은 쉽게 찾을 수 없었다. 아니, 정확하게 말하면 만휘와 다섯 노인 간의 합의점이라 해야 옳았다.

회의 내내 만휘와 다섯 노인만 설전을 계속했을 뿐, 다른 장문인들이나 가주들은 끼어들 틈이 없었다.

그렇게 두 시진 가까이 계속된 설전 끝에 다섯 노인과 만휘 사이에 합의점 하나를 찾을 수 있었다.

"그럼 제가 먼.저. 가겠습니다. 그럼 되겠지요? 혼자 가는 것이 아니라 단순히 먼.저. 가는 것일 뿐입니다."

"그럼 네가 출발하고 정확하게 한 시진 후에 따라가마. 되었느냐?"

정명의 물음에 만휘는 고개를 저었다.

"그럼 두 시진?"

"그런 것이 아니라, 저를 따라오지 마시고 차라리 마교의 측면이나 후방을 치는 것이 어떻겠습니까?"

"응?"

"어차피 정면은 저와 흑월곡, 천혈문이 칠 것입니다. 저들은 방어도 하겠지만 여의치 않으면 몸을 뺄 것이란 말입니다. 그러니 후방에서 퇴로를 차단하는 것이지요. 아! 마교 안에는 비밀 통로도 있다 들었습니다. 그곳으로 빠져나가면 후방을 막아도 소용이 없을 테니, 그 비밀 통로의 종착지에 가서 그들을 기다리는 것도 좋겠군요."

만휘의 말에 천룡신개가 눈을 가늘게 뜨고 그를 바라보았다. 만휘를 바라보는 눈빛에는 의심이 가득했다.

"또 무슨 꿍꿍이속이 있는 것은 아니겠지?"

"하아~!"

만휘가 고개를 푹 숙이고 한숨을 쉬었다. 그리고는 다시 고개를 들어 천룡신개를 바라보았다.

"아니, 제가 그렇게도 못 미더우십니까?"

"그건 아니지만, 지금 이 순간만큼은 좀 그렇구나."

"절대로 다른 꿍꿍이속이 있는 것이 아닙니다."

단호하게 말하는 만휘의 태도에 천룡신개는 조금 머쓱해진 표정으로 몸을 바로 했다.

"그럼 교주는 어떻게 하겠느냐?"

"당연한 것을 왜 물으십니까? 제가 상대해야지요."

"너무 위험하지 않겠는가?"

팽염의 물음에 만휘가 주변 사람들을 둘러보았다.

"교주의 경지는 제가 가장 잘 압니다. 다들 믿으실지 모르겠지만, 제 눈은 다른 사람들의 눈과는 다릅니다. 제 눈에는 그 사람의 몸에 흐르고 있는 기운이 다 보입니다. 생명을 가지고 있는 모든 사물 역시 마찬가지이지요. 솔직히 이 중에서는 곡야인을 상대할 수 있는 사람은 없습니다. 그 정도로 곡야인은 상당한 경지에 이르러 있습니다."

만휘의 말에 다들 놀란 표정을 지었다. 만휘의 눈에 대한 말에도 놀랐고, 곡야인의 경지가 그 정도로 높다는 사실에도 놀랐다.

"여기 계신 다섯 어르신보다도 더 강하다는 말인가?"

"예, 그렇습니다."

일말의 망설임도 없이 곧바로 대답하는 만휘. 그 모습에서 전혀 거짓을 찾아볼 수 없었기에 그 자리에 모인 사람들의 표정은 경악으로 물들어갔다.

"너희들이 지금 단단히 고정관념에 사로잡혀 있는 모양인데, 은거를 하고 오래 살았다고 해서 모두 무공이 뛰어나다고 생각하면 오산이야."

만공의 말에 그 자리에 모인 사람들의 시선이 그에게로 쏠렸다.

"물론 우리들의 수준은 만휘를 제외한 이 자리에 있는 사람들보다 높은 것은 사실이다. 하지만 너희들의 경지가 조금 더 높아진다면 우리들을 뛰어넘을 수도 있을 정도로 근소한 차이일 뿐이다. 알겠냐?"

만공의 확인사살에 다들 더욱더 놀란 표정을 지었다. 본인이 직접 이야기하는데 안 믿을 수도 없는 노릇이었다.

"하지만 무공의 경지와 깨달음의 경지가 높지 않고서야 어떻게 그렇게 오래 사실 수 있으십니까?"

팽염의 물음에 만공은 다른 노인들을 바라보았다. 그것은 자신도 알 수 없는 일이었다.

"글쎄? 나도 잘 모르겠는데? 뭐, 어느 정도 무공도 익힌 몸이고, 젊어서 워낙 선한 행동을 많이 했으니까 그런 것일 수도 있고."

만공의 말에 정명과 공유, 천룡신개들이 싸늘한 눈초리로 그를 바라보았다.

"험! 험! 아무튼 중요한 것은 지금 이 자리에서 그 마교 교주라는 아이와 싸울 수 있는 사람은 만휘밖에 없다는 것이다."

다들 그 말에 놀라기는 했지만 수긍한다는 듯 고개를 끄덕였다. 자신들과 싸울 때 보여주었던 만휘의 무위를 생각하면 충분히 그럴 수 있다는 생각이었다.

"제 생각에는 만 대협의 말처럼 하는 것이 좋을 것 같습니다."

연허 대사가 또다시 만휘를 대협이라 부르자 만휘는 민망

해하며 고개를 숙였다.

"저도 그렇게 하는 것이 좋다고 생각합니다."

"저도 그렇습니다."

위수운과 팽염이었다. 그를 시작으로 다른 사람들 역시 만휘의 생각대로 움직이는 것에 동의했다.

"감사합니다. 그럼 저는 잠시 후에 곧바로 출발하도록 하겠습니다. 마교의 비밀 통로가 어디로 연결이 되어 있는가는 저보다는 제 수하가 정확하게 알고 있으니 잠시 후에 이리로 보내도록 하겠습니다."

"그렇게 하십시오."

만휘가 단원들이 있는 곳으로 돌아가고, 잠시 후에 유철이 와서 비밀 통로가 연결된 곳의 위치를 상세하게 알려주었다.

유철에게서 위치를 들은 정도 문파들은 속히 그쪽으로 출발하였다. 마교의 후방에서 대기하는 것인 만큼 만휘 일행보다 조금 더 일찍 출발할 필요가 있었다.

결국 먼저 출발하려던 만휘의 목적은 살짝 어긋나고 말았다.

그들이 출발하고, 만휘와 혈마철기단 역시도 곧바로 출발했다. 마교에서 얼마 떨어지지 않은 작은 마을로 가면 흑월곡과 천혈문이 기다리고 있을 것이었다.

"어서 가자! 늦었다!"

자신의 생각보다 출발이 늦어졌기에 만휘는 단원들을 독
려하며 발길을 재촉했다.

이제 마교가 코앞이었다.

*   *   *

마교로 돌아온 교주는 한결 편안해진 표정이었다. 지하 연
무장에서 나왔을 때 그의 표정은 고통에 찌들고 정신적으로
많이 힘들어하는 모습이었지만, 작전을 수행하고 돌아온 그
의 모습에서는 그런 것을 찾아볼 수 없었다.

"많이 좋아 보이십니다."

"그런가?"

서평에게 되묻는 그의 목소리 역시 가벼워져 있었다. 예의
차가움 같은 것은 찾아보기가 어려웠다.

'혹시……?'

"만나셨습니까?"

"그래, 만났다."

"역시……."

누구라고 꼭 집어서 말하지 않아도 알 수 있었다. 분명 만
휘를 만났다고 하는 것일 터. 그렇다면 지금 그의 모습을 이
해할 수 있었다.

"그래서 어떻게 하셨습니까?"

"이곳으로 오라 했다. 이곳에서 결판을 짓자고 했지."

"그 자리에서는 아무런 일도 없었습니까?"

"그렇다. 아무 일도 없었다."

"그렇군요."

아주 좋은 기회를 날려 버린 것에 대해서 서평은 약간 아쉬운 표정을 지었다. 실질적으로 정도의 중심에 서 있는 만휘가 제거된다면 이번 싸움 역시도 마교의 승리로 끝낼 수 있었다.

"지금은 그것을 신경 쓸 때가 아닐 텐데? 멀지 않은 곳에 흑월곡과 천혈문이 모여 있다. 모르고 있었나?"

"알고 있습니다. 그들의 움직임이야 미리 주시를 하고 있었으니까요. 하지만 이렇게 정면으로 치고 들어올 줄은 몰랐습니다."

"만휘가 그쪽으로 향하는 것 같다. 합류하여 함께 올 모양이야."

"그럼 안 되지요. 미리 치겠습니다."

곡야인은 고개를 끄덕였다. 만휘와 혈마철기단이 합류한다고 해서 머릿수가 크게 늘어나는 것은 아니었지만, 그렇다고 해서 그 힘을 무시할 수는 없었다.

서평은 서둘러 대전에서 나왔다. 그리고 수하들에게 명령을 내리기 위해 달려가는 그의 표정은 그 어느 때보다도 더 가벼워 보였다.

*   *   *

"늦는군."

"그러게 말이야."

백마흔과 사무종은 마교에서 세 시진 정도 떨어진 곳에 자리를 잡고 있었다. 그야말로 지척. 멀리서 마교 건물 일부가 보이는 거리였다.

"무슨 일이라도 생긴 것인가?"

"요 근래 들어 곡야인의 움직임이 포착되었다. 혹시 그 때문일까?"

"그럴지도 모르지. 만약 그렇다면 마교에는 곡야인이 없다. 쉽게 무너질 수도 있어."

"그럼 먼저 움직여야 하나?"

사무종의 말에 백마흔은 잠시 고민에 빠졌다. 만약 만휘가 곡야인을 만나서 늦는 것이 아니라면? 그렇다면 곡야인이 마교에 있을 가능성이 크다.

완전히 제압해 주지 못한다 하더라도, 만휘가 곡야인을 붙잡아두고 있어야 이번 싸움에서 크게 승리할 수 있을 것이다.

"글쎄, 어떻게 해야 할까?"

"곡주님!"

그때, 정찰을 나갔던 수하 한 명이 황급히 달려오며 백마흔을 불렀다. 그 모습이 정말로 다급한 것이 무슨 일이 터진 것 같았다.

"무슨 일이냐?"

"적들이 몰려옵니다!"

"뭐야!"

백마흔과 사무종은 깜짝 놀랐다. 지키는 것이 아니라 먼저 공격을 해온다고?

"서둘러 무사들을 수습하라! 적들을 맞으러 간다!"

"예!"

"나도 서둘러 가봐야겠네!"

"그러게!"

사무종 역시도 급하게 천혈문도들을 수습하기 위하여 달려갔다.

꿀꺽!

백마흔은 침을 삼켰다. 자신들을 노리고 마교에서 먼저 움직였다.

과연 그 사이에 곡야인이 있을까?

곡야인이 있다면 자신이나 사무종이 그를 감당할 수 있을까?

이길 수 있을까?

수많은 질문들이 그의 뇌리를 스치고 지나갔다. 그리고 스스로 내린 대답은 부정적인 것들이 대다수였다.

'하지만… 어쩔 수 없다!'

말 그대로 어쩔 도리가 없는 상황. 적들이 자신들을 향해 달려온다면, 자신들 역시 그들을 맞기 위해 앞으로 나가야만 했다.

"가자! 마교를 무찌르고 새로운 질서를 만드는 것이다!"

"와—!"

"우오오오오!"

백마혼의 외침에 흑월곡의 무사들이 함성을 지르며 그의 뒤를 따랐다.

무사들의 마음속에도 자신들의 상대가 마교라는 사실에 대한 불안감과 공포감이 있었지만, 오로지 백마혼의 뒷모습 만을 바라보며 앞으로 달렸다.

흑월곡이 앞으로 달려나가고, 사무종이 이끄는 천혈문 역시도 곧바로 앞으로 달려나갔다.

천혈문도들의 모습 역시 흑월곡 무사들의 모습과 별반 다르지 않았다.

*   *   *

쉬지 않고 달리는 만휘의 뒤를 혈마철기단 단원들은 용케도 처지지 않고 따라가고 있었다. 비록 일 장 정도 뒤떨어져 있기는 했지만 그보다 더 벌어지지는 않았다.

그동안 수련을 통해 무공이 진일보한 탓도 있었고, 서두르면서도 단원들이 뒤처지지 않도록 하는 만휘의 배려 때문이기도 했다.

"제길!"

잘 달려가던 만휘의 입에서 거친 말이 튀어나왔다. 조금만 더 가면 흑월곡과 천혈문이 기다리고 있는 곳. 도대체 무엇 때문인지 뒤따르는 단원들은 알 수가 없었다.

"서둘러라! 싸움이다!"

만휘의 말에 유철과 백공보를 비롯한 혈마철기단의 단원들은 놀란 표정을 지었다.

듣기로는 분명 만휘가 합류한 다음에 한꺼번에 마교를 친다는 것이었는데, 벌써 싸움이 일어났다니 의아할 수밖에 없었다.

그나마 표정의 변화가 없이 묵묵히 만휘의 뒤를 따르는 사람은 정패밖에 없었다. 그 역시도 이유는 몰랐지만, 자신의 감각에 와 닿는 미약한 살기들을 느낄 수 있었다.

쌔애앵!

만휘의 신형이 더욱더 빨라졌다. 일 장의 간격을 유지하던 거리는 점차 벌어지고 있었다.

너무 많이 벌어지지 않게 하기 위하여 단원들도 안간힘을 썼지만 거리는 이미 오 장 가까이나 벌어져 있었다.

"무리하지 마라! 먼저 갈 테니 단원들을 데리고 마교로 와라!"

그때 유철의 귓가에 울려 퍼지는 만휘의 전음. 그에 유철은
속도를 약간 줄이고 단원들에게 소리쳤다.

"단주님은 먼저 가셨다! 이제부터 나를 따라와라!"

만휘가 없을 때 혈마철기단을 잘 이끌어왔던 유철이기에
단원들을 흐트러뜨리지 않고 잘 인솔했다.

쏜살같이 앞으로 달려나간 만휘는 점점 더 또렷하게 들려
오는 병장기 소리에 그 속도를 더했다.

자신의 예상이 맞다면 흑월곡과 천혈문이 마교와 싸우는
소리일 것이다.

마교가 먼저 나와 공격을 해온 이유를 잘은 모르겠지만, 분
명한 것은 자칫하면 모든 것을 그르칠 수도 있는 상황이라는
점이었다.

조금 더 달려가자 저 멀리서 수많은 인원이 뒤얽혀 싸우고
있는 모습이 보였다.

쓰러져 있는 사람들이 많은 것으로 보아 이미 꽤 오랜 시간
이 지난 것 같았다.

"하압!"

그곳으로 달려간 만휘는 몸을 날리며 자신의 검을 뽑아 들
었다.

만휘의 내기를 잔뜩 머금은 검은 마교 무사 다섯의 목을 베

고 그 움직임을 멈추었다.

비명 소리조차도 없었다. 워낙 순식간에 벌어진 일이라 만휘의 존재를 알아차리는 순간에는 이미 그들의 목이 떨어지고 있었다.

"왜 이제야 왔는가!"

그때, 만휘에게로 백마흔이 다가오며 물었다. 그의 몸에는 피가 많이 묻어 있었는데, 다행스럽게도 그의 피가 아닌 적의 피가 튀어 묻은 것 같았다.

"일이 조금 있었습니다."

"아무튼 이곳은 우리가 맡도록 하겠네! 교주는 아마도 마교 안에 있는 듯하네! 그러니 자네는 지금 즉시 그곳으로 가보게나!"

"알겠습니다!"

고개를 끄덕인 만휘는 치열한 싸움이 벌어지고 있는 전장에서 벗어나 곧바로 마교로 달려갔다.

자신을 기다리고 있을 곡야인이 있는 마교를 향해서.

제53장

곡야인과 만휘

흑월곡과 천혈문, 마교의 싸움은 처절했다. 세 문파가 모인 만큼 그 인원 역시도 엄청난 숫자였고, 그 힘이 비등비등했기에 수많은 사상자들이 발생했다.

마교 역시도 그 싸움에서 큰 피해를 입은 상황이었고, 흑월곡과 천혈문 역시도 엄청난 피해를 입어 마교로 향할 수 있는 상황이 아니었다.

특히나 백마흔과 사무종은 각각 풍우창과 권태충을 맞아 엄청난 내상을 입어 운신하기도 어려운 지경이었다.

뒤늦게 전장에 도착한 혈마철기단은 만휘가 홀로 마교로 향했다는 말을 듣고는 부랴부랴 마교로 달려갔다. 그리고 정패는 마교의 후방에 있을 정도 측에 전서구를 보내 도움을 요청했다.

흑월곡, 천혈문과의 싸움에서 잃은 인원이 마교 전체 인원이 아니었기에 분명 마교 총단에는 많은 수의 무사들이 있을 것이었다.

그들을 상대하자면 만휘와 혈마철기단만으로는 어려웠다.

마교 정문에 도착한 만휘는 크게 심호흡을 했다. 무리를 이끌고 온 것도 아니고 만휘 혼자 엄청난 속도로 정문 앞까지 당도했기 때문인지 별다른 공격은 없었다.

만휘는 마교의 거대한 문을 바라보았다. 비록 나무로 만들어진 문이었지만 그 크기가 엄청나게 컸기에 제아무리 내가 고수라 하여도 쉽게 열 수 있을 것 같지는 않았다.

만휘는 잠시 그 앞에서 고민을 하고 있었다. 그 고민은 다름 아닌 문을 부수고 들어갈 것인가, 아니면 열고 들어갈 것인가였다.

마직도 마교에서는 자신의 접근을 눈치 채지 못했는지 별다른 반응이 없었다.

감각을 열어 안을 살펴보았지만, 무사들의 별다른 움직임이나 기운은 느껴지지 않았다.

"음……."

자신의 턱을 어루만지며 고민을 하던 만휘는 거대한 문에 자신의 두 손바닥을 가져다 대었다. 마치 문을 밀어내려는 듯한 모습이었다.

그러나 그 다음 순간, 문에서 이상한 현상이 벌어졌다.

뒤로 밀릴 것만 같았던 거대한 문이 만휘의 손바닥이 닿은 곳부터 갈라지고 있었던 것이다.

쩌저적! 쩌적!

마치 바윗덩어리에 금이 가듯이 사방으로 갈라지는 문. 나무로 만든 문이 그렇게 갈라질 수 있을 것이라고는 그 누구도 믿지 못할 것이다.

퍼서석!

금이 가던 거대한 문이 어느 순간 그대로 무너져 내렸다. 가루까지는 아니지만 여러 조각으로 나뉜 대문이 만휘의 앞에 쌓여 있었다.

사실 만휘도 이런 상황이 가능할 것이라고는 생각도 못하고 있었다.

그냥 '혹시 이런 것도 가능하지 않을까?' 하는 생각에서 시도를 해본 것이었다.

결과가 어떻게 나올 줄 몰랐기 때문에 만약 실패하여 들키게 된다 하더라도 즉각 반응할 수 있도록 긴장감을 유지하고 있었다.

문에 손바닥을 댄 만휘는 개안공을 이용하여 문에 있는 결을 찾았다. 비록 죽은 나무였지만 미약하게나마 기가 있었고,

그것이 흐르는 결이 있었다.

그 결에 만휘는 내력을 불어넣기 시작했고, 좁은 길에 많은 양의 내력이 흘러들어 가니 당연히 길이 붕괴될 수밖에 없었다.

그 결과 문에는 수많은 금이 생기기 시작했고, 결국 지금 눈앞에 보이는 것과 같이 문이 조각조각 쪼개져 만휘의 발 앞에 쌓여 있는 것이었다.

"누구냐!"

문이 부서지고 나서야 만휘의 존재를 알아차린 마교 무사들은 깜짝 놀라 문 쪽을 바라보았다.

대문이 부서지면서 만들어낸 뽀얀 흙먼지가 만휘를 가려 주었고, 무사들은 그저 자신들의 무기를 뽑아 들고 긴장만 하고 있을 수밖에 없었다.

어떻게 했는지는 모르겠지만, 이렇게 거대한 문을 조각 낼 정도라면 엄청나게 강한 고수라는 말이었기 때문이다.

약간의 시간이 지나고 흙먼지가 가라앉자 무사들은 천천히 앞으로 나서며 상대를 찾기 시작했다. 하지만 흙먼지가 완전히 걷히고 본 그 자리에는 부서진 대문의 조각들만 있을 뿐 아무도 없었다.

"도대체 어찌 된 일인가?"

무사들 중 한 명이 중얼거렸다. 대문은 조각나고 그렇게 만든 사람은 없고. 분명 희미하게 사람의 모습을 본 것 같았는데 순식간에 사라졌다.

"귀신인가?"

다른 한 무사의 중얼거림에 그 자리에 있던 무사들은 몸을
부르르 떨었다.

흙먼지가 자신을 가려주자 만휘는 재빨리 그 틈을 타 안으
로 잠입했다. 워낙 빠른 속도인 데다가, 적들이 자신을 제대
로 볼 수 없는 상황이기에 가능했다.

그렇지 않았다면 자신은 지금쯤 무사들과 한바탕 칼부림
을 벌이고 있을지도 모르는 일이었다.

만휘는 일단 적당한 높이의 건물 지붕으로 올라갔다. 어중
간한 높이의 나무 위보다는 아예 건물의 지붕으로 올라가는
것이 더 나았다.

"교주는 어디에 있으려나… 대전?"

만휘는 곡야인이 있을 만한 곳을 생각해 보았다. 가장 가능
성이 높은 곳은 대전. 만휘가 마교를 빠져나오기 전 마지막으
로 관치원과 싸움을 벌였던 곳이기도 했다.

'관 호법님…….'

이번에 곡야인과 마주치면 꼭 물어볼 요량이었다. 분명 자
신의 공격이 관치원에게 큰 부상을 입혔겠지만, 그렇게 단시
간에 목숨을 잃을 정도로 치명적인 공격은 아니었다.

몇 달 요양을 하고 나면 충분히 혼자서도 내상을 다스리고

몸을 추스를 수 있다고 생각했었다.

그런데 관치원이 죽었다고 한다. 그때 받은 충격은 이루 말할 수 없을 정도였다.

처음에는 자신의 잘못이라 생각하고 죄책감도 가졌다. 하지만 시간이 지나면 지날수록 관치원의 죽음은 자신의 공격 때문이 아니라는 생각이 들었다.

그런 확신이 서자 만휘의 뇌리에 가장 먼저 떠오른 사람은 서평이었다.

비록 무공은 약한 그였지만, 머리가 비상하고 마교와 곡야인을 위해서라면 무슨 짓이든 할 수 있는 사람이었다.

그리고 두 번째로 떠올린 사람이 바로 곡야인이었다. 뛰어난 무공이면 관치원의 병실에 쥐도 새도 모르게 잠입할 수 있을 것이고, 손을 쓸 방도 역시 가장 많은 사람이었다.

어쩌면 둘이 함께 일을 벌였을 수도 있다.

"교주가 아니라 서평이 먼저인가?"

그렇게 중얼거린 만휘의 신형이 어느 순간 사라졌다.

먼저 출발했던 선발대가 흑월곡과 천혈문을 맞아 거의 양패구상 지경에 이르렀다는 소식에 서평은 암울한 마음과 안도감을 동시에 느꼈다.

그 많은 수 대부분이 죽어나갔다는 말은 그만큼 마교의 힘이 약해졌다는 말임과 동시에 당장 정면에서의 공격은 신경 쓰지 않아도 된다는 말과도 같았다.

불행 중 다행이라면 현재 마교에 선발대로 나갔던 병력만큼의 전력이 남아 있다는 사실이었다.

"후우……."

깊은 한숨을 내쉰 서평은 그대로 몸을 의자 뒤쪽으로 뉘었다. 그리고는 피곤한 듯 눈을 감았다.

똑! 똑!

그때, 문에서 손 기척 소리가 들렸다. 지금까지 단 한 명도 자신에게 찾아오면서 손 기척을 한 적은 없었다.

"누구냐!"

무언가 좋지 않은 느낌을 받은 서평이 날카롭게 소리쳤다. 하지만 문 바깥에서는 아무런 반응도 없었다.

그에 긴장한 서평은 천천히 문 쪽으로 걸어갔다. 그리고는 슬그머니 문을 열어젖혔다.

"흐억!"

문을 열어본 서평은 너무 놀라 뒷걸음질치다가 주저앉고 말았다. 만휘가 문 앞에 서 있었기 때문이다.

"어, 어떻게!"

서평은 너무 놀라 말도 제대로 하지 못하고 있었다. 시간상 이곳에 있을 수가 없는 상황이기 때문이었다.

게다가 이곳에 왔다면 분명 바깥이 소란스러워졌어야 정상이고 자신에게 보고가 들어왔어야 정상인데, 그런 것이 아무엇도 없었기에 더욱더 놀라웠다.

"한 가지 묻고 싶은 것이 있기에 찾아왔습니다."

"뭐, 뭔가?!'

서평은 아직도 자신이 바닥에 주저앉아 만휘를 올려다보고 있다는 사실을 인지하지 못한 채 소리를 질렀다.

"일단 일어나시지요."

그제야 자신이 어떤 상황인지를 알아차린 서평은 서둘러 자리에서 일어났다.

"관 호법님에 대해서 여쭤보고 싶은 것이 있습니다."

관치원에 대한 이야기가 나오자 약간 겁에 질려 있던 서평의 표정이 사납게 변했다. 그리고는 만휘를 노려보며 소리쳤다.

"네놈이 그분의 이름을 입에 올릴 자격이 있느냐! 네놈 때문에 돌아가신 분이 아니시더냐!"

만휘는 표정의 변화 없이 서평을 바라보았다. 아까와는 달리 피하지 않고 만휘를 똑바로 바라보는 서평. 거짓을 이야기하는 것 같지는 않았다.

'이자는 아니다.'

그의 눈빛에서 만휘는 서평이 관치원에게 어떤 해도 가하지 않았음을 느낄 수 있었다. 그렇다면 남은 사람은 단 한 명이었다.

'곡야인.'

서평이 아니라는 것을 알았으니 만휘는 더 이상 이곳에 있을 필요가 없었다. 서평을 만나러 왔으니 곧 마교가 시끄러워지겠지만, 그것은 자신과는 상관없었다.

어차피 자신은 이 길로 곡야인에게로 가 있을 테니까.

"가기 전에 한 가지만 말해두겠소."

만휘가 몸을 돌리기 전에 입을 열었다. 서평은 여전히 사나운 표정으로 만휘를 노려보고 있었다.

"나 역시 그대만큼이나 관 호법님에게 호감을 가지고 있었소. 관 호법님을 해한 것은 내가 아니오. 안 믿겠지만."

그 말을 남긴 만휘는 그대로 몸을 돌려 서평의 방을 나섰다.

만휘가 방을 나서고 사납던 서평의 표정은 약간 풀려 있었다.

"절대로 믿을 수 없다."

너무나도 진실한 눈빛을 하고 한 이야기였기에 왠지 모르게 믿음이 갔지만, 머리로는 절대로 믿을 수 없다고 세뇌하는 서평이었다.

서평의 방에서 나온 만휘는 곧바로 곡야인이 있을 법한 대전으로 향했다.

분명 조금 있으면 자신을 잡기 위해 마교 전체가 소란스러워질 것이라 생각한 만휘는 주변을 살피며 조심스럽게 발걸음을 옮겼다.

하지만 그럴 필요가 없었다. 무슨 이유에서인지 대전으로 가는 길에는 사람이 없었다.

"이크!"

그에 조금은 안심을 하며 길을 걷던 만휘의 감각에 한 무리의 사람들이 잡혔고, 만휘는 신속하게 몸을 숨겼다.

"서둘러라! 적들이 침입했다!"

"제길! 정파 녀석들은 왜 다시 일어난 거야!"

"그런 것을 따질 때가 아니다! 서둘러라!"

그들이 지나가고 만휘는 다시 모습을 드러내었다. 대화의 내용으로 보아 자신 때문은 아닌 것 같았다.

'이곳에 와 있다는 말인가?'

정패가 연락을 취한 사실을 모르는 만휘는 비밀 통로의 끝에 가 있어야 할 문파들이 이곳에 와 있다는 사실에 의아함을 느꼈다.

하지만 지금 만휘의 온 신경은 곡야인이 있을 대전에 쏠려 있었기 때문에 이내 그쪽에는 신경을 껐다.

"기다려라, 곡야인. 내가 간다."

관치원을 해한 사람이 곡야인이라는 것을 거의 확신한 만휘는 서둘러 대전으로 향했다.

만휘가 대전으로 가고 있을 무렵 혈마철기단과 팽가, 무당과 화산, 아미, 그리고 언가는 마교의 정문 쪽으로 들어와 있었다. 문은 이미 만휘가 부숴놓았기 때문에 손쉽게 들어올 수 있었다.

그들 이외에 다른 문파와 세가들은 비밀 통로 끝에 남아 퇴로를 차단하고 있었다.

"막아라! 마교의 무서움을 보여주자!"

그들이 쳐들어오자 마교의 무사들은 필사적으로 그들을 막았다. 정도 문파와 세가들의 본산과 본가가 그들에게 성지와도 같은 것처럼, 마교 총단 역시 마교 무사들에게 있어서는 성지와도 같은 곳이었다.

"한 명도 남기지 말고 밀어버려라!"

언가주 언도양이 선두에 나서며 소리쳤다. 예전 싸움에서 뒤늦게 합류하여 제대로 된 활약을 펼쳐 보이지 못한 것이 한이 되었던 그였기에 이번에는 처음부터 전면에 나섰다.

세가의 무사들은 그 가주를 닮는다 했던가? 언가의 무사들 역시 언도양과 같은 마음이었기에 비장한 마음으로 선두로 치고 나갔다.

비록 오대세가의 반열에 끼지 못했고, 실력 발휘를 하고 싶어 안달이 난 것처럼 보였지만 언가의 창은 결코 무시할 수 없는 위력을 발휘하고 있었다.

그런 언가의 뒤를 따라 혈마철기단과 화산, 무당, 팽가 등은 마교 안으로 밀고 들어가며 적들을 베어 넘겼다.

혈마철기단의 경우에는 마교를 상대한다기보다 마교 안

어딘가에 있을 만휘를 찾는 데에 더욱 혈안이 된 듯 보였다.

그리고 아미파 역시 지난날의 과오를 씻기라도 하겠다는 듯 열심히 적들을 상대하고 있었다.

곡야인이 나서지 않고 있는 상황이고, 풍우창과 권태충 등이 부상을 입은 상황이었지만 마교 무사들은 꽤 선전하고 있었다.

그 때문에 정도의 진격 속도는 더딜 수밖에 없었다.

이런 소란과는 상관없이 만휘는 어느덧 대전에 다다라 있었다. 웅장한 자태를 뽐내고 있는 그 모습에서 만휘는 마치 곡야인이 뿜어내는 강맹한 기세 같은 것을 느꼈다.

"후우—!"

크게 심호흡을 한 번 한 만휘는 성큼성큼 걸어 들어갔다.

쾅!

만휘가 대전의 문을 부수고 들어갔다. 역시 만휘의 예상대로 곡야인은 언제나 그랬듯 대전의 정면에 앉아 있었다.

"기다리고 있었다."

"그럴 것 같아서 최대한 빨리 온 것입니다."

만휘가 대전 안으로 걸어 들어가며 대답했다. 이미 만휘가 대전의 문을 부순 순간부터 둘은 기세 싸움을 벌이고 있었다.

"한 가지 여쭈어볼 것이 있습니다. 아니, 두 가지로군요."

"무엇인가?"

"한 가지는 도대체 왜 나를 잡으려 하는 것이며, 두 번째는 왜 관 호법님을 죽였냐는 것입니다."

두 번째 질문에 곡야인의 눈빛이 약간 흔들렸다. 심적으로 동요를 일으켰다는 말이다.

하지만 그는 이내 마음의 평정을 되찾고는 천천히 입을 열었다.

"왜 그대를 잡으려 하느냐라… 글쎄. 일단 첫 번째는 그대가 나의 모든 힘을 쏟아 부을 수 있게 만들 것 같았다. 무인으로서 자신의 모든 힘을 써보지도 못하고 세월을 보낸다면 그것만큼 슬픈 일이 없겠지. 원래 목적은 그대를 붙잡아두고 나의 대련 상대로 쓸 생각이었다."

'쓸 생각이었다'라는 말에 만휘는 속에서 무언가 울컥했지만 일단은 참고 넘어갔다.

"그리고 그대의 몸에서 느껴지는 기운이 광기를 일으키려는 나의 마기를 억제하고 있다는 것을 알 수 있었다. 그것이 아니었다면 난 마기를 제대로 제어하지 못하고 광인이 되어 있었겠지. 그것이 두 번째 이유라네."

그 대답에 만휘는 다른 말을 하지는 않았다. 그가 가장 궁금한 것은 관치원에 관한 것이었기 때문이다.

"관 호법님은 왜 죽이셨습니까? 그분은 교주님에게도 아버지 같은 분이 아니셨던가요?"

만휘의 물음에 곡야인은 슬쩍 천장을 바라보았다. 그리고는 한탄하듯 중얼거렸다.

"그랬지… 아버지 같은 분이셨다. 그런 그분을 내 손으로 죽였다. 그리고 그대가 한 일이라고 퍼뜨렸지. 내 손에 쥐고 있지 못할 바에는 죽여 버리자는 것이 내 생각이었다. 하지만 이미 마교 안에서도 커다란 신망을 얻고 있는 그대를 죽일 명분이 필요했지. 그에 난 절대로 하지 말아야 하는 엄청난 죄를 짓고 말았다. 이 모든 것이……."

말을 끊은 곡야인이 고개를 내리고는 만휘를 바라보았다.

흠칫!

만휘는 순간적으로 흠칫했다. 그의 눈빛이 붉게 물들어 있었기 때문이다.

"다 너 때문이다!"

촤라락!

곡야인이 마지막 말을 함과 동시에 빠른 속도로 만휘에게 쏘아졌다. 언제 뽑았는지 그의 손에는 검이 한 자루 들려 있었다.

파밧!

만휘는 그의 돌진을 받아내지 않고 몸을 틀어 피하며 흘리려 하였다.

하지만 그런 만휘의 움직임을 예측이라도 했다는 듯이 곡야인의 돌진도 직각으로 꺾이며 만휘의 움직임을 따라왔다.

"헛!"

그에 깜짝 놀란 만휘는 헛바람을 들이키며 호신강기를 끌어올렸다. 피하거나 검을 들어 막아내기 어려운 공격이었다.

콰앙!

"크헉!"

공격에 적중된 만휘는 그대로 날아가 대전 한쪽 벽에 부딪쳤다. 실로 엄청난 위력이라 할 수 있었다.

"쿨럭!"

만휘가 피를 한 움큼 쏟아냈다. 지금까지 싸움을 벌이면서 겉에 난 상처 때문에 피를 흘려본 적은 있지만, 내상으로 인하여 피를 토해본 적은 이번이 처음이었다.

그 정도로 곡야인은 강했다.

"크흑!"

만휘가 힘겹게 몸을 일으켰다. 내상을 입음과 동시에 선기가 움직여 내상을 다스리고 있었기에 망정이지 하마터면 그대로 쓰러져 일어나지 못할 뻔했다.

"어떤가? 대단하지 않은가? 인간의 몸으로 펼칠 수 있는 무공의 한계를 초월한 힘! 이것이야말로 내가 원하던 것이고, 그런 힘을 모두 쏟아 부을 상대를 드디어 만났어! 하하하!"

광인의 모습이었다. 만휘의 몸에서 흘러나오는 선기의 영향에도 별다르게 가라앉는 것 같지 않았다.

그의 눈은 여전히 붉은빛을 띠고 있었고 비릿한 미소를 지으며 천천히 만휘에게로 걸어가고 있었다.

내상이 어느 정도 가라앉은 것 같자 만휘는 선기를 있는 대로 끌어올렸다. 그리고 긴장을 놓지 않고 곡야인을 주시하고 있었다.

스슥!

천천히 만휘에게 다가가던 곡야인의 신형이 어디론가 사라져 버렸다. 하지만 만휘는 그의 모습을 보았는지 몸을 좌측으로 틀면서 옆구리 쪽에 검을 세로로 세웠다.

콰앙!

또다시 한 번 울려 퍼지는 폭음. 하지만 이번에는 미리 준비를 하고 있었기에 크게 밀리거나 내상을 입지는 않은 모습이었다.

"하앗!"

공격을 막아낸 만휘가 허공을 향해 검을 휘둘렀다. 분명 아무도 없는 곳. 하지만 만휘의 검끝이 닿은 곳에는 곡야인이 서 있었다.

쾅!

만휘의 공격을 막아낸 곡야인은 별다른 충격을 입지 않은 듯 미소를 지어 보이고 있었다.

붉은 눈을 하고 미소를 짓는 곡야인의 모습은 흡사 악귀를 보는 것 같았다.

스슥!

스슥!

둘의 신형이 동시에 사라졌다. 사라진 것이 아니라 인간의 몸으로는 상상도 할 수 없을 정도로 빠른 속도로 움직이고 있는 것이었다.

쾅! 콰쾅!

"카악!"

"큭!"

두 번의 폭음과 두 사람의 미약한 신음 소리가 들렸다. 하지만 둘의 속도는 떨어지지 않았고, 이어지는 폭음과 신음 소리는 마치 아무도 없는 대전 안에 울려 퍼지는 듯했다.

그렇게 사람의 모습은 보이지 않은 채 폭음과 신음 소리만 들리기를 이각 정도 흘렀을 때, 둘의 신형이 느려지면서 멈추어 섰다.

둘의 몰골은 말이 아니었다. 머리는 산발이 되어 있었으며, 옷은 이곳저곳 찢겨져 있었고, 상처들에서는 핏물이 흘러나오고 있었다.

게다가 입가에도 역시나 피가 흘러내리고 있었는데, 둘 다 내상을 입은 것 같았다.

"대단해! 역시 대담해!"

곡야인의 입에서 나온 말. 관치원의 죽음과 관련된 정신적 충격, 그에 대한 의도적 회피와 만휘에게 책임을 전가함으로써 분노를 폭발시키고, 본신에 지니고 있는 무공을 원없이 펼쳐 보일 수 있다는 쾌감 같은 것들이 점점 더 그를 광인으로 만들어가고 있었다.

'괴물이다.'

만휘는 속으로 생각했다. 지금까지 싸워왔던 상대들은 이 정도가 아니었다. 차이가 나도 너무나 큰 차이가 났다.

그런 상대들에게 익숙해져서인지 지금 눈앞에 보이는 곡야인의 강함에 적응을 할 수가 없었다.

'주도권을 쥔다!'

그렇게 자신을 바라보며 흥분감을 느끼고 있는 곡야인을 향해서 만휘가 한 발을 내딛었다. 그리고는 살짝 몸을 구부리더니 탄력을 이용하여 앞으로 튀어져 나갔다.

"응?"

순식간에 자신의 가슴팍으로 파고든 만휘를 곡야인은 그저 바라보기만 할 뿐이었다.

그리고 다음 순간, 광기에 휩싸여 있는 곡야인도 느낄 수 있을 정도로 엄청난 충격이 그의 전신을 휘감았다.

곡야인의 가슴팍으로 파고든 만휘는 주먹으로 기운을 모아 응집시켰다. 일종의 권강(拳罡)이라 할 수 있었다.

콰앙!

"크아아아아!"

그래도 순간적으로 기를 끌어올려 몸을 보호했는지 기와 기가 충돌하는 폭음이 들렸다.

하지만 워낙 가까운 거리에서 엄청난 위력의 공격을 맞았기에 곡야인은 엄청나게 고통스러워했다.

그런 모습에도 만휘는 그가 잠시 후면 다시 회복하고 공격해 올 것이라는 사실을 알고 있었기에 틈을 주지 않으려 하였다.

첫 기습은 권이었지만, 이제는 검을 가지고 그에게 달려들었다.

"이야압!"

만휘가 검에 내력을 잔뜩 집어넣고는 곡야인의 가슴을 향해 찔러갔다. 빠르면서도 강한 공격. 고통에 몸부림치고 있는 곡야인이 막을 수 없어 보이는 공격이었다.

하지만 순간적으로 몸부림을 멈춘 곡야인의 눈이 번쩍 떠지더니 그의 손이 만휘의 검날을 잡겠다는 듯 앞으로 뻗어졌다.

'미친!'

만휘는 미친 짓이라 생각했다. 검강까지는 아니지만 엄청난 내력을 담은 검을 손으로 잡겠다는 것은 두 손을 내주겠다는 말과도 같았다.

그 순간, 무슨 생각 때문인지 만휘는 뻗었던 검을 틀며 곡야인의 손에서 검날을 비껴내었다.

그리고 그 틈을 타서 곡야인의 손이 만휘의 손목을 잡아챘고, 만휘는 '아차!' 하는 생각을 하며 곡야인을 바라보았다.

마치 이런 것을 노린 것같이 비릿한 미소를 지으며 만휘를 바라보는 곡야인. 만휘는 방금 전 자신이 했던 행동을 후회하고 있었다.

*   *   *

만화와 팽은지는 팽가에 남아 있었다. 처음에는 따라가겠
다는 것을 팽염이 억지로 말려 세가에 남게 한 것이었다.

만휘와 팽가의 무사들이 마교를 향해 떠나고, 팽은지와 만
화는 항상 함께 있었다. 밀려오는 두려움과 불안감을 혼자서
감당하기 어려웠기 때문이다.

오늘도 그녀들은 한 방에 있었다. 떠났던 이들이 무사히 돌
아오기를 바라면서.

"괜찮겠지요?"

"괜찮을 거야."

불안한 마음에 짧은 대화를 나눈 두 여인은 이내 다시 입을
다물었다.

괜찮을 것이라며, 아무런 일도 없을 거라며, 얼마 지나지
않으면 다시 웃는 낯으로 볼 수 있을 것이라며 스스로를 안심
시키는 그들이었지만 계속해서 밀려드는 불안감은 막을 수
없었다.

*   *   *

마교는 속수무책으로 당할 수밖에 없었다. 비록 마교의 힘이 만만치는 않다고 하나, 이를 악물고 밀려드는 정도의 힘을 막아내기에는 역부족이었다.

언가의 경우에는 뛰어난 활약을 보여 꼭 자력(自力)으로 오대세가의 반열에 들겠다는 신념 하나로 적들을 몰아치고 있었으며, 화산의 경우에는 만휘에게 입은 은혜를 갚겠다면서 눈에 불을 켜고 달려들었다.

게다가 혈마철기단 역시 만휘의 안위가 걱정되어 마교 이곳저곳을 헤집고 다녔으니 마교의 꼴은 말도 아니었다.

하지만 그렇다고 해서 피해가 적은 것은 아니었다. 흑월곡, 천혈문과의 격돌로 양패구상(兩敗俱傷)의 지경에 처했으면서도 마교 내에 남아 있는 적들의 수는 생각보다 많았다.

중원을 차지하고 그동안에 얼마나 많은 변화가 있었는지 알 수 있는 부분이었다.

그러나 다행스럽게도 후방에 있던 나머지 문파들이 마교에 압박을 가해오기 시작했다.

비밀 통로로 아무도 나타날 기미가 보이지 않자 직접 마교로 쳐들어온 것이었다.

그 때문에 간간이 버티던 마교의 무리들은 점차 밀릴 수밖에 없었고, 그로 인해 어느 정도 운신의 폭이 넓어진 혈마철기단은 본격적으로 만휘를 찾아다니기 시작했다.

"대전! 대전으로 가자!"

온몸에 피칠을 한 유철이 단원들을 향해 소리쳤다.

처음에는 오십에 달하던 단원들의 숫자도 점점 줄어 지금은 스무 명이 채 되지 않는 숫자였지만, 그들은 오로지 만휘를 찾아야 한다는 생각뿐이었다.

와르르! 쿠궁! 쾅!

대전으로 가까이 가자 무언가가 무너지는 소리가 들렸다. 그 소리를 듣고 무언가를 느낀 유철과 백공보는 서로를 마주보았다.

그러더니 대전을 향해 조금 더 속력을 높여 달려가기 시작했다.

제발 자신들이 생각하는 그것이 아니기를 바라면서.

잠시 후 대전에 도착한 그들은 아연실색할 수밖에 없었다.

만휘와 곡야인이 싸우고 있어야 할 대전이 무너져 버린 것이다.

원체 크기가 거대하고 웅장한 건물이었기에 무너졌다고 해서 쉽게 잔해를 치울 수도 없었고, 둘의 생사를 건 싸움을 벌이고 지친 상태라면 깔려서 살아날 가능성도 없어 보였다.

털썩!

백공보가 그대로 주저앉았다. 멍한 표정의 그는 지금 상황을 받아들일 수 없다는 듯이 고개를 저었다.

"아, 아니야… 그럴 리 없다, 그렇지? 유철! 넌 똑똑하잖아… 뭐라 말 좀 해봐, 그렇지? 아니지? 말 좀 해봐!"

백공보가 정신 나간 사람처럼 중얼거렸다. 하지만 유철이라고 상태가 좋은 것은 아니었다.

말 그대로 공황 상태였다. 유철 역시 믿을 수 없다는 듯이 멍하게 대전의 잔해 더미만 바라보고 있을 뿐이었다.

"흑!"

그때 누군가가 눈물을 흘렸다. 그리고 그 소리를 시작으로 울음소리는 전염이 된듯 퍼져 나갔다.

"흑! 흑!"

"으어엉!"

그제야 유철과 백공보의 눈에서도 눈물이 흐르기 시작했다. 그리고 그제야 피부로 와 닿기 시작했다, 만휘의 죽음이.

"으아아아아!"

유철이 하늘을 올려다보며 소리를 질렀다. 그리고 그의 눈에서는 눈물이 쉬지 않고 흘러내리고 있었다.

"으어어어어엉!"

백공보는 아예 바닥에 드러누워 몸부림을 치고 있었다.

비록 자신들보다 나이는 어렸지만 모든 면에서 자신들보다 뛰어난 모습을 보여주었던 만휘였다.

무공도 그러했고, 인간적인 면에서도 그러했다.

삭막하고 무조건 강함만을 추구하는 마교 안에서 거의 유일하게 사람 냄새가 나는 자였다.

그런 만휘를 단원들은 진심으로 좋아했고, 마음에서 우러나오는 충성을 하고 있었다.

그런 만휘가 죽었다는 사실은 그들에게 있어서 하늘이 무너지는 것과도 같은 엄청난 충격이었다.

"무슨 일… 아!"

어느 정도 승리에 대한 확신이 서자 급하게 달려온 위수운은 처음에는 무너진 전해 더미가 대전이라는 것을 몰랐다.

마교에 처음 와본 것이기 때문에 어느 건물이 무엇인지 알 수가 없었다.

하지만 혈마철기단 단원들이 그 앞에서 통곡을 하고 있자 무너진 잔해가 무엇인지 눈치 챌 수 있었다.

안색이 어두워진 위수운은 천천히 그 앞으로 걸어갔다. 그리고는 절을 올리기 시작했다.

"부디… 좋은 곳으로 가시기를……. 내세에서는 조금 더 좋은 인연이 되었으면 합니다."

위수운의 말은 혈마철기단 단원들을 자극했고, 그들의 눈과 마음에서는 피눈물이 흐르고 있었다.

잠시 후, 완전히 마교의 잔당들을 처리한 나머지 문파의 사람들이 몰려왔다.

처음에는 무슨 상황인지 몰라 잠시 당황해하던 그들도 혈마철기단의 모습을 보고는 대충 짐작을 하고 고개를 숙였다.

그렇게 날이 저물고 다시 날이 밝아올 때까지 그들은 그 자리를 떠나지 못했다.

다음날, 마교에 있던 정도 문파들은 모두 마교에서 빠져나갔다.

잔해 더미를 파헤쳐 만휘의 시신이라도 수습해야 한다고 주장하는 유철이었지만, 현실적으로 그것은 불가능하다고 봐야 했다.

일단 건물의 잔해 자체가 인간의 힘으로 들어올리기에는 버거운 면이 있었고, 자칫 잘못하다가는 시신 자체가 손상되어 누구의 것인지 알 수 없게 될 수도 있었다.

그런 사실들을 모르는 것은 아니었지만, 유철과 백공보는 만휘를 그냥 건물 더미 밑에 두고 가야 한다는 사실이 커다란 죄를 짓는 것만 같았다.

그렇게 그들이 떠나가고, 세 시진 정도 지난 후였다. 해가 저물어가면서 만들어내는 노을이 마교에 흐른 핏물처럼 새빨갛게 물들어가고 있을 때, 마교의 대전 앞에 다섯 노인이 나타났다.

전부 이번 싸움에 직접적으로 참여하지 않은 노인들이었다.

"믿을 수 없구나."

옥청이 중얼거렸다. 그들은 스스로가 죽음이라는 것에 대해서 어느 정도 초월한 상태였지만, 만휘의 죽음을 받아들이기가 힘들어 보였다.

"고얀 놈. 이 늙은이들보다 먼저 가다니……."

만공이 씁쓸하게 중얼거렸다.

"이상하단 말이야."

"또 뭐가?"

이상하다고 중얼거리는 공유의 말에 정명이 물었다. 짜증스러운 목소리로 되묻는 것으로 보아 정명 역시 신경이 날카로운 것 같았다.

"내가 본 만휘의 관상은 이렇게 허무하게 요절(夭折)할 상은 아니었는데 말이야."

"기록으로 남겨야겠군. 처음으로 자네의 관상이 틀렸으니 말이야."

정명은 만휘가 죽었다고 생각하고 있었다. 아니, 그런 것보다는 살아남았을 가능성이 매우 희박하다고 생각하고 있었다.

"이상해… 이상해……."

하지만 공유는 계속해서 중얼거렸다. 그런 공유의 목소리를 이제는 아예 무시하는 나머지 노인들이었다.

잠시 그렇게 그 앞에서 씁쓸하게 서 있던 노인들도 발길을 돌렸다.

그리고 이내 다시금 그 자리에 정적이 찾아들었다.

한 달 후, 마교로 향했던 팽가와 혈마철기단이 팽가로 귀환
했다.

그들이 귀환한다는 소식에 마교를 무너뜨리고 돌아오는
것인 만큼 팽가에서는 이것저것 잔치 준비를 했다.

그리고 드디어 그들이 돌아오는 날, 팽가 사람들은 모든
준비를 끝내놓고 어서 그들이 돌아오기만을 기다리고 있었
다.

특히나 만화와 팽은지는 손을 꼭 잡고 그 누구보다도 훨씬
더 초조한 마음으로 기다리고 있었다.

"옵니다, 와요!"

"오!"

밖으로 나가 기다리던 하인이 안으로 들어오면서 소리쳤
다. 그에 안에서 기다리고 있던 사람들 대부분이 문밖으로 달
려나갔다.

"가자!"

팽은지는 만화의 손을 잡고 문밖으로 달려나갔다. 만화 역
시 고개를 끄덕였고 둘의 표정에는 기쁨이 서려 있었다.

밖으로 나가자 세가에 거의 도착한 팽가 무사들과 혈마철
기단의 모습이 보였다. 그에 팽은지와 만화는 빠르게 만휘를
찾기 시작했다.

'설마?'

'아니겠지……'

아무리 고개를 돌리며 찾아보아도 만휘의 모습이 보이지 않자, 팽은지와 만화는 순간적으로 불길한 예감이 들었지만 애써 고개를 저으며 그런 생각을 지워 버렸다.

드디어 그들이 세가의 정문에 도착하고, 세가 사람들은 일제히 그들에게 다가가 기쁜 마음을 표현했다.

서로 부둥켜안고 눈물을 흘리는 사람들도 있었고, 살아 돌아왔다면서 기세등등하게 서 있는 사람들도 있었다.

그런 사람들 틈바구니에서 만화와 팽은지는 오로지 만휘만 찾았고, 천천히 유철에게로 다가갔다.

"아가씨."

만화를 발견한 유철이 그녀에게 다가왔다. 유철은 감히 만화의 얼굴을 똑바로 바라볼 엄두가 나지 않았다.

"오라버니는 어디 있죠?"

만화가 뛰는 가슴을 진정시키고 물었다. 그녀의 물음에 팽가 무사들과 혈마철기단의 분위기가 싸해졌다.

그에 함께 기뻐하던 세가 사람들 역시 입을 다물었고, 방금 전까지 흥분의 도가니였던 세가의 문 앞은 찬물을 끼얹은 듯 조용해졌다.

그에 더욱더 불길해진 만화가 다시금 물었다.

"오라버니는… 어디 있죠?"

유철과 백공보는 차마 자신들의 입으로 만휘가 죽었다는

사실을 이야기 할 수 없었다.

"내가 대답해 주마."

그때 팽염이 다가왔다. 그 역시도 말을 하기가 어려웠지만, 지금 상황에서 그 이야기를 할 수 있는 사람은 그밖에는 없었다.

"네 오라버니는… 이승을… 떠났단다."

"아!"

"아가씨!"

"은지야!"

힘들게 나오는 팽염의 말을 듣는 순간, 자신들의 불길한 예감이 들어맞았음을 느낀 만화와 팽은지는 동시에 정신을 잃었다.

그렇게 그들은 개선했다.

제54장

귀환

귀
환

마교가 무너지고 중원 전체는 다시금 정도를 중심으로 돌아가기 시작했다.

비록 정도 역시 당분간은 전력 복구에만 힘을 쏟아야 할 정도로 심각한 피해를 입었지만, 마교가 중원을 차지했을 때와는 달리 뭔가 분위기가 밝아진 것 같았다.

그 이후 중원 전체를 떠돌아다니는 소문 중에 가장 호응이 좋은 이야기가 바로 만휘에 대한 이야기였다.

누가 퍼뜨렸는지는 모르겠지만 만휘가 마교 교주와 싸움을 벌이고 그와 함께 무너지는 건물 더미에 깔려 목숨을 잃었다는 소문이 퍼지고 있었다.

그 누구도 감히 상대하지 못했던 곡야인과 생사를 건 싸움을 벌인 끝에 양패구상하고 장렬히 전사했다는 이야기였다.

그에 사람들은 그런 만휘의 숭고한 희생에 경건한 마음을 가졌다.

게다가 만휘가 과거에 정도무림맹과 감숙무림맹에 의해 무너진 감숙만가의 살아남은 생존자라는 사실도 퍼지면서 만휘의 인덕을 칭찬하는 사람들이 많아졌다.

만휘의 입장이라면 정도무림맹에 좋은 감정이 없을 텐데 그들을 도와 마교를 물리치는 데 일조를 했기 때문이었다.

물론 이 과정에서 만휘가 마교에 붙어 정도무림맹과 싸움을 벌였다는 소문은 배제되어 있었다.

그 사실을 아는 사람들은 구파와 오대세가에 속한 사람들 뿐이었으며, 그런 사실을 절대로 입 밖에 내지 않기로 약조를 했기 때문이었다.

그런 소문을 내는 것은 죽은 사람에 대한 예의가 아니라는 생각에서였다.

그렇게 중원 천지에 만휘의 이름이 퍼져 가고 있을 때, 만화와 팽은지는 기뻐할 수가 없었다.

싸움이 끝난 지 반년이 다 지나가도록 그녀들의 슬픔은 계속되었다.

하나 남은 혈육을 저 세상으로 떠나보내야 했던 만화의 마음과 사랑하는 사람을 가슴속에 묻어야 했던 팽은지의 마음은 그 누구도 위로할 수가 없었다.

지금에야 조금은 정상적인 생활을 하고 있는 그녀들이었지만, 얼굴은 엄청나게 수척해져 있었다.

처음에는 정신을 차렸다가도 다시금 혼절하기도 했고, 식음을 전폐하기도 했었다.

만화의 경우에는 더욱 심해서 스스로 목숨을 끊으려고 하는 것을 유철이 몇 번이나 구해내기도 하였다.

그 때문에 유철은 너무 불안하여 만화의 거처 근처에 머물면서 수시로 그녀를 감시하고 있었다.

사실 이런 일은 정패가 해야 하는 일이지만, 정패 역시도 썩 좋은 상태가 아니었다.

마교에서의 전투로 심각한 부상을 입어 한동안 거동을 제대로 하지 못했으며, 만휘가 죽었다는 정신적 공황 때문인지 상처의 치유가 더디게 진행되고 있었다.

때문에 힘들기는 유철도 마찬가지였지만, 이는 어쩔 수가 없었다.

"정말로 죽은 건가요?"

반년이 지났지만 팽은지는 여전히 만휘가 죽었다는 사실을 받아들이기가 어려웠다.

마치 얼마의 시간이 더 지나고 나면, 예전에도 그랬던 것처럼 다시 만날 수 있을 것만 같았다.

하지만 그런 기대감 속에 살아가기에는 현실이 가져다주는 슬픔을 견디기가 어려웠다.

"언니."

팽은지가 천천히 고개를 돌렸다. 고개를 돌릴 힘도 없는 것처럼 보였다.

"어서 와."

팽은지의 옆에 만화가 가서 앉았다. 정말로 오랜만에 만나는 두 여자였다.

나란히 앉은 두 여자는 아무런 대화도 없이 그냥 물끄러미 허공만 바라보고 있었다.

서로 대화는 없었지만 무슨 생각을 하는지 알 수 있었다.

"정말로 죽은 것일까요?"

"설마……."

여전히 받아들이지 못하는 두 여인. 그 정도로 받은 충격이 큰 것이다.

"그럼요. 설마 죽었겠어요?"

만화의 것도, 팽은지의 것도 아니었다. 이질적인 목소리. 하지만 팽은지와 만화는 그런 사실을 인지하지 못한 채 그저 고개만 끄덕였다.

"기운 내요. 만화 너도."

또다시 들려온 이질적인 목소리였지만 만화와 팽은지는 이번에도 그저 고개만 끄덕였다.

"언니."

"응?"

"나 이상해."

"뭐가?"

"오라버니 목소리가 들리는 것 같아요."

"아니야. 나도 그래."

"……."

"……."

휙!

휙!

방금 전까지 움직일 힘도 없어 보였던 팽은지와 만화의 고개가 빠른 속도로 돌아갔다.

정말로 방금 전까지 힘이 없어 비실거리던 사람들이 맞는지 눈을 의심하게 할 정도였다.

뒤쪽으로 고개를 돌린 팽은지와 만화는 두 눈을 동그랗게 떴다. 만휘의 모습이 보였다.

"아~!"

"아~!"

"만화야! 팽 소저!"

동시에 정신을 잃는 만화와 팽은지를 만휘는 황급히 부축해서 바닥에 눕혔다.

분명 두 여인을 눕히는 사람은 만휘였다. 도대체 어떻게 된 일일까?

*   *   *

곡야인에게 손목을 잡힌 만휘는 큰 위기에 처하고 말았다. 손목을 잡혔으니 일단 공격이나 방어의 수단이 제압당한 것이기 때문이었다.

그때부터 곡야인의 무차별적 공격이 시작되었다. 만휘는 최대한 상체를 움직이며 피해내려 노력했지만, 한 손이 잡혀 있었기에 부상을 입지 않을 수 없었다.

계속해서 곡야인에게 공격당하던 만휘는 그 상황이 계속되면 죽을 것만 같았다.

그에 자유로운 반대편 손에 기를 응집시켜 수강(手罡)을 만들고는 자신의 손목을 붙잡고 있는 그의 손목을 내려쳤다.

"크아아아아!"

그 순간, 곡야인이 괴성을 지르면서 뒤로 물러섰다. 만휘의 수강에 의해 그의 손목이 잘려 나갔고, 그 손목에서 뿜어져 나오는 피가 만휘의 얼굴로 꽉 튀었다.

엄청나게 뿜어져 나오는 그의 피. 하지만 그것도 잠시 점점 그 피가 멎어가고 있었다.

달리 근처의 혈을 짚어 지혈한 것도 아닌데, 저절로 지혈이 되고 있었다.

정확하게는 모르겠지만, 아마도 자신의 내기를 이용하여 피의 흐름을 차단한 것 같았다.

피가 멎자 고통도 더 이상 느껴지지 않는지 곡야인이 다시금 만휘에게 달려들었다.

그에 만휘는 서둘러 그의 공격을 피하면서 옆구리에 주먹을 꽂아 넣었다.

또다시 비틀거리는 곡야인.

아까보다 강한 공격은 아니었지만 워낙 많은 피를 흘렸고, 내력 역시 많이 사용했기에 지친 모양이었다.

만휘 역시 그리 좋은 상황은 아니었지만, 곡야인보다는 나은 상태라 할 수 있었다.

'속전속결(速戰速決)이다!'

속으로 중얼거린 만휘는 비틀거리다가 몸을 바로 세우고 있는 곡야인에게 달려들었다.

하지만 이제 더 이상 힘이 없을 것이라 생각했던 곡야인이 엄청나게 빠른 속도로 만휘의 공격을 피해냈다.

순간 방심했던 만휘는 갑자기 등 뒤에서 느껴지는 엄청난 고통과 함께 멀리 날아가기 시작했다.

쿠당!

"크악!"

너무나도 강한 고통에 만휘는 비명을 질렀다.

곡야인에게 가격당한 등도 굉장히 아팠지만, 평소 곡야인이 앉아 있던 의자로 날아가 부딪쳤기에 그 고통이 더했다.

"제길!"

욕지거리를 내뱉은 만휘는 몸을 일으킨 다음 곡야인에게로 달려들었다.

이번에는 방심하는 것이 아니라 곡야인이 최고의 상태라 생각하고 달려든 것이었다.

"합!"

만휘가 곡야인의 얼굴로 주먹을 날렸다. 하지만 곡야인은 그것을 피하면서 만휘의 품속으로 파고들려 하였다.

하지만 얼굴로 날린 주먹은 허초였다.

곡야인이 피할 것이라 예상한 만휘는 곡야인의 얼굴 뒤쪽으로 흘려진 주먹을 펴고는 그의 뒤통수를 잡았다.

그리고는 그의 얼굴을 아래쪽으로 당김과 동시에 무릎을 들어올려 얼굴 정가운데를 가격했다.

파각!

"캬악!"

부러지는 소리. 그와 함께 곡야인의 괴성이 울려 퍼졌다.

곡야인의 코에서 엄청난 양의 피가 쏟아져 나왔다.

신체의 다른 부위는 모두 기를 이용하여 보호를 할 수 있겠지만 얼굴은 아니다.

얼굴은 기를 이용하여 보호하기 어려운 부분이고, 가장 방어력이 낮은 부분이기도 했다.

곡야인이 자신의 얼굴을 부여잡고 비틀거리자 재빨리 그리로 다가선 만휘는 곡야인의 복부에 발을 꽂아 넣었다.

"크아악!"

콰앙!

비명과 함께 그의 신형이 날아갔다. 그리고 날아간 그의 신형은 그대로 대전의 기둥에 박혀 들어갔다.

"헉! 헉!"

만휘는 잠시 서서 거친 숨을 몰아쉬었다. 기둥에 처박힌 곡야인은 더 이상 움직이지 않았다.

"으윽!"

만신창이가 된 온몸에서 갑자기 고통이 밀려왔다.

급박한 순간이라 공격할 땐 몰랐지만, 그동안 입은 상처들이 절대로 가벼운 상처가 아니었다.

게다가 지금까지 한 번도 바닥을 보이지 않던 선기마저도 조금씩 바닥을 드러내 보이고 있었다.

그야말로 총력전이라 할 수 있었다.

투둑!

그때, 만휘의 어깨로 무언가가 떨어졌다. 그리고 어깨에 묻어 있는 흙먼지. 만휘는 천장을 올려다보았다.

"이런!"

너무 과격한 싸움을 했기 때문인지 대전의 천장에 금이 가고 있었다.

게다가 방금 전 자신의 공격으로 곡야인이 기둥에 부딪치면서 대전 전체가 무너지려 하고 있었다.

우르르!

한번 균열이 가기 시작하자 빠른 속도로 무너지기 시작하는 대전. 만휘는 속히 대전의 입구 쪽으로 달렸다.

우르르르! 콰쾅!

하지만 대전의 입구 쪽 천장이 먼저 무너져 내려 입구가 막혀 버렸다.

"제길!"

몸이 정상이었다면 쌓인 돌을 부숴 버리고 나갈 수 있겠지만 지금은 그럴 수 있는 상태가 아니었다.

"으음."

미약한 신음 소리. 곡야인의 입에서 나는 소리였다. 잠시 머뭇거리던 만휘는 재빨리 그에게로 다가갔다.

대전이 무너지는 상황. 지체할 수 없었다.

만휘는 곡야인의 코밑으로 손을 가져다 대어 보았다. 미약하지만 서늘한 콧바람이 느껴지는 것이 아직 살아 있는 모양이었다.

"목숨도 끈질기군."

그렇게 중얼거린 만휘는 곡야인을 들쳐 업었다. 지금으로서는 죽이고 살리는 것을 생각할 겨를이 없었다.

"어디로 가야 하는 것이냐!"

하지만 입구가 막힌 상황이라 나갈 수 있는 길이 없었다.

쾅쾅!

"이크!"

만휘가 재빨리 몸을 옮겼다. 만휘가 서 있던 자리 바로 옆으로 거대한 돌덩어리가 떨어져 내렸다.

그렇게 피하고 피해서 만휘는 교주가 평소에 앉던 의자가 있는 곳까지 몸을 피했다.

아직은 무너지지 않았지만 이제 곧 그곳도 무너질 것이다.

"응?"

그때, 만휘의 눈에 무엇인가가 들어왔다. 작은 틈. 의자 밑에서 발견된 틈이었다.

아까 자신이 날아와서 부딪칠 때 만들어진 틈인 모양이었다.

'공간이 있다!'

만휘는 곡야인을 잠시 내려놓고는 있는 힘을 다해 의자를 치웠다.

잠시만이라도 조금 쉬게 해달라고 온몸의 살점들과 근육들이 아우성을 치고 있었지만, 지금은 그럴 수 없었다.

"끄응!"

만휘는 얼굴이 벌겋게 달아오를 정도로 힘을 썼다. 그나마 남아 있는 선기들을 끌어 모아 의자를 밀어내는 데 사용했다.

그 결과, 의자가 밀리기 시작했다. 그리고 계단이 하나 보였다.

계단이 보이자 만휘는 한쪽에 앉혀놓았던 곡야인을 들쳐 업고는 그 계단을 내려갔다.

우르르! 콰콰쾅!

만휘가 계단을 내려가고 곧바로 천장에서 돌덩어리들이 떨어져 내렸다. 다행히도 계단 입구보다 큰 돌이 떨어져 내려 계단 밑으로까지 돌덩어리들이 들어오지는 않았다.

"휴우~!"

만휘는 안도의 한숨을 내쉬었다.

지금 자신이 있는 곳이 바깥으로 나갈 수 있는 길인지, 아니면 그저 지하에 숨겨져 있는 공간인지 알 수는 없었지만, 일단은 산 것이다.

"우욱!"

바닥에 주저앉은 만휘는 온몸에서 느껴지는 고통에 그대로 정신을 잃었다.

그렇게 얼마를 정신을 잃고 있었을까. 만휘가 눈을 떴다. 그리고는 자신의 상태를 살펴보기 시작했다.

다행히도 선기들이 조금씩 채워지고 있었으며, 외상은 어쩔 수 없지만 내상은 어느 정도 다스려진 것 같았다.

"일어났는가?"

곡야인의 목소리였다. 자신이 정신을 잃고 있었기에 곡야인도 죽었을 것이라 생각했는데 아직 살아 있다는 사실에 만휘는 약간 놀랐다.

"안 죽었군요."

"그런 것 같더군."

"이곳은 어디죠?"

"그것을 지금 나에게 묻는 것인가? 정신을 잃고 있던 나를 이곳으로 데리고 온 사람은 너일 텐데."

"그렇군요."

대답을 한 만휘가 몸을 일으켰다. 아직도 상처가 난 부위들이 쑤셨지만, 견딜 만했다.

만휘는 곡야인을 바라보았다. 선기가 많이 줄어 있었기에 정확하게 보이지는 않았지만, 자신보다 훨씬 더 심각한 상태인 것 같았다.

"응?"

바닥에 손을 대었던 만휘는 끈적끈적한 느낌에 손을 들어 눈 가까이로 가져다 대었다.

'피!'

비릿한 냄새까지 나는 것을 보니 피가 확실했다. 도대체 누구의 것인가?

곧 만휘는 바닥에 흥건한 피가 곡야인의 것이라는 것을 알 수 있었다.

어둠에 적응이 되고 눈에 주변의 모양새가 들어오기 시작하자 만휘는 곡야인의 잘린 손목에서 계속해서 흘러나오고 있는 피를 볼 수 있었다.

"놀랄 것 없다. 이런 상황을 회광반조(廻光返照)라고 하더군."

"회광반조……."

만휘가 작게 중얼거렸다.

"여기는 어디로 들어온 것이지?"

"의자 밑에 있는 통로로 들어왔습니다."

"그렇군. 이곳은 비밀 통로다. 쭉 따라가면 밖으로 연결이 되어 있어."

"그렇습니까?"

"별로 기쁜 모습이 아니군."

"눈앞에 죽어가는 사람이 있는데 기분 좋을 사람이 누가 있습니까?"

"그런가?"

곡야인은 쓸쓸한 미소를 지었다. 자신은 지금까지 살면서 그런 감정을 느껴본 적이 없었다.

죽이고 나서 그 사람에게 미안하고, 죽어가는 사람을 보며 안쓰럽다는 생각을 하는 것. 특히나 방금 전까지 적으로 싸웠던 사람에게는 더 더욱 그런 마음이 들지 않았다.

"미안하다. 다른 할 말은 없다. 난 이 모든 일이 그대 때문에 벌어진 일이라고 억지를 부렸었다. 하지만 아니었어. 모든 것은 내 욕심 탓이었지 그대의 탓이 아니다. 내 욕심 때문에 그대에게 큰 고통을 준 것 같다."

"괜찮습니다."

대화는 끝이었다. 곡야인의 상태는 점점 나빠져 가고 있었다. 촛불이 꺼질 때가 다 된 것이다.

"어서… 쿨럭! 가게… 미안하… 네……."

곡야인이 힘겹게 말했다. 끝까지 미안하다고 하는 말. 사람이 죽을 때가 되면 달라진다는 말이 있는데 정말로 그런 것 같았다.

"편히 쉬십시오."

곡야인은 눈을 감고 미소를 지은 채로 숨을 거두었다.

만휘는 그를 안아 들었다. 죽은 지 일각도 채 지나지 않았기 때문에 경직은 되지 않아 쉽게 들어올릴 수 있었다.

그를 안아 들고 비밀 통로를 빠져나온 만휘는 그를 양지바른 곳에 묻어주었다.

그리고 그 앞에서 잠시 묵념을 한 만휘는 발길을 돌렸다.

비록 마도(魔道)였지만, 하나의 거대한 세력을 이끌어가던 무인이 그렇게 숨을 거두었다.

*　　　*　　　*

혼절했다가 정신을 차린 만화와 팽은지는 만휘의 얼굴을 뚫어지게 쳐다보다 얼굴을 만져 보고 팔다리를 만져 보며 진짜로 만휘인지를 확인했다.

그리고 나서야 자신들의 눈앞에 있는 사람이 진짜 만휘라는 사실을 깨닫고는 너무나도 기뻐했다.

너무 기뻐 눈물까지 찔끔거리며 만화와 팽은지는 만휘에게 안기기까지 했다.

둘이 동시에 안겼음에도 불구하고 부딪치거나 하는 것 없이 좌우 반쪽을 똑같이 나눠 갖는(?) 만화와 팽은지였다.

그런 둘을 떼어놓고 어떻게 살아 돌아왔느냐는 물음에 마교에서 빠져나온 이야기를 쭉 해주었다.

그에 긴장하며 이야기를 듣던 만화와 팽은지는 만휘가 무사히 마교를 빠져나왔다는 이야기에 안도의 한숨을 쉬었다.

자신들의 눈앞에 만휘가 있음에도 불구하고 이야기에 푹 빠져서 그런 반응을 보인 것이었다.

"그런데 왜 바로 안 오고 이렇게 오래 걸린 거죠?"

"응?"

"시간상으로 벌써 도착하고도 남았어야 할 시간이잖아요!"

"그게 말이지… 상처도 좀 치료를 하고… 그러느라고……."

"그럼 연락이라도 하면 안 되는 건가요? 기다리는 사람들도 많은데!"

"미, 미안해요."

둘의 협공에 만휘는 제대로 기도 펴지 못하고 고개만 푹 숙이고 있었다.

이런 모습 어디에서 그런 무지막지한 힘이 나오는지 알 수가 없었다.

"일단 거처에 가서 쉬고 계세요. 어르신들께는 제가 가서 알려 드릴 테니까요."

만화가 자리에서 일어나 먼저 사라졌다. 그 행동에는 만휘와 팽은지가 조금의 시간이라도 함께 있도록 만들어주려는 배려였다.

만화 역시도 만휘와 하고 싶은 이야기가 많았겠지만, 오라버니를 배려하는 마음에서 나온 행동이었다.

"가요. 숙소로 데려다 줄게요."

"네."

팽은지와 만휘가 자리에서 일어났다.

그리고 일어서자마자 팽은지가 만휘의 손을 잡았다. 만휘는 흠칫 놀랐지만 잡은 팽은지의 손을 놓지는 않았다. 놓고 싶지 않은 손이었다.

그렇게 둘은 만휘의 숙소로 향했다.

만휘가 돌아왔다는 소식은 팽가 전체에 퍼졌다. 그에 다섯 노인들부터 유철과 백공보, 팽기, 정패 등이 우르르 만휘의 거처로 몰려왔다.

한꺼번에 몰려온 그들은 만휘를 보고 깜짝 놀라면서도 기뻐했으며, 만휘에게 쉴 틈도 주지 않고 이것저것을 묻기 시작했다.

가장 많은 질문이 바로 마교에서 어떻게 살아 나왔느냐는 것인데 그 질문에 대한 답은 만휘에게서 나오지 않았다.

대답을 한 것은 팽은지였다. 마치 자신이 그 자리에 있었던 것인 양 흥분해서 이야기를 했는데, 만휘가 이야기한 것에 적절하게 과장을 섞어가며 이야기를 했다.

비록 만휘 본인에게 듣는 이야기는 아니었지만 다들 팽은지의 이야기에 빠져들기 시작했고, 함께 흥분하고 기뻐하는 모습을 보였다.

만휘가 팽가에 도착하고 나흘 동안 팽가에서는 잔치가 벌어졌다. 마교와의 마지막 싸움을 끝내고 돌아왔을 때에는 만휘가 죽었다는 사실에 제대로 된 잔치를 하지 못했지만, 지금은 아니었다.

만휘도 살아 돌아왔고, 싸움도 자신들의 승리로 끝이 났으니 더 이상 마음속에 걸리는 것이 없었다.

혈마철기단 단원들은 만휘의 무사 귀환에 너무 기쁜 나머지 만휘에게 달려들어 깔아뭉개려 하다가 오히려 만휘에게 된통당해 좌중을 웃음바다로 만들었다.

"만휘야!"

"예!"

만공의 부름에 만화와 대화를 나누고 있던 만휘가 그를 바라보았다.

"뭐라 한마디 해야 하지 않겠느냐?"

"예? 무슨 말이오?"

"네가 곡야인을 물리침으로 해서 마교를 완전히 무너뜨릴 수 있었고, 네가 무사 귀환함으로써 이렇게 기쁜 날을 맞았으니 한마디 해야지!"

그 말에 그 자리에 모인 사람들은 모두 조용히 입을 다물고 만휘를 바라보았다.

한 번에 모아지는 시선. 만휘는 당황하여 어쩔 줄을 몰라 했다.

"에… 그러니까……."

만휘가 고개를 숙이고 머뭇거렸다. 하지만 아무도 그런 만휘에게 뭐라 하지 않고 가만히 지켜보기만 했다.

그러다가 만휘가 고개를 들고 활짝 웃어 보이며 입을 열었다.

"저 살아서 돌아왔습니다."

그 말 한마디에 분위기가 싸해졌다. 다들 그저 만휘만 바라보고 있었고, 만휘는 이런 분위기를 어찌해야 할지 몰라 고개를 푹 숙였다.

그때, 정명이 자리에서 일어나 만휘에게 다가오더니 만휘의 어깨를 다독이며 말했다.

"그래, 잘 돌아왔다. 무사해서 정말 다행이다."

너무나도 다정한 그의 목소리에 만휘는 그만 눈물을 쏟고 말았다.

그동안 힘들었던 것이 그 말 한마디에 모두 보상받는 것 같았다.

"흑! 흑! 감사합니다!"

만휘가 눈물을 훔치며 중얼거렸고, 주변 사람들은 기쁨과 감동의 눈물을 함께 흘렸다.

"이렇게 기쁜 날 왜 울고 그래! 마시자고!"

천룡신개가 술잔을 들어올리며 소리쳤다. 그에 만공이 자신의 눈가를 훔치며 천룡신개에게 소리쳤다.

"이놈아! 자기가 제일 먼저 울어놓고는 무슨 딴소리야!"

"내, 내가 언제!"

"하하하하!"

"호호호호!"

둘의 말다툼으로 분위기가 다시금 밝아졌다.

그렇게 그들은 이 기쁨은 오래 간직하려는 듯 밤새도록 먹고 마시고 즐겼다.

마치 온 세상천지가 다 즐거워하는 것 같았다.

제55장

그 후

그
후

만휘가 살아 돌아왔다는 소식은 삽시간에 중원 전체로 퍼
져 나갔다.

만휘가 돌아온 것은 팽가에 있던 사람들만이 아는 사실이
었기에 그들 중 누군가가 퍼뜨린 것이었다.

조용하게 팽가에 왔다가 만화를 데리고 어딘가로 떠나려
했던 만휘의 계획은 그로 인하여 완전히 물거품이 되고 말았
다.

그리고 그 덕분에 팽가에는 하루에도 몇 번씩 만휘를 보고
자 하는 사람들로 문전성시(門前成市)를 이루고 있었다.

그 때문에 만휘는 팽가 밖으로 나가지도 못하고 난처한 상

황을 맞게 되었다.

사실 이것은 천룡신개가 추혼신개에게 슬쩍 정보를 흘리고 개방을 통해 온 천지에 다 알리도록 한 것이었다.

게다가 만휘의 무용담을 퍼뜨리며 만휘가 잘생겼고 곧 팽가의 여식과 혼례를 올릴 것이라는 근거없는 소문까지도 퍼뜨렸다.

특히나 만휘의 무용담을 퍼뜨릴 때에는 엄청난 과장을 섞어 사람들에게 퍼뜨리도록 했다.

그런 소문들을 바탕으로 세상 사람들은 만휘를 천하제일인(天下第一人)이라 불렀고, 팽은지를 천하제일후(天下第一后)라 불렀다.

그리고 그 둘의 혼례는 하늘이 점지해 준 것이라고 칭송하기에 이르렀다.

그런 것은 돌고 돌아 다시 팽가에까지 들어왔고, 그런 소문을 접한 만휘와 팽은지는 당황하여 어쩔 줄 몰라 했다.

"이왕 이렇게 된 것, 차라리 혼례를 올리는 것이 어떻겠느냐?"

정명의 말에 만휘는 화들짝 놀라며 그를 바라보았다. 그런 만휘의 반응에 옆에 앉아 있던 팽은지가 물었다.

"그 반응은 뭐예요?"

"응? 아, 아니… 그것이……."

당황해하는 만휘를 보며 주변에 앉아 있던 사람들은 미소를 머금었다.

만약 둘이 혼례를 치른다면 만휘가 팽은지에게 잡혀 살 것만 같았다.

"요즘 상황이 이렇게 돌아가기에 제가 생각한 일이 한 가지 있습니다. 그 일을 먼저 끝내고 싶습니다."

만휘가 당당하게 말했다. 그 말은 자신이 하려는 일을 끝낸 다음에 혼례를 치르겠다는 의미였다.

그 말의 뜻을 알아차린 팽은지는 고개를 숙이며 얼굴을 붉혔다.

"그것이 무엇인가?"

팽염이 물었다. 딸의 혼례와 관련되어 있어서 그런지 다른 사람들보다도 훨씬 더 관심을 많이 갖는 것 같았다.

"만가를 다시 세우려 합니다."

"만가를?"

"예. 만가가 무너진 데에는 만가 스스로가 저지른 잘못도 있지만 억울한 면도 많습니다. 하기에 만가를 다시 세우고 싶습니다."

"음……."

만휘의 말에 팽염이 고개를 끄덕였다.

물론 망한 세가를 다시 세우는 것이 쉬운 일은 아니었다. 하지만 팽염은 남자라면 그런 배포와 꿈은 가지고 있어야 한다고 생각했다.

"차라리 혼례를 치르고 하는 것은 어떤가? 내가 도와줌세."

"아닙니다. 만가를 다시 세우고 당당하게 혼례를 치르겠습니다."

"안 세운다고 해서 당당하지 않을 것은 또 뭔가?"

하지만 만휘는 고집을 꺾으려 하지 않았다. 만가를 다시 세우는 일이 몇 년이 걸릴지 알 수 없는 일. 그렇게 되면 자신의 딸이 처녀로 늙어갈 것 같았다.

"여보, 저런 사윗감이라면 너무 좋지 않아요? 사내라면 저 정도 의지와 기개가 있어야지요."

곁에 앉아 있던 주혜명이 그런 만휘의 모습을 보며 마음에 드는지 팽염에게 말했다.

"나도 마음에 든다오. 하지만……."

"고집은 못 꺾을 것이다. 저놈 고집이 웬만한 황소고집보다 더 강하니까."

만공의 쐐기에 팽염은 결국 두 손 두 발 다 들고 말았다.

"알겠네, 어쩔 수 없지. 조금이라도 더 빨리 끝나야 하니 우리 팽가도 도와주겠네."

"감사합니다."

그렇게 팽염과 이야기를 하고 나온 만휘와 팽은지는 손을 잡고 걸었다.

만휘가 팽가에 살아서 돌아온 이후부터는 손잡는 것이 자연스러워진 두 사람이었다.

"축하해요, 오라버니."

만휘였다. 그리고 그 뒤에는 유철이 서 있었다.

"축하드립니다, 단주님."

"고맙다."

만휘가 쑥스러운지 약간 얼굴을 붉혔다.

"언니도 좋겠어요, 천하제일인을 남편으로 맞이하게 되었으니."

팽은지도 만휘와 마찬가지로 별다른 대답은 하지 않고 얼굴만 붉혔다.

부부는 닮는다더니 둘은 혼례를 올리기도 전에 벌써부터 닮아가는 것 같았다.

"그런데 넌 요즘 유철하고 자주 다닌다?"

"음? 내 호위 무사야, 호위 무사."

"아저씨는 어디 가시고?"

"아저씨는 좀 쉬셔야지. 안 그래?"

그렇게 말하는 만휘였지만 그 표정은 조금 어색했다. 유철의 표정 역시 조금은 어색하고 땀도 흐르는 것 같았다.

"아무래도 분위기가 심상치 않은데요?"

"그렇죠?"

전세 역전. 방금 전까지 만휘와 팽은지를 놀리던 만화였지만 지금은 완전히 입장이 반대가 되어버렸다.

사실 만화와 유철이 가까워진 것은 엄밀히 따지면 만휘 때문이라 할 수 있었다.

만휘가 죽었다는 소식을 듣고 만화는 스스로 목숨을 끊으려 하기도 했고, 음식도 먹지 않으려 했다.

만화가 자살을 하려 할 때에는 항상 유철이 나타나서 그녀를 말렸고, 음식을 가져다주며 억지로라도 조금씩 먹이려고 하는 등 정성을 쏟았다.

유철도 처음에는 만휘의 동생이기에 만휘에 대한 충성심으로 한 행동이었지만, 시간이 점점 흐를수록 만화를 위하는 마음으로 바뀌어갔다.

만화 역시 처음에는 자신이 죽지 못하게 막는 유철이 마음에 안 들었지만, 점차 시간이 지날수록 정이 싹터갔다.

그에 둘은 자연스럽게 가까워졌고, 최근에는 조금씩 사이가 가까워진 것이었다.

"그렇다 이거지? 지금 분위기 심상치 않아. 슬슬 감이 온다, 감이 와!"

"무, 무슨 감이 와요!"

만화가 당황해하며 소리쳤다. 하지만 그런 행동은 만휘의 감을 확신으로 바꿔줄 뿐이었다.

"유철!"

"예, 예!"

유철이 부동자세를 취하며 대답했다. 평소보다 심각하게 긴장을 한 것 같았다.

"앞으로 지켜보겠다. 내 동생을 아무에게나 넘길 순 없다."

"제가 아무나입니까?"

"오~!"

유철이 용기를 내어 만휘에게 물었고, 만휘는 그런 유철의 배짱에 탄성을 질렀다.

"그래? 그럼 어디 시험을 좀 해볼까? 따라와!"

"흐익! 단주님!"

"오, 오라버니!"

만화의 부름에도 아랑곳하지 않고 만휘는 성큼성큼 걸어갔고, 유철은 안절부절못하며 만휘의 뒤를 따라갔다.

말은 조금 살벌하게 했지만, 앞서 걸어가는 만휘의 입가에는 미소가 피어 있었다.

사실 자신이 봐왔던 남자들 중에서 유철만큼 좋은 사람도 없었다. 비록 만화와 나이 차이가 조금 나는 것이 흠이었지만.

무너진 세가를 다시 세우는 일 중에서 가장 시간이 오래 걸리는 일은 건물을 다시 짓는 일이다.

그만큼 인부도 많이 필요하며 세가의 크기도 엄청나게 크기 때문에 공사 기간이 몇 년씩이나 걸렸다.

하지만 만가의 경우에는 그럴 필요가 없었다. 과거 만가가 사용하던 건물을 거의 그대로 감숙무림맹이 사용하고 있었고, 그 건물이 아직도 그대로 보존되어 있었기 때문에 필요한 곳만 수리하면 되었다.

세가의 수리가 어느 정도 끝이 나자 만휘는 세가를 이끌어 갈 무사들을 모집하기 시작했다.

만가에서 무사들을 모집한다는 소문에 엄청난 숫자의 무사들이 찾아왔다.

평소 자신은 주인을 섬기지 않고 떠돌아다니며 무(武)의 길만 추구할 것이라고 소리치고 다니던 이름있는 낭인들도 그 모습을 보일 정도였다.

혈마철기단은 천인수호대(天人守護隊)로 이름을 바꾸고 만휘의 친위대가 되었다. 아직 세가라고 하기에는 사람들이 많지 않기 때문에 천인수호대가 새로 들어올 무사들의 수련까지도 책임졌다.

정패의 경우에는 세가의 관리와 함께 무사들 관리 또한 맡았다. 어찌 보며 할 일이 가장 많은 사람이라 할 수 있었다.

그렇게 세가 복구 작업은 순조롭게 진행되어 갔다.

만휘의 이름을 듣고 수많은 사람들이 몰려들었으며, 그중에서 옥석을 가려내는 것은 만휘의 몫이었다.

그렇게 해서 대략 이백 명 가량의 무사들을 선별하였고, 주기적으로 어린아이들도 받아들여 무공을 익히게 했다.

기본적으로 가르칠 내공 심법의 경우에는 만화가 알고 있는 만가의 기본 내공 심법이었고, 검법은 은하유성검법을 가르칠 생각이었다.

그리고 그중에서 특히나 성취가 뛰어난 사람들은 따로 선별하여 직책을 맡기는 것도 생각해 두었다.

그렇게 오 년이 지나자 어느 정도 세가의 모습이 갖추어졌고, 삼류 무사 티가 꽉꽉 나던 무사들 역시도 이제는 제법 감숙만가의 무사들다운 모습을 보여주고 있었다.

그 정도가 되자 만휘는 중원 전체에 만가의 부활을 공표했고, 얼마 후 온 세상 사람들은 감숙만가를 천하제일가(天下第一家)라고 부르는 것을 주저하지 않게 되었다.

만정이 그렇게 이루고 싶어했던 천하제일가의 숙원을 결국 만휘가 이루어낸 것이다.

그리고 세상 사람들에게 있어서 또 하나의 이야깃거리는 천하제일가의 가주인 만휘가 팽가의 팽은지에게 청혼을 한 이야기였다.

이미 둘의 혼례를 기정사실화하여 받아들이고 있던 사람들이었지만, 실제로 그것이 이루어지자 마치 자신들의 일인 것마냥 기뻐했다.

이로 인해 가장 큰 수혜를 입은 곳이 바로 하북팽가였다.

천하제일가와 결합을 함으로써 세가의 명성도 더 높아졌고, 오대세가 내에서도 그 위치를 확고히 할 수 있는 기반을 마련할 수 있었다.

혼례는 만가에서 치러졌다.

팽가에서 치를 생각이었지만, 찾아올 손님들이 많을 것을 생각하여 훨씬 큰 만가에서 혼례를 치르기로 결정한 것이었다.

역시 수많은 사람들이 찾아와서 둘의 혼례를 축하해 주었으며, 평소 만휘와 친분이 있던 사람들은 진심 어린 축하를 건넸다.

특히나 그 결혼식에는 백마혼과 사무종 역시도 참석을 했는데, 이는 일반 사람들이나 정도에 서 있는 사람들에게는 충격적인 모습이었다.

그에 만휘는 그 자리에서 이렇게 말했다.

"저는 정파와 사파를 억지로 구분 짓고 싶지 않습니다. 정파가 하는 일은 무조건 옳은 일이고 사파가 하는 일은 모두 나쁜 일입니까? 그것은 아닙니다. 제가 경험한 사파는 무조건 나쁜 곳도 아니며 제가 경험한 정파가 무조건 옳은 것도 아니었습니다. 다른 곳에서는 모르겠지만, 적어도 이곳 만가에서는 정도와 사도가 함께 어우러져 화합하는 모습을 보였으면 합니다."

이 말에 혼례식에 모인 사람들은 크나큰 감명을 받았다. 만휘의 성정을 원래부터 알고 있던 사람들은 당연했고, 일반 사람들마저도 대협으로서 넓은 마음으로 사파를 포용하려 한다며 칭송했다.

물론 만휘의 의도에서 약간은 벗어난 평가였지만, 만휘는
크게 상관할 바가 아니었다.

그렇게 일 년이 지났다.

꽤 오랜 시간이 흘렀음에도 중원무림에서 만휘의 영향력
은 그가 별다른 활동을 하지 않았음에도 엄청났다.

세가에 들어오고 싶어하는 무사들의 숫자는 넘쳐 나고 있
었고, 세가를 관리하고 세가에서 일을 할 사람들도 많아졌다.

그런 세가의 모습을 자신의 전각에서 내려다보는 만휘의
표정은 흐뭇해 보였다.

과거 만정이 사용하던, 가장 높은 곳에 있던 전각이었다.

그렇게 그곳에서 세가 전체를 내려다보고 있으니 과거에
자신의 할아버지가 왜 그렇게 천하제일가가 되려고 했는지
알 수 있을 것 같았다.

"뭐 하세요?"

팽은지가 아이 한 명을 안고 만휘에게로 다가왔다. 팽은지
에게 안겨 있는 아이는 만휘와 팽은지의 아들인 만가휘(萬家
輝)였다.

"그냥. 세가를 보고 있었지."

"행복한 표정이네요."

"식구들이 늘었으니까. 이곳에 있는 모든 사람들은 내 수
하가 아니라 식구들이니까."

"만족하세요?"

"만족이라……."

만휘가 중얼거리며 하늘을 올려다보았다. 구름 한 점 없이 새파란 하늘. 가슴속이 맑아지는 것 같은 느낌이 들었다.

"난 말이오."

팽은지는 가만히 듣고만 있었다. 가휘가 품속에서 장난을 치고 있었지만, 그녀의 시선은 만휘에게 고정되어 있었다.

"자유로운 새가 되고 싶은 모양이오. 구속됨이 없는 자유로운 새. 가끔은 어렸을 적 산속에서 아버지와 둘이 생활하던 때를 그리워한다오."

"그렇군요."

"그래서 말인데……."

만휘가 말하기 어려운 듯 잠시 주저했다.

"말씀해 보세요."

"가휘가 성인이 되고 가주 자리를 물려받게 되면……."

만휘는 뒷말을 잇지 못했다. 자신이 하려는 말이 팽은지에게 얼마나 가혹한 말인지 알고 있었기 때문이다.

자신의 어머니 역시 그러지 않았는가.

"그래요. 자연 속에서의 생활. 힘들지는 모르겠지만, 전 당신이 있는 곳이라면 어디든 상관없어요."

"여보."

만휘는 그렇게 말해주는 팽은지가 너무 고마웠다. 그런 그녀가 만휘는 너무나도 사랑스러웠다. 그래서 그녀에게 다가가 그녀를 꼭 안아주었다.

만휘와 팽은지 사이에서 가휘가 불편한 듯 칭얼대고 있었다.

만휘는 미소를 지었다.

그러면서 생각했다.

'지금 이 순간 나는 정말로 행복한 사람이다!'

그런 만휘의 마음을 대변하듯 하늘은 더욱더 높고 푸르게 빛나고 있었다.

〈終〉

첫 작품이 끝났습니다. 짧다면 짧은 시간이고 길다면 긴 시간에 걸쳐 나온 글입니다.

처음 이 글을 시작했을 때가 생각납니다.

그냥 문득 떠오른 생각을 한번 써보고 싶어서 연재를 시작했고, 그것이 생각 이상의 반응을 얻어 출판까지 하게 되었지요. 모두 독자님들 덕분입니다.

한 권 한 권 책이 나오고 책으로 나온 제 글을 다시 읽어보았습니다.

쓸 때는 몰랐던 여러 가지 허점들이 보이더군요. 쓸 때 왜 생각을 못했을까 하며 아쉬워하기도 했고, 이런 것을 보고 인상을 찌푸릴 독자님들을 생각하면 낯이 뜨거워지기도 했습니다.

아쉬움이 진하게 남는 글이기는 하지만 후회는 없습니다. 제 인생에 있어서 값진 경험 중 하나였고, 가장 행복한 경험이기도 하니까요.

　그런 아쉬움들을 바탕으로 다음 글에서는 조금 더 나은 글을 써보려 하고 있습니다.

　이 글에서 너무나도 많은 허점들을 보였기에 고칠 것이 한두 가지가 아니지만 하나씩 하나씩 차근차근 고쳐 나갈 생각입니다.

　그러니 독자 여러분들도 조금씩 발전해 나가는 제 모습을 기대해 주시기 바랍니다.

　다시 한 번 감사의 말씀을 드리면서 저는 다음 글로 찾아뵙겠습니다. 감사합니다.

추석을 앞두고 강태훈 올림.

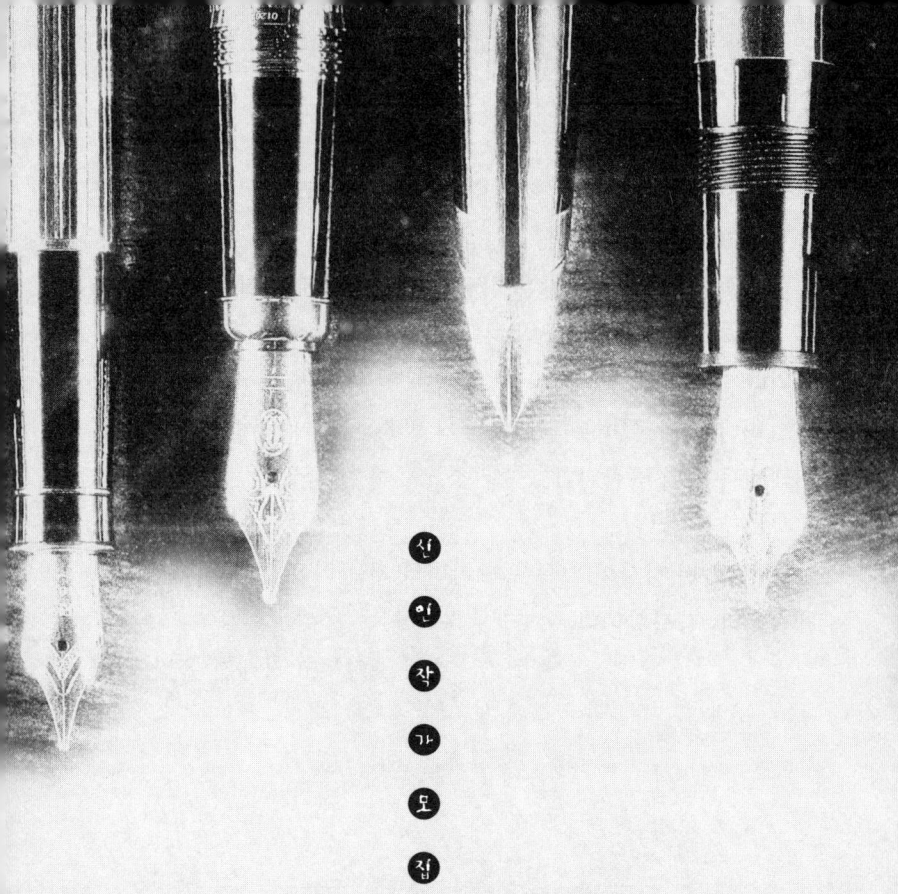

신 인 작 가 모 집

시작이 반이라고 했습니다.
작가의 길에 대한 보이지 않는 벽을 과감히 깨뜨리십시오!
청어람은 작가 지망생 여러분들의
멋진 방향타가 되어드리겠습니다.

저희 도서출판 청어람에서는
소설 신인 작가분들을 모집합니다.
판타지와 무협을 사랑하시는 분들의 많은 참여를 바랍니다.
소정의 원고(A4용지 150매)를 메일이나 우편으로 보내주시면
검토 후 출판 여부를 알려드리겠습니다.

주소:경기도 부천시 원미구 심곡1동 350-1 남성B/D 3F 우편번호420-011
TEL:032-656-4452 · **FAX**:032-656-4453
http://**www**.chungeoram.com
e-mail:chungeoram@chungeoram.com

초등학생이 반드시 읽어야 할 좋은 책 49권

각 학년별로 초등학생이 반드시 읽어야할 좋은 책을 선정하여 통합논술의 기본이 되는 '올바른 독서법'을 일깨워 줍니다.

교과서와 함께하는
초등학교 통합논술

초등1학년 | 값 12,000원 / 초등2학년 | 값 9,500원 / 초등3학년 | 값 11,000원 / 초등4학년 | 값 9,500원 / 초등5학년 | 값 9,500원 / 초등6학년 | 값 11,000원

♣ 혼자 할 수 있어요.
엄마가 책 읽는 방법을 가르쳐 주어도 좋아요.
독서지도하는 선생님이 가르쳐 주어도 좋답니다.
"초등 교과서와 함께하는 통합논술 시리즈"는
아이 스스로 독서할 수 있도록 꾸며진 책이에요.
엄마와 선생님은 요령만 가르쳐 주시면 된답니다.

♣ 교과서의 중요한 내용이 총정리되어 있어요.
각 학년별로 중요한 교과 내용이 함께 수록되어 있어요.
초등학생은 교과서 내용을 충실하게 공부해야 합니다.
아울러 그와 병행한 독서가 대단히 중요하지요.
"초등 교과서와 함께하는 통합논술 시리즈"는
두 가지 방법 모두 알려준답니다.

♣ 이 책은 훌륭하신 선생님들이 함께 쓰신 책이랍니다.
동화작가 선생님들이 쓰셨어요. 소설가 선생님도 쓰셨답니다.
국어 논술독서지도 선생님들도 함께 쓰셨지요.
"초등 교과서와 함께하는 통합논술 시리즈"는
엄마의 마음으로 모든 선생님들이 함께 꾸민 책이랍니다.

잘나가고 싶은 사람은 읽어라!

그에게 한눈에 반했다! 그것은 분위기 탓?
애인과 나란히 걸어갈 때 당신은 좌, 우 어느 쪽에 서는가?
이성은 왜 서로 끌리는 걸까? 그 심층 심리를 해명한다!

30초의 심리학

■ **30초의 심리학**
아사노 하치로우 지음 / 계일 옮김 | 값 8,500원

처음 본 사람인데 와 닿는 느낌이
너무나도 강렬한 사람이 있다.
흔히 하는 말로 '필이 꽂힌 사람',
그래서 잊혀지지 않는 사람,
한눈에 반했다고 하는 것이 바로 그것이다.
이런 인간의 감정을 논하는 데
남녀의 구분이 있을 수 없다.
사랑하는 그, 혹은 그녀를
생각하는 것만으로도 가슴이 두근거린다.
이상할 것 없다. 당연히 그럴 수 있는 것이다.
그렇기에 인간을 감정의 동물이라 하지 않는가.
그러나 그렇게 좋아하는 그 사람이
어느 날 갑자기 싫어지는 경우는 왜일까?

Psychology